季琦

著

# 心生之境

万卷出版有限责任公司
VOLUMES PUBLISHING COMPANY

果麦文化　出品

# 自序

在这个自媒体和短视频流行的时代，文字其实是一种奢侈。

我认为，人类与其他动物的一个重要区别，就是人类能通过语言和文字，进行跨时间和空间的信息传递，可以突破个体的局限，形成各类组织，达成非凡的成就。要论信息的丰富度、受众的普及性和通俗性，依次为文字、语言、影像；但要论内容的深刻性、条理性和隽永，则以文字为最佳。所以古人将"读万卷书"，与"行万里路"相提并论，以示我们，要了解世界，读书和实践一样重要。

我这些年在做企业之余，将平常的所思所想记录下来，成了一篇篇小的文章，本来期望给我的孩子长大了看，让他们能够了解老爸的一路历程。后来有好事者怂恿出版，发行后在我们华住的住客和加盟商之中的反馈还不错。

这次果麦版算是第三版，路金波和王怡找到我说要给我做一版最好的，不知道是商业上的忽悠还是真能够做到，抱着试试看的想法，半推半就地搞出了这个版本。其实过去的一些内容也有必要根据现时做一些调整，因此删去部分文章，也增加了近几年新写的一些文章。

古人云，立德、立功、立言为三不朽。所谓"言"，大多用文字的形式记录下来，著书立说，流传后世。我决不敢奢望这些零碎的文字能够流传后世，之所以出书，目的在于：

1. 给自己一个记录和备忘，时间一长，很多想法湮没了，很多经历模糊了。

2. 假如我的孩子们长大以后对爸爸的经历感兴趣，可以读读我的文字。

3. 住店客人无聊时可以随手翻翻我的书，除解闷外，能够有所得、有帮助，那是最好。不想翻、不喜欢可以扔一边，喜欢可以带走。

4. 我们的客户、员工、加盟商、潜在加盟商、投资人、供货商、房东、业主、同行、酒店的左邻右舍等华住的生态链可以更好地了解华住。志同道合，方为同志，才能在一起做事情。

《大学》曾云"修身、齐家、治国、平天下"，修身为首务，而"欲修其身者，先正其心"。书名叫《心生之境》，意思就是说：我们的人生和实践都是我们心的产物。本书的开篇长文，是我对自己这些年所学所思的小结，我将之视为自己完整的"心"；与之相比，其他记录工作和生活的短文，则是心在不同时空化出的"境"。我个人相信这个世界首先是一个观念的世界，然后才是实体的世界，观念是第一性的。

书中的想法只是自己的，不求别人认同，只是跟大家分享；也不为挣稿费，出版所得全部捐给华住公益基金会；更不为扬名立万，我们在茫茫人海里，只是沧海一粟，微不足道。但特别恳切地期望能够帮到大家，不管是生活还是事业，能够有所启发，有所心得，有所借鉴，我就会特别开心，也算是善事一件。

在这个时代，能够坚持写字和阅读，其实是一件幸事，也让这本书成为幸事一桩。假如你恰好在入住我们酒店时读到这本书，并且喜欢它，那我也很乐意将此书赠送于你。

此为序。

2024 年 8 月

# 目 录

**心**　• 宇宙观

**境**　• 十年创业路

## ● 做好一个企业

● 华住哲学

## • 生活即艺术

## • 终点即原点

# 宇宙观

这篇文章是对我所学、所悟的整理。浩瀚书海，万千学问，归根到底一句话，都是相通并和谐的。

# 求索

　　我大学的专业是偏工的理科——工程力学，其实大部分时间是在学数学，有三年多跟数学系一起上课。我从小就喜欢看书，大学时候把能找到的、感兴趣的西方哲学书籍基本都看了一遍，顺着罗素《西方哲学史》的脉络，找自己喜欢的哲学家的书来看。四十五岁以后，接触王阳明，从而回归东方思想，开始阅读佛教书籍，思考智慧、灵魂等课题。自己感觉，到今天为止，基本上已经"走圆""走通"了，就想把自己这些年的所得，整理出来跟大家分享，也是对自己思考和领悟的一个小结。

# 众生皆平等

我们从我们自己——人讲起。

## 组成人类的基本元素

先从这个问题开始：我们的手为什么不能穿过桌子？看似有很简单的答案：因为桌子是固体，假如是液体或气体，手是可以穿过去的。

我们仔细看一下自己身体的构成。

身体由分子组成，分子组成细胞，细胞按照 DNA 编码形成器官和其他组织。

实际上，世界上所有的物质都是由分子、离子和原子构成的。分子是通过范德华力（分子间作用力）进行连接的，原子间通过化学键连接。化学键分三种，一个是共价键，一个是离子键，还有一个是金属键。分子是原子通过共价键结合而形成，离子是原子通过得失电子而形成。原子由原子核和核外电子构成，原子核由质子和中子构成，中子、质子由夸克组成。

手不能穿过桌子，因为你和桌子都是由无数的共价键、离子键、金属键组成的，需要很大的能量才能打破这些键之间的连接。实际上，你手压桌子的时候，你的细胞和桌面都会有损害，最微小的原子、分子层面的损害，但这个损害不足以穿破巨量连接键的力量。如果是液体或气体，分子跟分子的连接没那么有力，手很容易就能够穿过去了。实际上，组成桌子、人类、小猪、小猫、小狗，包括石头的基本元素都是一样的，从原子层面讲是一模一样的。

这个世界就是由那么几种元素构成的，在最低层面，原子没有差别——氢原子、氧原子、铁原子、钙原子……组成石头的铁和钙，与人体内所有的铁和钙没有一点儿差别。那为什么就产生了石头、猪、人的差别？这就是基因编码的不同。某种信息告诉你怎么连接、怎么分布，然后出来不同的物种、不同的物质。

有时候想想，人类太傲慢了，觉得自己不是动物。人类实际就是动物，高等动物而已，依然是动物。

你拆解了往细看，我们跟其他动物没有什么区别。

我们看这个表，人体内元素的含量，有铁、钴、铜、锌、铬、锰、钼、氟、碘、硒，最多的是氧、碳、氢、氮。人类被称为"碳基生物"的原因，就是碳原子是身体构成和生理活动的基础，我们整个构成里的碳，跟煤炭里的碳在元素层面没有差别。

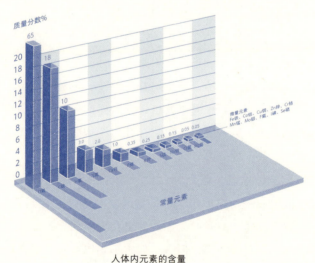

人体内元素的含量

## 人体中元素的含量

组成人体最基本的要素，跟组成砖头、石头、水泥的没差别。水约占人体重量的 65%。一个体重 70 千克的成年人，脱水后大概只剩 25 千克，其中碳水化合物 3 千克，脂肪 7 千克，蛋白质 12 千克，矿盐 3 千克。再往深层面看，从组成脂肪的细胞、分子和原子层面看，越往下拆分越没有差异。猪的脂肪细胞和人类的脂肪细胞不一样，可能细胞膜不一样，密度不一样，某些微量元素不一样，但再往细了分，大部分脂肪细胞肯定是由水、钙、蛋白质组成。蛋白质就是由分子构成的一个更大的分子。所以细看，组成人类的元素跟组成万物的元素差不多，没有太大区别。

从构成来说，不要说跟动物，人类跟其他物质，相差都不太大。

## 生命的来源

再来看看，最初的生命从哪儿来。

几十亿年前，地球上的生命都是单细胞的。直到有一天，一个单细胞生命吞食了另一个单细胞生命——革兰氏阴性菌。这个革兰氏阴性菌被吞食后，并没有像往常一样被宿主消化掉，而是与宿主细胞形成共生关系，相互提供能量。这个革兰氏阴性菌就演化成了宿主细胞的一个细胞器——线粒体。科学家研究认为，这次吞噬事件大概发生在 17 亿年前，而且历史上只发生过一次。

之后，这个单细胞生命不断繁衍，并将线粒体遗传给自己的后代。拥有线粒体的细胞在生殖竞争中更有竞争力，因此它们不断发展壮大，并逐渐演化出了多细胞生命，以及各种复杂的生命。今天几乎所有的真核生命，都是由这个单细胞生命演化而来的。我们人类，以及各种动物、植物，几乎都是真核生物。

　　也就是说，全世界所有多细胞生命的共同祖先，就是这个吞食了革兰氏阴性菌的单细胞。这个祖先被称为 LUCA（The Last Universal Common Ancestor 的首字母缩写，意思是所有物种在分化之前最后的一个共同祖先）。

　　所以我们的基因才如此相似。

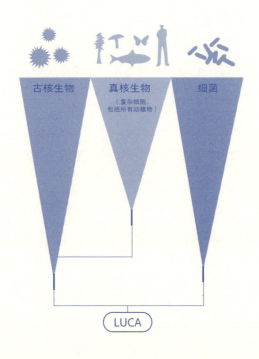

　　从下页的图看，人类跟其他生物相比并没有特别的优越性，都来自同一个祖先，都是"亲戚"。动物跟人的差异比我们想象的要小得多。

　　基因相似度：

　　一家人是 99.99999%，

人和人是 99.99%，
人类和黑猩猩是 96%，
人类和猫是 90%，
人类和老鼠是 85%，
人类和鸡是 60%，
人类和香蕉是 50%，
人类和酵母是 26%。

　　不用讲黄种人、白种人、黑种人等人种之间的差异，即使是人
与其他动物相比，其基本元素构成也没有太大差异。人没有什么铂
金、镀金或者其他特别的东西来区别于动物，人和动物的基因是很
像的。

随着基因工程不断发展，基因剪刀出现之后，动物和人的基因是可以互相剪接的。比如接一段狗的基因到人这里，听觉、嗅觉马上可以变得很好。两个人之间的基因剪接更容易做到，想变成男的或女的，白种人或黄种人，高个子或矮个子，现在都能做到。因为涉及伦理问题，这个试验全世界都不让做了。

我们人类是以碳为基础的生命，是碳基生命。那么硅基生命是什么？它指的是 AI 机器人，是未来跟人类竞争的人造物，因为计算机芯片是由硅材料制成的。

## 不同生命形态的相似性

阿西莫夫（美国生化学家、科幻作家）提出，生命有 6 种形态：以氟化硅酮为介质的氟化硅酮生物，以硫为介质的氟化硫生物，以水为介质的核酸／蛋白质（以氧为基础的）生物，以氨为介质的核酸／蛋白质（以氮为基础的）生物，以甲烷为介质的类脂化合物生物，以氢为介质的类脂化合物生物。人类属于第三种，是以水为介质的核酸／蛋白质（以氧为基础的）生物。生命的形态就这么有意思。

德国美学家费希尔提出一个"移情说"：人用眼睛来知觉周围世界的时候，存在着一种自发的外射作用，在知觉到事物形成了感觉的同时，会把自己的情感也外射到知觉到的事物之中，达到物我同一。

因为人和动物、植物有相似性，所以当看到一朵漂亮的花时，不需要有人说漂亮，我们就会觉得很美；当看到一个小孩流着鼻涕在哭时，我们就会可怜、同情他；当看到流浪的狗或猫时，我们就会想抱回去养……人和动物、植物、自然界之间，因为这样的基因相似性和本质的一致性，很容易产生"共情"。

人类的眼睛能够看到的只是可见光，耳朵能够听到的只是部分音频，超高、超低的音频都无法听到。我们身体的其他感觉器官，甚至大脑，应该都有一定的限制。假如人类感知的频谱能够扩大，那么人类或许也能跟大树对话，甚至能够感知到山峰、岩石的某些细节。假如人类是一种变频动物，我相信能够跟万物交流对话。

佛教讲"众生皆平等"，庄子的《齐物论》，还有这两年的很多电影和图书，也讲了类似的观点。比如《阿凡达》里的母树和母湖，每个种族都有自己的一棵生命树，而且互相之间是连接的。

所以说：我们是"一体"的，我们和这个世界是一体的，我们和世界的相似性、一体性，比我们想象中的更深。对此我们从来没有好好认识过。

# 光速不可超

人类世界的速度比光速要慢得多，即使是汽车、火箭，离光速也还有相当的距离。能主宰人类世界的是牛顿力学，它在人类目前的活动范围内基本是成立的。

## 爱因斯坦对牛顿力学的修正

牛顿第一定律：任何物体都要保持匀速直线运动或者静止状态，直到外力迫使它改变运动状态为止。

牛顿第二定律：物体加速度的大小与合外力成正比，与物体质量成反比，加速度的方向与合外力的方向相同。公式如下：

$$\Sigma F = ma$$

牛顿第三定律：相互作用的两个物体之间的作用力和反作用力总是大小相等，方向相反，作用在同一条直线上。公式如下：

$$F = -F'$$

仔细看这三条定律，它们是对称的（作用力和反作用力）、静止的（一切物体都试图保持静止状态）和平衡的（质能守恒）。牛顿认为世界就是这样的，是和谐的、优美的、对称的、静止的、被动的、机械的和平衡的。

科学家的这种形而上的立足点很重要，像爱因斯坦、哥德尔等对物理规律的认识，也立足于他们对这个世界形而上的认知之上。

牛顿的体系，就是你只要给我一个初始状态，我就能知道你未来任何一个时刻的状态。这是牛顿力学里非常重要的一个特点，知道初始态，可以推导出永远，这叫"宿命论"，就是你生下来，我就知道你将来是怎么回事。

牛顿力学给人安定感、确定性。但这只是牛顿的一厢情愿，他认为世界就是这样确定的，可事实并非如此。

牛顿力学碰到很多问题，尤其是天体和光速的问题。爱因斯坦因此提出狭义相对论来修正牛顿力学的不足，可以用质能公式来表示：

$$mc^2 = E_k + m_0 c^2$$

$$E = mc^2 = \frac{m_0 c^2}{\sqrt{1 - \dfrac{v^2}{c^2}}}$$

$$\Delta E = \Delta mc^2$$

根据公式，如果 $v$（速度）等于 $c$（光速），则分母为 $0$，$E$（能量）就是无穷大。能量不可能无穷大，只有质量非常小的粒子，比如电子，其速度才有可能接近光速，但也达不到光速。所以光速不可超。

我们可以通过洛伦兹变换[1]（牛顿系统用的是伽利略变换，但在爱因斯坦的这个系统里不适用）得出很多结论，其中一个就是，速度越快，质量越大。

---

1　洛伦兹变换：狭义相对论中两个做相对匀速运动的惯性参考系之间的坐标变换，用于调和经典电动力学与牛顿力学的矛盾，成为狭义相对论的基本方程组。

$$m_R = \frac{m_0}{\sqrt{1 - \dfrac{v^2}{c^2}}}$$

另一个是，速度越快，长度越短。一根杆子沿着某个方向移动，当接近光速的时候，杆子会缩短。孙悟空金箍棒的传说看来也是有理论基础的，只要速度够快，金箍棒就可以缩短。

$$l' = l_0 \sqrt{1 - \frac{v^2}{c^2}}$$

第三个重要的结论是，速度越快，时间越慢。

$$\Delta t' = \frac{\Delta t}{\sqrt{1 - \dfrac{v^2}{c^2}}}$$

以上是从爱因斯坦狭义相对论推导出的一些有趣的公式，这些公式都跟我们的常识不符。比如我们通常认为，物体的质量是不变的；物体的长、宽和高是可以测量的，不会无缘无故地变化。比如我们的手机，是多大就是多大；时间是恒定的、均匀的、不变的。但是爱因斯坦的相对论告诉我们，三维世界是个变量，不仅如此，要准确叙述我们所处的宇宙，还要引入时间这个变量，三维世界必须升级为四维世界。

爱因斯坦的狭义相对论告诉我们，这个世界不是三维的，是四维的。原本我们觉得时间不是个变量，在牛顿力学里时间是不会变的，但爱因斯坦告诉我们时间是个变量，时空是紧密搅和在一块儿的，我们处在一个四维的世界里。

这个世界是个什么样的四维世界呢？当物体运动的时候，时间会变，长度会变，质量也会变。一模一样的两个人，一个人住在山顶上，一个人住在山脚下，哪个人活得更长？考虑到地球自转，山顶上的人转得快，理论上来说山顶上的人比山脚下的人活得长。一个人整天在宇宙中旅行，和一个人在地球上不动，哪个人活得长？旅行的人活得长。

人类的运动速度很少接近光速，所以我们感觉不到这些。但假如我们成为粒子，那就不得不考虑这些了。

爱因斯坦在思考这个问题的时候，考虑过各种不同的可能性，其中有种可能性认为光速是可变的。因为根据原来的伽利略变换推导，光速是不一样的。我在汽车里，你在火箭上，我们俩看到的光速是不一样的，这非常自然。但爱因斯坦大胆假设：不同的惯性系光速不变，而且光速不可超。这个假设，最后全部通过了实验的验证，因为这个假设才有了狭义相对论。

为什么"光速不可超"？为什么光速在惯性系里都是一样的？所有其他速度都是相对的，唯独光速是绝对的，还是不可超的。也许光速就是人类的结界。我们被限制在这个时空里，无法跨越。

中国古代神话里说：天上一日，地上十年。这个道理跟相对论说的一模一样，不知道爱因斯坦当时是不是知道中国的这个神话故事。天上速度快，天上一天地上就好几年，这就是相对论。神话有时候出奇地准确，有时候有预言的作用，看来我们不能简单地将其看成儿童故事。


# 广义相对论

有了狭义相对论，有必要理解一下广义相对论。

狭义相对论主要说：时间和空间是不可分割的整体。

而广义相对论讲：引力场等效于时空的弯曲。

如果你理解了狭义相对论，广义相对论便很容易理解，因为时间是个变量。狭义相对论跟光、粒子相关，广义相对论跟大物体相关，比如太阳等恒星，甚至黑洞。

一个大物体，比如中子星——由中子构成的一个星球，是很重很重的，原子很松散，原子核是由中子和质子组成的，这两个非常重。如果原子坍塌了变成一个质子中子星，就非常重，密度非常大。这样的大物体，大密度的引力场，就会使时间和空间弯曲，三维坐标不是三维坐标了，而是一个球体坐标，其中时间也弯曲了。也就是说，把时间变成变量，这样就好理解了。

在太阳周边应该也是如此，太阳还不够大、不够重，密度也不够大。黑洞是大到已经连光都出不来了，时空弯曲到一个奇点了，数学上叫不可解。霍金关于黑洞的所有理论都是猜想，实验也做不了，因为所有东西都出不来，连光也出不来。

爱因斯坦广义相对论的引力场公式是一个微分方程，他用这个描述引力场和时空的关系。

$$G_{\mu\nu} = R_{\mu\nu} - \frac{1}{2} g_{\mu\nu} R = \frac{8\pi G}{c^4} T_{\mu\nu}$$

先看看这个方程，这是一个二阶的偏微分方程。微分方程有常微分、偏微分，有一阶、二阶，各种阶。二阶偏微分的解需要满足特定的边界条件或初始条件，有多个解。

这个二阶偏微分方程的每一个解都是一个宇宙，这里"宇宙"的含义既包括整个空间，也包括时间。

假如我们的宇宙是在特定初始态下的一个解，那么会不会还有其他解，也就是有其他宇宙的存在？

根据这个公式，是这样的！

每一个解都是一个宇宙，都是一个时空、一个体系。所以有人提出多重宇宙的概念。在适当的初始条件下，方程有唯一解，一般没有通解。

这里就引出另一个重要课题——数学，许多理论没有数学就没法讨论。

# 数学——人类思想的最高表达

人类进行表达的方式有很多，文字、语言、音乐、舞蹈……

道可道，非常道；名可名，非常名。语言和文字有其局限性，而数学是一种抽象表达，比语言和文字更能准确描述这个世界，可以说"只有数学是人类思想的缩影"。

数学真理不是被"发明"的，而是被"发现"的。可以这么想象，有一排数学真理的柜子，人类逐步发现了一个个柜子，又打开了一个个柜子。柜子本来就在那里，是不用被发明的。聪明的人、幸运的人能找到那个柜子并打开，找到真理。抽象的数学对象，其存在独立于我们的语言、思想和实践。

柏拉图认为，数学的概念是一种特殊的、独立于现实世界之外的客观存在，它们是不依赖于时间、空间和人的思维的存在。数学家得到新的概念不是创造，而是对这种客观存在的描述。数学新成果不是发明，而是发现。

与之相应地，柏拉图主义认为，数学理论的真理性是客观的，由那种独立于现实之外的存在决定。这种真理性要靠心智经验来理解，靠某种数学直觉来认知。人们只有通过直觉才能达到独立于现实世界之外的数学世界。

## 微分方程

讲到数学，不得不提微分方程。

让我们从方程开始。

比如 2x=10，好解的，x=5。我现在有 10 个苹果，每个人只能吃 2 个，最多可以给几个人吃？5 个人。现有 10 辆车，要分给 2 个人，每个人分 5 辆。2x=10 可以代表好多东西。

2x+3y=10，也可以具象化。我有 10 块钱，买了 2 个鸡蛋，买了 3 个鸭蛋，x、y 就是鸡蛋和鸭蛋的单价。但这个无解，解不出来。如果你告诉我鸭蛋的单价加鸡蛋的单价加起来等于 4 块钱，也就是有等式 x+y=4，我就能解了。有几个未知数，就必须有几个等式才能解。

数学等式代表了很多东西，可以具象到很多事情上。所以数学表达比较高级，具有抽象性和概括性，这也是我们讲它是一种高级表达的原因。

简单方程式的变量是一个数，再复杂一些，变量就变成一个函数，当函数成为变量，方程就变得复杂了，复杂的事情需要复杂的方程来描述。这就是微分方程了。

微分方程，是指含有未知函数及其导数的关系式。解微分方程就是找出未知函数来。

物质的运动和它的变化规律在数学上是用函数关系来描述的，这类问题不是简单地去求一个或者几个固定不变的数值，而是要求一个或者几个未知的函数，要把已知函数和未知函数之间的关系找出来，从列出的包含未知函数的一个或几个方程中，去寻得未知函数的表达式。

可以说，微分方程是整个宇宙的"通式"。力学、天文学、几何学、动力学、海洋动力学、地下水动力学，这些领域都要用到微分方程。人口的发展模型、交通流的模型、台风的模型、潜艇出水漩涡模型，一定要用到微分方程，否则描绘不了。比如要测算火箭降落的位置，有气流、有湿度、有动力、有重量、有引力，有太多因素了，不可能用简单的方程来描述、计算，一定是用微分方程。

微分方程是与人类社会密切相关的，可以说是人类社会、天体、微观世界的表达通式。

举一个非常重要的偏微分方程的例子——麦克斯韦方程组。这是一组描述电场、磁场与电荷密度、电流密度之间关系的偏微分方程，由四个方程组成：

$$\nabla \times \boldsymbol{H} = j + \frac{\partial \boldsymbol{D}}{\partial t}$$

$$\nabla \times \boldsymbol{E} = -\frac{\partial \boldsymbol{B}}{\partial t}$$

$$\nabla \cdot \boldsymbol{B} = 0$$

$$\nabla \cdot \boldsymbol{D} = \rho$$

从麦克斯韦方程组，可以推论出电磁波在真空中以光速传播，进而做出光是电磁波的猜想。从这些基础方程的相关理论，发展出了现代的电力科技与电子科技。

由此可见，微分方程是非常重要的数学工具。从微观到宏观，你要去真实准确地描述一个东西，描述我们的世界，必须用到微分方程。

许多物理或化学的基本定律都可以写成微分方程的形式。在生物学及经济学中，微分方程会被用来做复杂系统的数学模型。

有时候，两个截然不同的科学领域中会有相同的微分方程。此时，通过微分方程对应的数学理论，可以看到不同现象后面一致的原则。

微分方程的解也很有意思。

第一，微分方程一般没有通解。

第二，微分方程可以有无数个解。

第三，大部分的微分方程求不出十分准确的解，只能得到近似解。

一个描绘弹道出水情况的方程，得不出准确的解，因为太复杂了，变量太多了。一般怎么求解？一般用数值分析的方法，来求近似解。

由微分方程的解，我们可以有如下推断——

1. 由"无通解"可以推断，在我们可以感知的世界里，不存在绝对真理，人类世界没有一个真理是绝对的。

2. 由"无数个解"可以推断，这个宇宙是遍在的，量子力学也是讲遍在的。正像广义相对论的方程式可以有无数解，也就是可能存在无数宇宙，宇宙也是遍在的。通向真理的道路不是唯一的，条条道路通山顶。有八万四千法门，就有八万四千条道路带我们到达光明顶。

3. 由"近似解"可以推断，我们对世界的认识，大概也是近似的。许多我们非常确定的观念和认知，其实也是一种近似。

4. 微分方程在某些区域是无解的。微分方程只能在某些点收敛，在某些点可以有解。很多区域为什么无解？是真的不可解吗？还是跟暗物质、暗能量、黑洞一样，是我们无法感知的？或者这些"大面积"的不可解，就是我们人类认知的边界？

如果说微分方程是一个描述宇宙里大部分事物的通式，那么它的这些规律实际上构成了宇宙的规律。

作为人类，我们跟其他动物没有太大差别。我们对世界的认识是一知半解、近似解。人应该存敬畏之心。真正悟道的人没有多少，很多自以为是的大师、宗师、大佬、权威，如果明白这些道理，更会存敬畏之心，也就能往前走得更远。

牢记：我们所认识到的"真理"是片面的、局限的、相对的。

## 虚数

我们再来讲一下虚数的问题，也是很有意思的。

1的平方等于1，2的平方等于4，2的10次方等于1024。那什么的平方等于 $-1$？i 的平方等于 $-1$，i 就是虚数。

$$定义：\sqrt{-1} = i \Leftrightarrow i^2 = -1$$

每一个实数都可以有所代指，比如1是个鸡蛋，是个人，是个碗，但虚数在我们的现实世界里代表什么呢？什么也不是。i 在人类的世界里不可能用某个东西来定义。

微积分发明人莱布尼茨说："虚数是美妙、奇异、神秘的，它几乎是既存在又不存在的两栖物。"中国有科学家说："如果没有虚数参与，只用实数，量子力学没法去验证。"虚数可以介入量子力学去描述自己。

## $\delta \to 0$ 和 $\infty$

我大学时候学数学分析，实在无法理解 $\delta \to 0$ 和 $\infty$ 的概念。可以用这个概念做题目，但还是没有体感。$\delta \to 0$ 和 $\infty$，这两个数学概念也是非常有意思的。结合人生体验，现在有了一些理解，跟大家分享。

$\delta \to 0$ 就是再怎么分，还是可分，细节里面还是有细节，缝里面还是有缝。我们不仅要看到事物之间的缝隙，还要理解缝隙里面还有更细的缝隙，理论上可以无限细分。我们对事物的理解，我们所求之物，都是这样，永无止境。

∞就是大到失去了度量，失去了判断，大到没有压迫感。那种大是一种无边的东西，比如无边的爱，不求回报，没有企图，没有嫉妒，无穷无尽。∞是连爱也不存在，是所有，是一切，永永远远，无穷无尽，而且没有企图，不费劲，自然而然。

# 时间不可逆

回顾了数学的重要和美妙之后，我们再来看时间的问题。时间可以变慢、变快吗？时间可逆吗？

这是热力学第二定律讨论的问题。

## 热力学三大定律

我们先回顾一下大家熟知的热力学第一和第三定律，再来讨论与时间有关的第二定律。

热力学第一定律是能量守恒定律：能量既不会凭空产生，也不会凭空消失，它只会从一种形式转化为另一种形式，或者从一个物体转移到其他物体，而能量的总量保持不变，孤立系统的总能量保持不变。

$$\Delta U = Q + W$$

（物体内能量的增量 = 物体从外界吸收的热量 + 外界对物体做的功）

经典物理里还有一个质量守恒定律：在化学反应中，参加反应前各物质的质量总和等于反应后生成各物质的质量总和。这个规律也叫物质不灭定律。

我们知道，当物体运动的时候，质量是会改变的，在高速运动的时候质量是不守恒的。因此，能量守恒和质量守恒定律就合并为质能守恒定律：在一个孤立系统内，所有粒子的相对静能与动能之和在相互作用过程中保持不变。

所以牛顿力学很多东西是有局限的。它在人类大部分的活动范围内可以发挥作用，但还是一个近似。

热力学第三定律讲的是另一个我们到不了的事情——绝对零度到不了。

热力学第三定律：不可能使一个物体冷却到绝对温度的零度。

而什么是绝对零度呢？空气受热时，体积和压强都随温度的增加而增加，在某个温度下空气的压力将等于零，这个温度为 −273.15℃。

空气的压力不可能为零，所以物体到不了绝对零度。


## 宇宙的命运

我们重点看一下热力学第二定律——熵增原理：孤立热力学系统的熵不减少，总是增大或者不变。

$$dS(熵的增量) \geqslant 0$$

熵被用来衡量一个系统的有序度，热力学第二定律就是说孤立系统总是从有序到无序，最多是不变，无法从无序倒回到有序状态。

热力学三大定律都让我们显得无能和绝望，第一定律告诉我们无法改变物体的质能，第三定律告诉我们到不了绝对温度的零度，第二定律是最绝望的，甚至可以说规定了宇宙的命运。

不妨把一个人看成一个孤立系统，一家公司、一棵树、一朵花，甚至把宇宙都看成孤立系统。在一个孤立系统里，熵总是增大的，不会减少，也就是说，总是从有序到无序。因此，人总要慢慢老去，企业终会衰败，树总要枯萎，花总要凋谢，而我们所在的宇宙也有自己终极的归属。这本来是一个热力学理论，但社会学和物理学最后都是相通的，整个宇宙、整个社会和人本身都是相通的。这个第二定律，就决定了我们的终极命运。因此，不存在什么海枯石烂，不存在什么天长地久，太阳也会毁灭，这都是因为熵增。

如何才能熵减呢？还是有机会的。

首先，信息可以熵减。

每个系统都具有三象性：物质性、能量性和信息性。任何系统状态上物质性、能量性、信息性共存，但物质（质量）和能量是守恒的，而信息不守恒。信息是可以让系统有序的。比如经营者可以对企业进行有序化管理，比如针灸可以让身体变好……这些都可以让一个系统有序化，都是信息的作用，所以说信息是负熵。

其次是万有引力。在星际尺度下，万有引力倾向于聚合的有序状态，使恒星能够向外输出负熵流。

大星球产生大引力，使所有的物质有序化。就像一个磁铁，让周围的铁粉有序化。地球上所有的能量都来自太阳，所有负熵也都来自太阳，太阳是负熵和能量唯一的来源。

生命是个有序的平衡态，一旦失衡，生命体就不复存在了。地球上的生物是开放系统，通过从环境摄取低熵物质（有序高分子）、释放高熵物质（无序小分子），来让自身处于低熵有序状态。

封闭系统总是熵增的。地球很幸运，是一个开放系统。举一个简单的例子：我们吃的水果、饭，都是有序高分子；我们排出的大便和小便，出的汗，散发的热量，都属于无序小分子。在这样的循环下，身体处于一个低熵有序状态。如果不吃东西不喝水了，人会死掉，因为生物键、化学键、离子键没有力气绑在一块儿了，自然而然就混乱离散了。"离"是一个绝对的力量,"合"是一个相对的力量,当你没有补充、不让它有序的时候,它就"离",有一天就断了,而断了就崩溃了,没有了。

但是,所有有序行为都是以熵增为代价的。

比如,为了保持健康我们必须运动,这就需要消耗能量。这些能量可能来自面包或者牛肉。做面包的麦子和产肉的牛(通过吃草)在生长过程中吸收太阳的能量。太阳为了提供这些能量,需要消耗它的氢来进行核反应,从一个有序的太阳变成一个无序的太阳。

所有的熵减一定伴随着其他地方的熵增,一环套一环,人类、地球、太阳、宇宙。太阳是不停在熵增的,它牺牲自己照耀大家,真的很伟大。

当太阳的核聚变不能再继续的时候,也就是太阳的熵大到不能再大的时候,它就会达到热动平衡,就会死亡。

宇宙中每个局部系统的熵减,都需以其他地方的熵增为代价。

然后呢?

在一个封闭的系统里,熵总是增大的,一直大到不能再大的程度。这时,系统内部就达到一种完全均匀的热动平衡状态,不会再发生任何变化,除非外界给系统提供新的能量。

假如宇宙是一个独立的存在,没有"外界",一旦到达热动平衡状态,就会完全死亡。我们称之为——热寂。

宇宙的命运就是太阳系的命运,太阳系的命运就是地球的命运,地球的命运就是人类的命运,人类的命运就是细胞的命运。粒子、量子、细胞、人类、地球、太阳、宇宙,其实是一以贯之、相互关联的,是一个东西。宇宙的命运就是我们的命运,我们的命运就是宇宙的命运。

我认为,在"道"的层面,现代和古代,东方和西方,科学、哲学和宗教都是相通的。比如老子说的"天之道,损有余而补不足"就是熵增，"人之道则不然，损不足以奉有余"就是熵减（在一个快速上升的社会中，贫富差距必然是在不断增加的）。"孰能有余以奉天下？唯有道者。"


## 突破时空结界

热力学第二定律其实告诉我们的是：进程不可逆。人不可能同时踏进同一条河流，也就是说，时间不可逆。

光速不可超，时间不可逆，这似乎就是我们人类的"结界"。一个是空间，一个是时间，我们就被限制在这个"时空盒子"里。

有可能突破这个"时空结界"吗？黑洞也许是一种可能。

根据广义相对论，当密度足够大的时候，光无法逃逸，时间形成了一个点，那个地方没有时间没有空间，也就是时间和空间趋近于零，质量密度趋近于无穷大。那就是黑洞。黑洞是一个奇点，也许是能突破时空结界的奇点。

另外，宇宙 =2/3 的暗能量 +1/3 的物质，物质里 85% 是暗物质。暗能量、暗物质是人类无法检测、知道、理解的东西，跟黑洞一样。我们能探知到的东西其实很少。黑洞、暗物质、暗能量，这些不可知的地方藏着什么？意味着什么？我们也无从得知。

时间是相对的，可以快，可以慢，时间也是不可逆的。那到底时间是个啥东西？我认为时间是人类的幻象。

跟空间一样，时间是人类在脑子里建立的一种概念，是一种相对性的概念，其基础并不牢靠。我们每天睡觉，其实是一种时间的"重启"；在全身麻醉的过程中你会丧失时间感，那就是时间的"失去"。

# 世界是什么

从古到今，无数人都问过这个问题：世界是什么？也就是我们所处的这个宇宙是什么？它从哪里来？到哪里去？

## 哲学家的思考

我们先看看哲学家怎么说。

### 柏拉图

柏拉图的宇宙观是这样的：宇宙开头是没有区别的一片混沌，这片混沌的开辟是一个超自然的神活动的结果。宇宙由混沌变得秩序井然，其最重要的特征就是造物主为世界制定了一个理性方案，关于这个方案付诸实施的机械过程，则是一种想当然的自然事件。

柏拉图是个很重要、很有意思的大学问家，他不仅对宇宙感兴趣，同样也对爱情感兴趣。我们来看看他的爱情观。"柏拉图式的爱情"可以概括为以下四个方面：

1. 柏拉图式的爱情是指身体与灵魂的统一。

2. 柏拉图式的爱情强调爱情高于性。

3. 柏拉图式的爱情也暗示着性与爱情、爱情与婚姻、性与婚姻的功能独立性，也就是可分离性。

4. 柏拉图式的爱情认为，爱情不过是通过爱慕一个又一个美的身体而追求美本身，是一种永无止境的理想。爱情说到底是属于理念世界的东西，在现实世界中是不可能存在的。

柏拉图给我们讲了一个关于男女的神话。起初，世界上有三种人，太阳之神代表的男人，大地之母代表的女人，以及月亮代表的阴阳人，阴阳人有两倍于人的官能和力量。宙斯为了削弱人类，把人劈成两半。这样一来，一方面人类个体只有原来的一半那么强大，另一方面人类的数量加倍，能更好地侍奉神族。所以，人类一直在寻找自己的"另一半"，原始男人和女人的后代有同性恋倾向，原始阴阳人的后代有异性恋倾向。

这一切实际上都是人类原始状态的残余，我们本来是完整的，我们企盼并追求这种原初的完整性，这就是所谓爱情。全体人类实现幸福只有一条路，就是实现爱情，通过找到自己的伴侣来医治我们被分割了的本性。

我们还是从爱情回到宇宙。

柏拉图认为宇宙是一个球，因为圆球是对称和完善的，球面上的任何一点都是一样的。宇宙是活的、运动的，有一个灵魂充溢全部空间。宇宙的运动是一种环行运动，因为圆周运动是最完善的。

柏拉图是个唯心主义哲学家，他认为世界由理念世界和现象世界组成。理念世界是真实的存在，永恒不变，而人类感官所接触到的现实世界，只不过是理念世界微弱的影子，它由现象组成，而每种现象因时空等因素而表现出暂时变动等特征。

世界只有两样东西，一是理念，一是现象。理念是永恒不变的，是真实的存在。我们看到的现象是虚幻的，是"微弱的影子"。

《理想国》里有一个著名的"洞穴比喻"来说明这个观点。有一群囚犯在一个洞穴中，他们手脚都被捆绑，身体也无法转动，只能背对着洞口。他们面前有一堵白墙，身后燃烧着一堆火。在那面白墙上，他们看到了自己以及自己身体到火堆之间事物的影子。由于看不到任何其他东西，这群囚犯以为影子就是真实的东西。最后，一个人挣脱枷锁并且摸索出洞口，第一次看到了真实的事物。他返回洞穴并试图向其他人解释说那些影子其实只是虚幻的事物，并向他们指明光明的道路。但是对于那些囚犯来说，这个人简直愚不可及。囚犯们宣称，除了墙上的影子之外，世界上没有其他东西了。

关于现象的多变性，物理学上解释得很清楚了，而佛教也持同样的观点。

柏拉图的理念世界和现象世界，是个很重要的概念。后代许多哲学家都围绕着它做文章，其本源还是柏拉图的提法。

## 康德

康德的哲学体系主要由三大批判构成——《纯粹理性批判》《实践理性批判》和《判断力批判》。三大批判分别探讨了认识论（真）、伦理学（善）以及美学（美）。

康德将世界划分为"现象界"与"自在之物"世界。人的认识只能达到"现象"，上帝、自由、灵魂等超自然的东西属于自在之物世界，属信仰范围。

这两个世界，通过审美判断来沟通。

不是事物在影响人，而是人在影响事物，是人在构造现实世界。在认识事物的过程中，人比事物本身更重要。

我们不可能认识到事物的真性，只能认识事物的表象。

康德的著名论断是，人是万物的尺度。他的这一论断与现代量子力学有着共同之处，即事物的特性与观察者有关。

康德的上帝观：无论是经验还是理性都无法证明上帝的存在，为了维护道德，我们必须假设上帝与灵魂的存在。

他把这些信仰称为"实践的设准"，即有一个无法被证明的假设，但为了实践，该假设必须成立。

因为上帝超越了人的理解，在无解的那个区域里面，在黑洞或暗物质里，我们没法感知，只能假设。而这个假设是按照这个世界最完美的表象做出的，这就是康德所谓"道德"。

在《判断力批判》里，康德区分了两种基本的审美经验：美（自然之美、艺术之美）与崇高（壮丽之美）。

自然之美是不计利害关系的，是不经概念而经感觉的，是有形式的，是能令人满足的。

跟自然之美相对应的是人为之美，也就是艺术之美。它与自然之美是一样的，只是方向不同而已。自然之美是自然给人的，艺术之美是人给自然的。

壮丽之美又可以分成数学的壮丽之美与力学的壮丽之美。

黑格尔

黑格尔将人类意识发展分为五个阶段：①意识，②自我意识，③理性，这三个阶段属于主观精神；④精神，即客观精神；⑤绝对精神。

他认为绝对精神是宇宙之源、万物之本。世界的运动变化乃是绝对精神自我发展的结果。

绝对精神是世界的本源，但并不是超越于世界之上的东西。自然、人类社会和人的精神现象都是它在不同发展阶段中的表现形式。事物的更替、发展、永恒的生命过程就是绝对精神本身。

"绝对精神是世界的本源，但并不是超越于世界之上的东西。"这句话挺有意思，过去的人没讲过。我们就是绝对精神本身，是它在不同发展阶段的表现形式。

叔本华

叔本华认为世界由意志和表象组成。

表象和意志是同一的，共同构成世界。意志是决定性的，任何表象都只是意志的客体化。

世界是什么？上述四位哲学家给出了不同的答案，我们列出来对比一下。

柏拉图：理念世界，现象世界。

康德：自在之物，现象界。

黑格尔：绝对精神，主观精神。

叔本华：意志，表象。

他们四位是哲学史上非常重要的哲学家。他们对世界（宇宙）的理解，用词不一样，但意思差不多。这样就把西方哲学打通了，其实并没有那么多深奥的东西。每个人在自己的假设和名相（用来描述和区分事物的概念和名称）之上建立自己的体系，形成各种流派。

尼采其实没有提出新的思想，只是在叔本华的"意志"上加了两个字，变成了"强力意志"。叔本华认为这个世界是没有办法的、无可奈何的、悲观的。尼采认为不是这样的，要强力意志，要变超人，于是提出了"超人"精神，这是尼采哲学的根本。尼采最具代表性的就是《查拉图斯特拉如是说》，写得非常优美，值得一读。

## 科学和神话

关于宇宙的起源，科学是这么说的——

在137亿年前，有一个大爆炸奇点，几乎无限小，几乎有无限的密度及热量。有一天，因为未知的量子效应，它爆炸了！爆炸力使其在几个普朗克时间内变得跟橘子一样大。过了137亿年，形成了今天的宇宙。

"因为未知的量子效应"，量子几乎是最小的物理单元了。我们人类也来自LUCA，是一个细菌吃了革兰氏阴性菌，生成了线粒体，慢慢繁衍而来。这个世界有时候就是那么奇妙，非常小的一个扰动，就会引发根本性的演变。

按科学家们的推想，是一种量子效应引发了爆炸。

大爆炸奇点的能量 = 全宇宙的 $Mc^2$ + 全宇宙的 E。这么庞大的能量，足以瞬间将宇宙加到十一维，并且十一维（本是一个点）会扩大到极大。随后能量会逐渐凝聚为质量，也就是说能量发生亏损。宇宙会变成十维，接着九、八、七、六、五、四，直到今天，是三维及一个时间维（四维）构成的宇宙。

神话是这么说的——

盘古开天。很久很久以前，天和地还没有分开，宇宙混沌一片。有个叫盘古的巨人，在这个混沌的宇宙之中睡了一万八千年。有一天，盘古突然醒了。他见周围一片漆黑，就抡起大斧头，朝眼前的黑暗猛劈过去了。只听一声巨响，黑暗渐渐分散。缓缓上升的东西，变成了天；慢慢下降的东西，变成了地。天和地分开以后，盘古怕它们还会合在一起，便头顶着天，脚蹬着地。天每天升高一丈，盘古也随着天越长越高。这样不知过了多少年，天和地逐渐成形，盘古也累得倒下来了。盘古倒下后，他的身体发生极大变化。他呼出的气息，变成四季的风和云；他发出的声音，化作隆隆的雷声；他的双眼变成太阳和月亮；他的四肢，变成大地上的东、西、南、北四极；他的肌肤，变成辽阔的大地；他的血液，变成奔流不息的江河；他的汗，变成滋润万物的雨露。

《圣经》的《创世记》载，在宇宙天地尚未形成之前，黑暗笼罩着无边无际的空虚混沌，上帝那孕育着生命的灵运行其中，投入其中，施造化之工，展成就之初，使世界确立，使万物齐备。上帝用七天创造了天地万物。这创造的奇妙与神秘非形之笔墨所能写尽，非诉诸言语所能话透。第一日，上帝说："要有光！"便有了光。上帝将光与暗分开，称光为昼，称暗为夜，于是有了晚上，有了早晨。第二日，上帝说："诸水之间要有空气隔开。"上帝便造了空气，称它为天。第三日，上帝说："普天之下的水要聚在一处，使旱地露出来。"于是，水和旱地便分开。上帝称旱地为大陆，称众水聚积之处为海洋。上帝又吩咐，地上要长出青草和各种各样的开花结籽的蔬菜及结果子的树，果子都包着核。世界便照上帝的话成就了。第四日，上帝说："天上要有光体，可以分管昼夜，作记号，定节令、日子、年岁，并要发光普照全地。"于是上帝造就了两个光体，给它们分工，让大的那个管理昼，小的那个管理夜。上帝又造就了无数的星斗，把它们嵌列在天幕之中。第五日，上帝说："水要多多滋生有生命之物，要有雀鸟在天空中飞翔。"上帝就造出大鱼和各种水中的生命，使它们各从其类；上帝又造出各样的飞鸟，使它们各从其类。上帝看到自己的造物，非常喜悦，就赐福这一切，使它们滋生繁衍，遍布江海湖汉、平原空谷。第六日，上帝说："地要生出活物来，牲畜、昆虫、野兽各从其类。"于是，上帝造出了这些生灵，使它们各从其类。上帝看到万物并作，生灭有继，就说："我要照着我的形象，按着我的样式造人，派他们管理海里的鱼、空中的鸟、地上的牲畜和地上爬行的一切昆虫。"上帝就照着自己的形象创造了人。上帝本意让人成为万物之灵，就赐福给他们，对他们说："要生养众多，遍满地面，治理地上的一切，也要管理海里的鱼、空中的鸟和地上各样活物。"第七日，天地万物都造齐了，上帝完成了创世之功。在这一天里，他歇息了，并赐福给第七天，圣化那一天为特别的日子，因为他在那一天完成了创造，歇工休息。就这样，星期日也成为人类休息的日子。

"造化钟神秀，阴阳割昏晓。"上帝就是这样开辟鸿蒙，创造宇宙万物的。

一个是中国的神话传说，一个是基督教的《创世记》，一个是科学的理论。这三个版本，去掉细节和名相，几乎是一模一样。


## 道家思想与微积分

中国古代的老子也在《道德经》里写了："有物混成，先天地生。寂兮寥兮，独立不改，周行而不殆，可以为天下母。吾不知其名，字之曰'道'，强为之名曰'大'。""有物混成，先天地生"，"混"就是混沌。

老子又说："天下万物生于有，有生于无。"量子就几乎是个"无"，极高的能量、极大的密度就是"有"，万物由此而来。

他又说："道可道，非常道；名可名，非常名。无名，天地之始；有名，万物之母。"这一段将"道"和"名"定义得很到位。在大爆炸前，宇宙确实不可知，也不能言说，当然是"无名"。

老子接着说："道生一，一生二，二生三，三生万物。万物负阴而抱阳，冲气以为和。"这就是"阴阳"的概念，也就是二进制。

老子在那个年代基本把世界的秘密讲清楚了，和盘古开天、基督创世、宇宙大爆炸是一回事。所以智慧不分远近，神话也不是那么荒谬，有其深刻的寓意在。

到 17 世纪，有一个欧洲人莱布尼茨，发明了二进制，还创立了微积分。

微积分的创立很重要！整个微分方程建立在微积分基础上，没有这个就没有近代数学的基础。数论、几何论都是在微积分的基础之上才建立的。

莱布尼茨说："二进制乃是具有世界普遍性的、最完美的逻辑语言。""1与0，一切数字的神奇渊源。"

莱布尼茨应该是受中国"阴阳"概念的启发而提出了二进制。他曾与一个从中国回来的牧师交流，这位牧师带回很多中国的书籍，跟莱布尼茨切磋，讨论过阴阳的话题。过了一段时间，莱布尼茨提出了二进制。

道生一,一生二,二生三,三生万物。用二进制来表达就是：0（道）、1（一）、10（二）、11（三）……111（七）……

"三生万物"就是后面的无穷变化，无非是前面几种变化的组合扩展而已。

莱布尼茨认为"7"是一个最完美的数字，上帝用七天创造了这个世界，而且代表"7"的二进制数字是111——三个"1"，三位一体啊!

莱布尼茨还证明了上帝的存在。且看他关于上帝的证明：要确定地了解一事物，则要了解其原因；要理解这一个原因，又要追索该原因的原因；如此类推，则世界的确定性知识不可能是一世界之内的动因，而是一超越的形上因，这个必要设置的形上因就是神。

这跟康德的观点有点儿类似吧。康德为了维护道德，必须假设上帝的存在。

莱布尼茨说："我们这个宇宙是某种意义上上帝所创造的最好的一个。神是单凭其至善而创造这一个世界的。"这里的"至善"简直就是康德"道德"的翻版了。康德的"道德"跟我们世俗的道德是两回事儿，它是一种价值体系，一种审美观。莱布尼茨认为，上帝是因为"善"创造了这个世界，因为世界就是这样的，他说的"善"也不是善良的善，你可以理解为"完美、和谐"的意思，所谓"至善"。

# 世界尽美吗

几乎所有哲学家、科学家——柏拉图、康德、莱布尼茨、牛顿、爱因斯坦等都认为，这个世界是至善尽美的。

这个世界是对称和谐的吗？这个世界是守恒不灭的吗？这个世界是至简的吗？这个世界是完备的吗？这个世界是一致的吗？这个世界是既完备又一致的吗？……这样的猜想就是审美，跟审美观有关。其实许多科学家、哲学家都是从审美角度来发展他们的假设和理论的，康德是，莱布尼茨是，牛顿是，爱因斯坦也是。

我们看看爱因斯坦。

先从这两个公式开始。

万有引力：

$$F = G\frac{m_1 m_2}{r^2}$$

库仑力：

$$F = k\frac{q_1 q_2}{r^2} = \frac{q_1 q_2}{4\pi\varepsilon_0 r^2}$$

我高中的时候就想，这两个公式的结构是一样的，有没有可能统一呢？爱因斯坦也是这么想的。他在广义相对论以后，主要精力就花在统一场论上了。从库仑力到万有引力，公式的结构都一样，这不是偶然。爱因斯坦认为上帝是不会掷骰子的，一定是纯美的、统一的，在相似结构后面应该有一个可以统一的理论。

只是他至死也没能完成这个猜想的证明。统一场论到底对不对？我们至今也不可知。

## 不完备性定理

有一个不是特别有名的数学家叫希尔伯特，他设想将公理作为数学大厦的地基，然后在此基础上可以推导出宇宙间所有的定理。然后整个数学就结束了，不再需要新的研究和发现了。

哥德尔（美籍奥地利数学家、逻辑学家和哲学家）认为这个观点不对，提出了著名的"不完备性定理"。

第一个不完备性定理：每一个强大到足以描述计算的数学系统不是不完备的就是不一致的。

第二个不完备性定理：一个一致的数学系统不能证明它自己的一致性。

我先讲什么叫完备性，什么叫一致性。

完备性：如果我们能够证明一个数学系统中的每一个真实的陈述，我们就说这个数学系统是完备的。

一致性：如果我们不能证明一个已经被证明的命题的反面，那么这个数学系统就是一致的。

哥德尔的理论，简单说就是一个系统不可能同时具备完备性和一致性；可证的一定是真的，但真的不一定可证。

哥德尔不完备性定理比较难懂，但他用这个理论，推导出了上帝的存在。哲学家王浩在其著作《逻辑之旅：从哥德尔到哲学》中记录了一份哥德尔的哲学清单，也是很有意思的，不妨来看一看：

1. 世界是合乎理性的。

2. 人类理性原则上可以发展得更高（通过某些技术）。

3. 存在着系统的方法来解决所有的问题（包括艺术，等等）。

4. 存在着其他的世界和另外的更高种类的存在者。

5. 我们居于其中的这个世界，不是我们将要在其中或曾经在其中的唯一的世界。

6. 有更多可知的先天的东西，目前已知的那些，与它们相比少得可怜。

7. 文艺复兴以来的人类思想的发展是全然可理解的（durchaus einsichtig）。

8. 人的理性将在每个方向上获得发展。

9. 形式权利形成一门真正的科学。

10. 唯物主义是错误的。

11. 更高的存在者是通过类比，而不是通过组合，而与其他的东西相联系的。

12. 概念是客观存在的。

13. 存在科学的（精确的）哲学和神学，它们处理具有最高的抽象性的概念；它们对科学来说，也是最有成效的。

14. 诸多宗教在很大程度上是糟糕的，但宗教（按：指宗教本身）不是。

哥德尔不完备性定理是一个被大家忽视了的重要理论，在当今关于人工智能的争论里很有价值。

根据哥德尔不完备性定理可推导出：所有的人造系统都是有瑕疵的。因此，所有的被创造物，在灵性、智慧层面无法超越创造物。

AI 就是典型的人造之物。AI 能不能超越人？从知识和力量的角度，AI 超过单体的个人是轻而易举的，但是在智慧的层面，它无法超越人类。人类的认知和能力有明显的局限，前面我们也讨论到人类有时空的结界。在大部分区间，微分方程无解。宇宙有许多区间对我们不开放，人类的认知有边界。AI 也是一样。

有些道理我们能够判别，但机器单纯用一阶公理化系统却无法得知。假如机器可以用非一阶公理化系统，例如实验、经验，那也有可能达到人类的水平。

人类有一种到达真理的直觉方法，但因为跟计算机式的方法不同，人类可以知道为真的事情并不受其定理限制。

从哥德尔不完备性定理可以有一些引申、推理。关于数学和我们的宇宙，有一些深层次的基本真理，我们永远无法解开。并非"逻辑上不完整"，只是还没有找到理解的工具和方法。

这也许就是造物主给我们的另一个"结界"。

# 上帝存在吗

这里，我们用"上帝"一词指代古往今来人们无数次讨论过的那个形而上的存在。

莱布尼茨证明过，哥德尔用数学方法也证明过。

哥德尔关于上帝存在的数学证明如下：

公理1（二分法）：一个性质是肯定的当且仅当它的否定是否定的。

公理2（闭合）：一个性质是肯定的，如果它必然蕴含一个肯定的性质。

定理1：一个肯定性质在逻辑上是一致的（可能有某个特例）。

定义1：某物是类上帝的当且仅当它具备所有的肯定性质。

公理3："是类上帝的"是一个肯定性质。

公理4：一个肯定性质是必然肯定的。

定义2：当且仅当 x 拥有特征 P 并且特征 P 必然是最基本的性质时，那么特征 P 即为 x 的本质。

定理2：如果 x 是类上帝的，那么类上帝的是 x 的本质。

定义3：x 必然存在，如果 x 的本质不必然有某个实例。

公理5："是必然存在"是肯定的。

定理3：必然有某个 x，x 是类上帝的。

上述证明中的"上帝"是一种性质，而不是一个专名（也就不是原本基督教义所指的唯一之神）。哥德尔从一开始就没有排斥在宇宙中可能有多个上帝（只要有多个 x 满足 God-like 就可以）。

讲到上帝的存在，不得不讲另一个哲学家——斯宾诺莎。他说，宇宙间只有一种实体，即作为整体的宇宙本身，而上帝和宇宙就是一回事。"斯宾诺莎的上帝"不仅仅包括物质世界，还包括精神世界。自然即神的化身。我年轻时，深受他这一观点的影响。

世界上只有上帝拥有完全的自由，而人永远无法获得自由意志。完全肯定性的"存在者"只能有一个，它必定绝对无限。

上帝和宇宙就是一回事，不仅包括了物质，还包括了精神，自然即神的化身。佛教也有类似的概念。

对于我们人类，上帝是不可知的，跟黑洞不可知、微分方程不可解是一样的。

对于上帝的认识，我们可以总结成几个要点：

1.上帝是绝对真理，那套完整的无限的真理，就是上帝。人类得到的要么是不完备的，要么是不一致的。

2.上帝是普遍存在的，上帝是跨越空间的。

3.上帝是永在的，上帝是可以跨越时间的。

# 上帝掷骰子吗

这是爱因斯坦提出的一个问题，因为量子力学的很多理论，颠覆了传统的可测量、可观察的观念。

爱因斯坦认为上帝不会掷骰子。那到底是不是这样，我们就要关注一下量子力学的问题。

一个物理量如果存在最小的不可分割的基本单位，则这个物理量是量子化的，这个最小单位被称为量子。

最小的粒子是夸克，最小的物理单元是量子。量子不是某种介质，而是一批介质。光子就是一种量子。

关于量子力学，我们有"不确定性原理"：一个微观粒子的某些物理量（如位置和动量，或方位角与动量矩，还有时间和能量等），不可能同时具有确定的数值，其中一个量越确定，另一个量的不确定程度就越大。

德国科学家海森堡进一步说明：能量的准确测定如何，只有靠相应的对时间的测不准才能得到。

量子还具有波粒二象性：所有的量子同时是波和粒子。

关于量子的波粒二象性和测不准原理，有一个著名的双缝实验。

在双缝实验里，单色光照射在一堵有两条狭缝的不透明挡墙上，在挡墙的后面设立一个侦测屏障，在侦测屏障上可以观察到干涉图样。这说明光子是波。现在，装一台狭缝侦测器，能够侦测到光子的行踪，那光子会经过两条狭缝中的哪一条呢？打开狭缝侦测器后，熟悉的干涉图样就会消失不见，改变成另外一种图样。

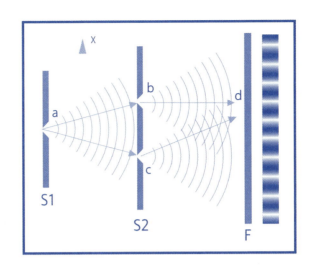

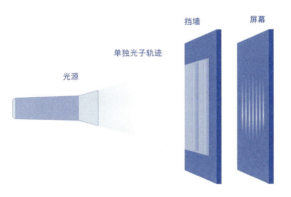

单独光子轨迹    挡墙    屏幕

光源

　　这个现象可以用量子的叠加状态原理来解释。只要我们不观察，光子、电子实际上同时处于所有可能的状态，只是一团模棱两可的可能性。观察本身，让电子落入唯一状态（粒子或波）。每当在量子水平上对物质进行测量，物质的（粒子 + 波）叠加状态就坍缩了。

　　哥本哈根诠释（丹麦物理学家玻尔与德国物理学家海森堡共同提出的对量子力学的一种诠释）是这么进一步解释的：物理系统的状态在被观察或测量之前是模糊的，只有在被观察或测量时，它的状态才会坍缩成一个确定的状态；观察者的存在和意识是影响这个物理系统状态的因素之一，这也被称为"观测者效应"。

光子、电子、粒子，只要我们不观察，它们就同时处于所有可能的状态，只是一团模棱两可的可能性。混沌初开、天地一片混沌，观察本身让电子的状态落入唯一，坍缩了。每当在量子水平上对物体进行测量的时候，叠加态就坍缩。这是量子的一个很重要的概念。可以肯定地说，观测者不同，光子束打的点不一样，图案也不一样。

所以，人类不仅是这个宇宙的观察者，也是参与者。我们的存在会改变结果。

在量子力学中有个非常重要的方程——薛定谔方程，它在量子力学中的地位，相当于牛顿定律之于经典力学和麦克斯韦方程组之于电磁学。它不是推导出来的，而是一个基本假设。

一维薛定谔方程：

$$-\frac{\hbar^2}{2\mu}\frac{\partial^2\Psi(x,t)}{\partial x^2} + U(x,t)\Psi(x,t) = i\hbar\frac{\partial\Psi(x,t)}{\partial t}$$

三维薛定谔方程：

$$-\frac{\hbar^2}{2\mu}\left(\frac{\partial^2\Psi}{\partial x^2} + \frac{\partial^2\Psi}{\partial y^2} + \frac{\partial^2\Psi}{\partial z^2}\right) + U(x,y,z)\Psi = i\hbar\frac{\partial\Psi}{\partial t}$$

定态薛定谔方程：

$$-\frac{\hbar^2}{2\mu}\nabla^2\Psi + U\Psi = E\Psi$$

这是一个二阶线性偏微分方程，$\Psi(x, y, z)$ 是待求函数，它是 x、y、z 这三个变量的复数函数，也就是说函数值不一定是实数，也可能是虚数（注意"虚数"这个词）。式子最左边的倒三角的平方是拉普拉斯算子，意思是分别对 ψ(x，y，z) 的梯度求散度方程。

说起薛定谔，有一个著名的薛定谔的猫悖论。将一只猫关在装有少量镭和氰化物的密闭容器里，镭的衰变存在概率。如果镭发生衰变，会触发机关打碎装有氰化物的瓶子，猫就会死；如果镭不发生衰变，猫就存活。根据量子力学理论，由于放射性的镭处于衰变和没有衰变两种状态的叠加，猫就理应处于死猫和活猫的叠加状态。这只既死又活的猫就是所谓"薛定谔的猫"。

猫怎么会既是死的，也是活的呢？这就是悖论。


## 未来不可知

关于这个悖论所导致的不确定性，海森堡认为：测量这动作不可避免地搅扰了被测量粒子的运动状态，因此产生不确定性。

康德曾经说过："不是事物在影响人，而是人在影响事物。人在构造现实世界，在认识事物的过程中，人比事物本身更重要。我们根本不可能认识到事物的真性，只能认识事物的表象。"

王阳明有这么一段话："你未看此花时，此花与汝心同归于寂；你来看此花时，则此花颜色一时明白起来。便知此花不在你的心外。"王阳明悟到的东西，居然跟量子力学一脉相通。

牛顿力学不可避免地推导出宿命论。只要完全知道宇宙在某一时刻的状态，便能依此预言宇宙中将会发生的任一事件。

量子力学必然推导出因果论。任何一种再微小的观测都可以使对象的状态发生改变，从而使原对象的体系进入一个新的状态量。在未干扰前，其状态量会沿着一个自身作用的方向发展，干扰使它开始了一个"新纪元"。这个干扰结果对于对象而言是确定的，会使对象进入一个新状态。当然，这个新的结果又会作用于其他体系，从而影响整个宇宙。

不过海森堡认为，因果律的陈述中，"即若确切地知道现在，就能预见未来"，所得出的并不是结论，而是前提。我们不能知道现在的所有细节，是一种原则性的事情。

我们无法知道现在所有的细节，因为按照量子理论，在量子层面是遍在的。我们无法知道遍在的所有细节，所以我们无法准确预知未来。

由于熵增原理，时间不可逆，人类回不到过去。但即使这个世界是一个因果世界，我们还是不能预知未来。为什么未来不可知呢？

从计算机学来看，通过物理定律来推算未来事件，这种推算是一种无限递归（函数反复调用自身，永远无法结束，无限循环直至程序崩溃），故算法无法完成。

从可行性来看，我们生活的世界好比一台 400 MIPS[1] 的电脑，不可能模拟出一台 500 MIPS 的虚拟机。故未来不可知。

人类就处于这样的悖论中：如果人们甚至不能准确地测量宇宙当前的状态，那么就肯定不能准确地预言将来的事件！

但客观来说，宇宙当前的状态是确定无疑的。

量子是遍在的，会随着观测者而坍塌为实相。量子计算的原理也是如此。凭借强大的算力，将所有可能都呈现出来，那么现实中某个事件的密钥，只不过是其中的一个"坍塌"而已。

---

1　MIPS：Million Instructions Per Second 的首字母缩写，表示每秒能执行的百万条指令数，是衡量计算机运算速度的指标。

# 和谐与统一

我是一个理科生，比较系统地学习了数学、物理等科学知识。由于对人文的喜好，也读了很多文科的书籍。大学期间比较安静，文学、哲学书籍读了不少，以西方的居多。中年以后回过来再次学习、领会中国古代大家们的东西，自己也冥想打坐，跟高人请教。

这篇文章是对我所学、所悟的整理。浩瀚书海，万千学问，归根到底一句话，都是相通并和谐的。

## 东西方的相通

我们强调东西方的差异，强调各自的民族和地域特征，强调各自的文化遗产，而忽略了彼此之间的一致性。

这使我想起了著名的禅宗公案，关于慧能和神秀两个流派的争论，历时上千年，似乎至今尚无定论。且看神秀和慧能的两首诗：

身是菩提树，心如明镜台。时时勤拂拭，勿使惹尘埃。（神秀）

菩提本无树，明镜亦非台。本来无一物，何处惹尘埃。（慧能）

某种意义上，中国人走的是慧能的道路，西方人走的是神秀的道路。这是两个不同的体系，最后影响了中国文化和西方文化的面貌。

"时时勤拂拭"，微积分即类似这样的工具，哥德尔就是这样的科学家，爱因斯坦也是这样，整天琢磨，走的是实证、逻辑、数理的路。而中国人讲究的是方便法门。东西方在求道的途径上走了不同的方向，但都探寻到了道的真谛。

中国人走的是"写意"之路，中国的画是山水画、意象画，诗也是意会的。西方的绘画是运用透视法等手段的写实派。

不管是慧能还是神秀，两条道路都可以通向真理，都可以得道。强调任何一方，就是"分别心"。八万四千法门，应人、应时、应事度人。虽道路不同，到达的是同一个山顶，看到的是同一片风景。

## 哲学的相通

哲学也是相通的。不管什么流派，不管是东方还是西方，我们都只能得到绝对真理的某个切片，但都是真理的一部分。

从前面的讨论里我们也看到，西方的诸多哲学大家，虽然用的词不一样，实际上说的道理差不多。但是，我个人相信这个世界首先是一个观念的世界，然后才是实体的世界，观念是第一性的。

各种哲学，在探究真理的道路上路径不同，到达的依然是同一个顶点。

## 宗教的相通

不同宗教的很多理念，在某种程度上，也是相通的。

且看中国的道教和佛教，其主张就有很多相似之处——

道教：静，定，慧。

佛教：戒，定，慧。

## 宗教和哲学的相通

再看看哲学上对于理想人类的描述，如尼采的超人、王阳明的圣人、老子的圣人、孔子的圣人，这些也跟宗教颇有相似之处。哲学、宗教都是探索真理的法门。

这些觉者、圣徒、圣人都是能够悟道之人，他们看到了逻辑之外的东西。

通过前几章的讨论，我们已经了解了科学、哲学和宗教的诸多相通之处，这里不再赘述。

人类习惯将知识分门别类，归为科学、宗教或者哲学。其实，早期的大家们既是科学家，也是哲学家，甚至是宗教的启蒙者。他们都是真理的求索者，法门不同而已。只是后人分门别类，各冠以不同的名相。

此外，还有两个特点也是非常明显的，一是人类认识的局限性，二是真理的难以言说。

## 人类认识的局限性

通过前面的讨论我们可以看到，语言和文字有其局限，即使科学如化学和物理，甚至连人类表达的最高形式——数学，都是有局限的。描述宇宙的通式微分方程大部分无法有精确解，一般无通解，也验证了我们认知的局限。

这就是人类认识的局限性，我们无法到达绝对真理，无法洞察全部真理。

## 真理的难以言说

真理难以言说，一定程度上是因为语言文字是人类约定俗成的符号系统，其准确性和精微度并不是百分之百的。

康德说："事物是具体的，是物化的，而语言是抽象的。这两个东西怎么可能一致？"

我这里引用《维摩诘经·入不二法门品第九》来更生动地说明语言文字的局限之处：

"尔时，维摩诘谓众菩萨言：'诸仁者，云何菩萨入不二法门？各随所乐说之。'

"……

"如是诸菩萨各各说已，问文殊师利：'何等是菩萨入不二法门？'

"文殊师利曰：'如我意者，于一切法，无言无说，无示无识，离诸问答，是为入不二法门。'

"于是，文殊师利问维摩诘：'我等各自说已，仁者当说，何等是菩萨入不二法门。'

"时，维摩诘默然无言。文殊师利叹曰：'善哉！善哉！乃至无有文字语言，是真入不二法门。'"

# 生命的意义

如何理解生死？如何理解人生的意义？

## 关于生命

叔本华是这么理解的：一切事物的变化都只在于表象之间。出生只是从前一状态转变而来的，所以不是一种无的状态。同样，死亡也不是归于无，而只是以另外一种状态存在于表象世界中。

基督教说："信我，必得救。"

佛教说："觉悟。"佛是觉者，"觉"了就是佛。

慧能说："本自具足。"就是全部中包含了部分，部分中包含了全部。

一个木头你切了一半，还是木头，本质没有变，接着切，还是木头，再接着切，切到不能再切，还是那个木头的本质和本源。切到最后就是量子，量子是最小的物理单位。

莱布尼茨用单子来诠释这个观念：任何有广延的东西，即有长度的东西，都可以被分割。被分割了的东西分别包含了自己的全部可能性，并且自足；如此类推，则只要有广延性，就不自足，而要依他物而被知，就不是实体。故实体不可分割，是一种没有广延的东西，他称之为单子，单子的性质就是思。这广延的世界就是由无限多的单子构成的。

我们所有的观念（概念）都是由非常小数目的简单观念复合而成，它们形成了人类思维的字母。

复杂的观念来自这些简单的观念，是由它们通过模拟算术运算的统一的和对称的组合。

黑格尔也说："我就是我们，而我们就是我。"

中国的针灸很好地体现了这个思想，包括熵的概念也在内。

针灸就是在你身体的某一个小宇宙（穴位）给予信息，从而影响身体这个大宇宙，达到治病的作用。因为"全部"中有"部分"，"部分"中包含了"全部"。信息是负熵。针灸不是用针治你的病，而是通过部分给予整体一个信息，让身体从无序到有序，让身体熵减，然后病就好了。

我们再来看看佛学如何说"我"和这个世界的关系。

大乘佛教之缘起论认为：

第一，诸行无常，谓自时间上观之，一切现象皆属迁流变化而刹那生灭者，故无固定不变坏之物存在。

第二，诸法无我，谓自空间上观之，诸法依缘起之法则，互相依存，而无"我"之实体可言。

第三，涅槃寂静，谓有情众生颠倒诸法实相，妄执有"我""我所"，因而起惑造业，流转不息；如能悟解"无我"，则惑乱不起，当下即能正觉诸法实相，深彻法性寂灭，获得无碍自在，而证一切皆空即涅槃寂静。

甚至连近代西方心理学家荣格也这么说，他认为万物都"自性圆满（individuation）"。万物追求其自身圆满，通过这种成长，每个活物都将成为它从最初就注定会成为的那种存在。

"一切众生，具有如来智慧德相，但以妄想、执着而不能证得。"什么叫如来智慧？就是那个绝对真理，绝对存在，就是那个遍在和永在。

老子的《道德经》还给我们指出了体悟"无我""归根"之路："致虚极，守静笃。万物并作，吾以观复。夫物芸芸，各复归其根。"冥想打坐可能达到这个境界，可以一试。

关于生死，孔子选择回避："未知生，焉知死？"佛教的回答是"当下"。欲问生死，且看当下。

## 人生的意义

生死我们无法参透，那生命的意义又在何处呢？

我从年轻的时候就开始追寻生命的意义。追寻了半天，今天的结论是："生命无所谓意义，只有过程。"

因为意义这个问题本身有问题。讨论本体的意义没有意义，意义是对于客体而言的。那作为客体的我们意义何在呢？

物理上能量和频率的关系是：频率越高，能量越大。假如说人生有何意义，就是提升频率，提高能级，进入高维时空。

最高维空间就是所谓"上帝"所在之处，我们可能永远到达不了，但可以无限接近。只有放下自我，才能"觉悟"，才能"得救"。

这里所说的"上帝"，不同于基督教所说的"上帝"，这里的上帝是绝对真理、绝对存在的指征。

斯宾诺莎进一步指出：基督教徒信仰的那种个人永生绝无其事，只能够有越来越与神合一这种意义的个人永生。我们愈能够将事情看作是必然的，就愈容易与"上帝"合为一体。

如果有上帝，就一定有灵魂。所以我们不要悲观，不要绝望。

假如说我们是高维生物的一个游戏，那这个游戏的目的又是什么呢？是模拟他们的生活，是他们世界的模拟器？作为游戏的一个角色，也许每个人都有自己的脚本，我们的人生就是用来修炼灵魂，使之进阶、完美的。提升我们的频率，也就是提升我们的能级，提升我们的智慧，提升我们的灵性。

　　这个世界是高阶生物的一场游戏的概率还是蛮大的，当游戏中一个角色试图思考"意义"的时候，确实没啥意义。而这场游戏的意义，也像我们人类设计的大部分游戏一样，在于角色的修炼和进阶，也就是我们的灵魂得到升华。提升到更高维度，接近我们的创造者——那些（个）高维生物。

# 回家

　　其实万物都是有灵性的，人类不是特别的存在。放下自我，感知那个高维的存在，就能看到诸法实相。这个"法"就是规律、法则，就是本质，就能达到无碍自在的境界。

　　就能够"归道"。

　　因为我们是从"道"那里来的。

　　"道生一，一生二，二生三，三生万物"，我们最后的归宿就是一个回归的过程：做减法，万物归三，三归二，二归一，一归道，"道"就是我们的"家"，我们最后都将归于道。我们最后的归宿就是"归道"，就是"回家"。

　　音乐是数学的声音表达，最后让我们脑海里回响着马友友演奏的德沃夏克的《回家》，让这优美的旋律，伴随我们的回家之路。

《宇宙观》全文演讲于 2023 年 10 月 3 日

整理于 2024 年 9 月 6 日

境

# 十年创业路

我想应该是这些特质促使我永不停步：敢于冒险、勇于牺牲、富有激情、良好的商业直觉、开阔的心胸、执着和坚持、不断学习和反省。

# 第一程：携程

1999 年，大学同学万辉介绍我认识梁建章，那时他在甲骨文公司（Oracle）工作。我们闲来无事经常在周末出去旅游。有一次，建章从美国看女朋友回来，心情很激动，说美国的互联网公司正如火如荼，我们是不是也一起搞个试试。

当时，我自己经营一个小公司，挣点儿小钱，但不管怎么努力也做不大，正琢磨着如何实现高远的志向呢。于是，我们一拍即合，当即决定创业。我们又拉来了从事金融的沈南鹏（巧得很，南鹏也是万辉介绍认识的）和从事旅游业的范敏。大家志同道合，一起开始了创业——携程旅行网。

当时，创业的主要动机就是想借助互联网的浪潮，多挣点儿钱。当然，其中也有理想的成分，想要做点儿什么来证明自己，想要成就一番事业。也就是说，这是四个不满于现状、有些莽撞的年轻人被趋势所刺激，还带些理想主义，追逐财富梦想的平常的创业故事。

商业模式也没有什么石破天惊的创新，只是仿照美国亿客行（Expedia）的模式，先从内容开始，然后靠订房、订票获取利润。那是个凭着一份能够讲得通的商业计划书就可以融到钱的年代。我们的商业计划不如门户网站那么激动人心，但凭着我们四个还不错的资历，拿到风险投资还是可以的。

第一笔钱是具有远见的 IDG 投的，而且从此开始，他们一口气投了三个我参与创办的企业：携程、如家、汉庭。这不能不说明，在疯狂的年代，依然有聪明人和明白人。

公司从卖景点门票开始，到零售旅行社的团队保价，尝试过几个盈利模式。当时旅行社、机票代理都很厉害，不一定看得上我们，接触了几个订房公司，规模倒是不大，也在盈利和规模化之间挣扎。我们利用互联网这个好概念，吸引了部分行业精英。千里马软件的郑南雁、商之行的吴海和他的团队就是这么加入的。之后通过互联网的高溢价，我们并购了当时最大的订房公司——现代运通，王胜利就是在这次并购时加入的。携程从此走向了以订房为主的业务模式。

我们几个创始人始终坚信，做企业一定要赚钱，光靠点击率和风险投资的钱来维持企业是不靠谱的。这也是我们从一开始就拼命寻求盈利模式的原因。

在碰上互联网泡沫破灭的时候，我们误打误撞上了"鼠标加水泥"（互联网—订房中心）的模式。风险投资的最后一笔钱救了我们的命（包括凯雷和IDG），使我们能够支撑到盈利的那一天，然后再上市，实现辉煌。

有人说，风险投资（VC）和私募股权投资（PE）这些投资人都是"吸血鬼"，贪得无厌。有些人对投行等中介机构印象也不好。

这里，我想借机说一下我的观点：商业是一条有机的价值链，所有的环节都有其存在的必要性，利润分享和共存共赢也是必要的，不存在谁好谁坏的问题，关键是心态。有些创业者患得患失，总感觉别人占了便宜。在融资的时候到底如何定价，没有固定的标准。虽然有现金流贴现、PE或EBITDA倍率（EBITDA，指未计利息、税项、折旧及摊销前的利润）等技术方法，但许多时候是靠双方的感觉。上市定价也是一样，共赢、长期、稳定发展才是根本。

关于泡沫，许多人批评、诟病较多。实际上，聪明人借助泡沫可以做好多事情，比如融资、网罗人才、免费吸引眼球和关注等。

有泡沫的时候，融资一定作价不低，再精明的投资人也很难抵御泡沫带来的冲动和疯狂。他们离股市更近，更容易受到股市起伏的影响。泡沫中能否拿到钱，可能决定了企业的生或死；泡沫中也必然得到高估值，创业者是不会吃亏的。

像互联网泡沫，曾吸引很多人投身互联网事业，有些从外企出来（像建章和南鹏），有些从国企高位下海（像范敏），没有泡沫的"煽惑"能行吗？我看比较悬。

不管是互联网泡沫还是房地产泡沫，都是大众和媒体关注的重点。借此推广自己，增加知名度和曝光率，何乐而不为呢？携程网在互联网泡沫中虽然不及门户网站出风头，但也风光不小，是媒体关注的焦点之一。

如前文提及，携程的创业中，我们始终坚持任何商业机构都要挣钱，因此苦苦寻求盈利点，从卖门票到卖旅游团，再到酒店订房。我们在1999年就有了自己的"800"预订电话，2000年确立了绕开支付与配送的酒店预订模型，2002年就实现了盈利。

待到互联网泡沫渐渐过去，资本市场开始回暖的时候，携程第一个冲出去，2003年12月在纳斯达克上市，今天的市值将近60亿美元。

2011年6月17日

# 第二程：如家

携程最后一轮融资正好处于互联网泡沫破灭的时期，我们唯恐现金储备不够，融的钱比较多。因此，公司盈利后还有很多现金剩余。公司决定寻找新的投资方向，让剩余的现金发挥最大的作用——这些现金的成本非常昂贵，都是通过稀释我们创始股东的股份得来的。

当时，携程的订房量已有几万间了，我们对中国各档次酒店的销售状况比较了解。有许多客户反映携程上便宜的酒店很少。在酒店方面，卖得最好的一家经济型酒店——新亚之星，不像其他酒店无限量供应客房，每天只能让我们预订几间。从供求关系来看，经济型酒店是市场的一个空白点。因此，公司决定开始尝试投资经济型酒店，派我为代表进行探索。这也就是当初如家的由来。

一开始的商业模型是西方酒店联盟的模式，利用携程主推的诱惑，发展三星级酒店挂牌如家，硬件不统一，服务标准不统一，定价体系也不统一，但坚持品牌是一样的。由于业主不同，实际上许多酒店挂两块牌子。这样的盈利模型收入很少，品牌特征不明显。

在融资方面也不顺利。记得我和南鹏在北京走访了好几家风险投资公司，都是无果而终。大家对这种小型旅馆的模型不感兴趣，大多数投资者一时半会儿也不可能看清酒店业的情况。

记得在 IDG 一次投资企业的内部聚会上，我们提出建议，希望投资者不要老盯在 IT 等高技术企业上，而应该在传统领域做些尝试。当时，IDG 应该是将信将疑，抱着试试看的心态，又一次成为我们的第一轮投资者。他们投资我们，最关键的原因应该还是看重我们这批人——携程的这个团队，已经经历了一些风雨，感觉还是可以成事的。

因此，要指望多数 VC、PE 投资者比创业者本人更了解一个行业，几乎是不太可能的，尤其是一些新行业和创新、变革中的老行业。尽管现在许多投资公司都养了大批分析师之类的人才，但这些人从学校出来没几年，让他们短时间内参透一个行业是不现实的。那么，最好的方法要么是找到这个行业顶尖的、最优秀的人才来帮助甄别、判断，要么就是看创业团队是否能够成事，是否有独特的竞争优势，值得投资。

在接触了国内几家主要的经济型酒店玩家以后，我们非常幸运地得到和首旅合作的机会。虽然当时也有好多人对和国企的合作不乐观，但最后的结果出乎大多数人的意料。

究其原因，一是首旅的最高决策层，不计较眼前的小得失，而着眼于品牌投资和价值投资，对我们合资公司的管理层也充分信任，完全是市场化的机制。至今，我仍然感谢和钦佩他们宽广的胸襟和远大的视野。

二是和首旅的合作为我们争取了时间。当时我说，我们的发展进程至少比我们自己从零开始提前了一到两年。今天看来，这一到两年是多么重要啊！甚至可以说是性命攸关的因素。要是晚两年，莫泰、7 天等连锁酒店品牌迅速崛起，如家的先发优势可能就丧失殆尽了。

通过首旅的四家"建国客栈"，我更加坚定了直营发展的模式，坚决摒弃了原来的联盟模式。这也是如家能够快速发展、快速盈利的关键。

在如家，我带去了许多 IT 和互联网企业的风格，其中有许多是跟我的创业伙伴学习得来的。

比如，在传统行业引入风险投资。现在好像没有什么稀奇，但那个年代风险投资大多数学习硅谷模式，关心技术，尤其是 IT 技术，很少投资酒店这种传统的行业。我们一开始就设计好，经过若干轮融资，最终上市，达到我们当初将多余现金利益最大化的目的。

我还将互联网行业"快鱼吃慢鱼"的提法带到酒店业，倡导速度和效率，而不是按部就班，遵循常规发展的传统思路。同时，引入许多现代管理工具和手段，包括 ERP 系统、基于平衡计分卡的绩效考核等。

这样的做法打破了酒店业常规，开创了中国酒店业的一个新时代。

但是，天不遂人意，创业不久，2003 年非典开始了，恐惧笼罩着神州大地，也影响了一部分投资人。董事会决定停止新项目、裁人、减费用，这对我们整个团队是一个非常大的打击。我也经历了创业以来最大的一次考验和撞击。正所谓"内忧外患"：内部由于不能完全认同部分董事的意见，许多创业元老纷纷离开；外部是不知道非典将在多大程度上影响到酒店的生意。

我认为，那时候投资人和我都是对的。这样的危机从来没有遇见过，没人有经验。太冒险了，公司就完蛋，无异于赌博。投资人考虑的是控制风险，我看到的是机会，可能考虑得相对长远一些。但这样的摩擦，还是为后面的分手埋下了伏笔。

2004 年年底，离我们上市的目标越来越接近。董事会决定寻找职业经理人进入公司。大家看到孙坚的时候，都觉得是个不错的人选，他为人谦和、友善，沟通能力强，有连锁经验。公司过了草莽创业的阶段，大家认为由职业经理人来领导更为合适。当时也有人建议我继续留在公司，可以有个平缓的过渡。但前期大家的分歧，使我感觉缺乏尊重和信任，于是我还是选择了离开。

因此，离开如家可以说成是我离开如家，或者说是如家挤走了她的创始人。

应该讲孙坚做得还是相当不错的，在管理上延续得很好，使如家过渡得比较平缓，在原来的基础之上又上了一个台阶。我离开后的第二年（2006 年）10 月，如家成功地在纳斯达克上市，现在市值在 14 亿美元左右。

2011 年 6 月 27 日

# 第三程：汉庭

　　离开如家后，我并没有想去做一个和如家竞争的东西。当时的想法是进行中档酒店的尝试，类似于早期雅高的诺富特（Novotel）和万豪的万怡（Courtyard），现在汉庭的"全季"和如家的"和颐"也是属于这一档。同时，我还对商业地产感兴趣，在上海参与了几个创意园区的投资，还购买了若干物业，想做如家加盟店。

　　现在看来，这些想法都非常超前。当时的情况也确实如此，中档酒店过于超前，进入饱和运营的时间长，而最要命的是，适合开这类酒店的城市和地段不多，这样也就很难规模化。第一个加盟如家的物业，运转也不顺畅，我也就断了购买物业加盟的想法。再说自己这点儿资金，购买物业还不够充裕，人的优势没有得到充分运用，杠杆放大效应也不强。

　　我苦撑了两年，在 2007 年杀了个回马枪，回到了经济型酒店的市场中来。这也要归功于我的一个朋友吴炯。他问我中国未来可以容得下几家大型经济型连锁酒店，我说四到五家是至少的。他又问，中国有人比我更熟悉经济型酒店行业吗？我不敢说是唯我一个，但也是其中之一吧。因此，我决心回到这个行业也是情理之中的事。重新做回经济型酒店，轻车熟路，省去了弯路，直奔主旨。

　　新起点，新高度。我们的产品更好，选址更加方便主要客户，团队更加强大和互补，股权结构的设计更加稳定，愿景和目标更加高远，公司发展的速度也是同行中最快的。

　　在产品设计上，不再用比较卡通和张扬的彩色色块，而改为较为沉静平和的温馨风格，采用时尚简约的专利卫生间，光纤接入、双网口、无线覆盖公共区域的升级互联网服务，房卡、会员卡、梯禁门禁的一卡通，不用退房的"无停留离店"，有利于颈椎健康的荞麦枕头，有格调的印象派油画……和已有的经济型产品相比，汉庭快捷俨然是老版经济型酒店的升级版。

在选址上，汉庭也和其他品牌错开。别人主要是扩大网络覆盖，我们却是要进入中心城市的中心位置，而且以长三角为主，逐步向渤海湾和珠三角发展。这样在一开始就将最主要的经济发达地区连成子网络，对商务客人来说比较方便。

在追赶已经强大起来的竞争对手的过程中，我们提出，每间可销售客房收入（RevPAR）比他们高10%，营建成本一致，但经营成本比他们低10%的竞争策略。经过几年的努力，这个策略使我们逐步赶超了对手，成为行业精益管理的佼佼者。

汉庭的初创也是非常幸运的，除了一开始和我一起创业的金辉、海军、成军等人，2007年加入汉庭的张拓、张敏也非常优秀。我曾经说，汉庭这个团队完全可以和我们携程当初的团队相媲美。

在股权结构上，我们确保创始团队的股份较大，上市后还有超过50%的比例。股权过于分散，不利于公司长远的规划，会倾向于近期和短期利益考虑。经过这几年的创业打拼，我感觉酒店行业的企业有一个大股东会发展得更好、更稳定一点儿。

汉庭创立时不再将上市作为目标，而是将上市看成实现目标的手段。汉庭的愿景是成为世界领先的酒店集团。我曾这样表达创业理想：一群志同道合的朋友，一起快乐地成就一番伟大的事业。

在融资上我们也比较幸运，投资我们的大多数是熟悉的朋友，大家比较了解。尤其是IDG，周权在海南说过一句开玩笑的话："季琦，你下一个创业公司我们一定投，你卖狗屎我们也投。"

这句话既是激励也是鞭策，让我感动良久。也许老天偏偏要考验我们，创业不久就碰到金融危机，实际业务影响不大，但资本市场一片萧条。碰到这样的事情已经不是第一次，我始终认为危机的时候是"买东西"（投资）的好机会，因为价格便宜。不管是非典时期的物业，还是金融危机时候的企业，价格都是最低的。在这次金融危机期间，我也做了这辈子最大的一笔投资——投资汉庭，我本人追加了许多投资，跟投资人一起投资汉庭。这既是我对汉庭的承诺和信心，也是一次很明智的投资。

利用危机，汉庭抓紧"练内功"，抓成本控制、员工培训、IT系统建设……危机过后，汉庭是最早走出危机的企业之一。2010 年3 月，汉庭顺利在纳斯达克上市，目前市值超过 10 亿美元。

2011 年 7 月 1 日

# 第一家汉庭的故事

第一家汉庭，开在昆山。

那是在 2005 年，昆山火车站旁边的物业刚好在招商，我们把它拿了下来。那时候还没有高铁，昆山的火车站非常非常小，物业过马路就是火车站。整栋楼是 L 形的，面积大约是一万两千平方米。我们把一楼都出租，其中一间租给豪享来牛排，拐角最好的位置租给了中国联通做营业厅，回收了大概三分之一的租金。一楼也给我们自己的大堂留了一部分，二楼是餐厅，再往上就是客房。当时租金便宜，客房面积都很大，很舒服。

我们请来上海有名的建筑装饰公司做设计和施工，但后来闹得不开心，因为我修改了他们的很多设计。对方说，他们的设计从来没有这样被改过。

在设计过程中，设计师计划使用很多大理石，但我觉得不需要。一是贵，二是施工、维护都麻烦，三是有辐射问题。我说我用不起，不要这些。台面为什么要大理石呢？干净、漂亮就可以了。然后他们一定要用实木家具，这也被我否决了。现在这一点已经没有任何需要争论的地方，但当时对方还不清楚我们的想法。

后来我想，是否因为我当时已做了两家上市公司，对方大概会想，"你们是不是很有钱啊"，然后摆了一个很厉害的谱给我们。

昆山在当时是三四线城市，我的想法是，如果汉庭在昆山没成功，也不奇怪，那个地方当时没有特别大的旅游和商务的人流。在昆山不成功，搬到上海可能就能成功了。但是一旦在昆山成功了，那我就能放之四海而皆准。

当时做出这个选择，我算是胆子很大的。我在对酒店的理解方面特别自信。我是一个IT人，来到酒店行业，第一感觉就是，我们IT人来打破常规，可发挥空间实在是太大了。

行当里流行的管理模式，是师傅带徒弟，进了行业就慢慢混，混到像我这么大年纪了，兴许能当个副总、老总。无论什么时候，人们都喜欢论资排辈，甚至做五星级酒店的就自认比做三星级的高级。这在我看来是很不合理的。

当时的从业者不会利用风险投资，更不太会用计算机技术去管理。客房里，电话是免费的，无线上网却是要收费的。那个年代，用客房电话的人一般都是支付能力很弱的人，大部分人打电话一般使用手机。我想，我要倒一倒，在汉庭，无线上网全部免费。

传统的酒店行业充斥着面子文章和论资排辈，而IT行业没有这些。IT行业，从外表上看就是T恤衫、短平头，谁有本事谁上，你搞不定我来。整个行业不断地被年轻人突破，年纪大的人甚至不断贬值。这种平等的价值观、先进的管理理念和技术正是传统酒店业缺少的。我做酒店，就是一个外行人把传统行业解剖、解构、再重构的过程。对解构和重构的过程，我特别有自信，认为基本上没有什么事情能够在我的意料之外。

昆山的这第一家门店开业后非常成功。我信心满满，陆续在苏州开分店，再回到上海。截至2017年年底，汉庭在全国已经开了2244家门店。

2017年12月28日

# 三家企业的共同点

综合起来看，携程、如家、汉庭这三家企业有许多共同点。

第一，实际商业模型和最初融资的时候不完全一样。携程从网上旅行社到订房中心，如家从酒店联盟到经济型直营，汉庭从中档有限服务到经济型酒店。

关键是创业团队有变通能力，不断摸索和创新。如果守在当初不现实的理想模型里，这些初创的企业可能都会夭折在摇篮中。当理想的模型在实践中经受检验的时候，我们要能够敏锐地找到一条现实可行的道路，然后不断坚持，扩大战果，才能成就大业。

另外，投资者的信任非常重要，要能够给你时间和空间来试错和腾挪。因此找投资时要选择了解中国市场的基金和团队。

第二，基本每个企业都在三年左右成形。携程从 1999 年到 2002 年，如家从 2003 年到 2005 年，汉庭从 2007 年到 2010 年。

就像生长发育一样，三年之中，这个企业的商业模型、团队、框架、性格、特质、文化等基础都长好了，后面就是进一步生长。中国创业企业，三年是一个坎儿，三年内能够达到一定程度，将来的希望就比较大。这是因为中国的创业企业成长速度比较快，仿效、跟进者众多，如果没能在三年左右的时间内脱颖而出，就容易混杂在一堆同质的企业里，平庸下去。

第三，都经历过一次重大考验。携程经历的是互联网泡沫，如家赶上了非典，汉庭碰上了金融危机。

因为碰到危机，内部为了应对它调动出各方积极因素，将自己最优秀的部分调动出来，将自己的潜力逼到最大。危机成为我们成长的动力。就像高尔基的《海燕》里所说，让暴风雨来得更猛烈些吧！同时，危机也消灭或削弱了许多同行和竞争者，使得具备优秀基因的企业在危机过后更加容易生长。危机是对投机与否的检验，认真执着的企业才能经历风雨而更加强大，而不是被泡沫淹没，或者被暴风雨摧毁。

第四，都是企业家精神和专业管理者的完美结合。

携程由我开局，建章奠定扎实基础，范敏发扬光大，南鹏在融资、法律等方面绝对专业和优秀；如家是我奠定基础，孙坚顺利接棒；汉庭也是我开局，张拓、张敏加入和我一起奠定基础，稳步到达今天的状态。

第五，都是传统行业再造。

携程是传统旅行代理升级为现代旅行服务公司。如家和汉庭都是传统酒店业升级成现代酒店连锁。这些也都是我经常宣扬的"中国服务"的代表案例。

2017 年 12 月 28 日

# 我的管理经验和教训

　　我一直认为自己是个没有受过正规管理教育的管理者。我没有上过 MBA，没在哈佛读过书，也没有在大企业里做过。大学毕业后，我在一个国企工作了大概两年不到就辞职了。我是一个无拘无束、思维很开放的人，我曾经想，我这人可能管理不好一个大公司。

　　所以，当华住有了一定规模之后，我就开始寻找外面的管理者。当时理想的人选，最好就是像我们现在的 CEO 张敏这样，哈佛毕业，学管理的，有外资企业的工作经验。所以当时我"按住"所有华住的内部元老，而把外面的人请过来当 CEO。后来发现，这是我犯的蛮大的一个错误。

　　请来 CEO，我想，这公司应该没什么事了，我就跟朋友们游山玩水去了。他呢，就看着股价、预算来运营这个企业。时间一长，企业缺乏活力，暮气沉沉。有的管理者有技巧，但是他们缺乏对这个企业长远的规划和理解，缺乏背后的人文精神。后来，我只能重新回到 CEO 的位置上，坚决改正我自己犯下的错误。那段时间非常辛苦，是以牺牲自己的身体健康为代价的。

　　实际上，像华住这样的企业需要两种人。第一种是像我这样的企业家、创造者、颠覆者——一个领导者。我本身是个很感性的人，带一点儿艺术气质，是非常随性的那种领导者。第二种是专业的管理者，张敏就是非常好的一个例子。她受过正规的训练，有大企业的管理经验，人极其聪明，也热爱这个企业，有情感在里面。

这样，她就和我在情感和理想这两个层面，找到了共通点，彼此之间就形成了一个非常好的互补。但如果像原先那样，我把事情全部交给管理型的人，这个企业不足以也没有办法去迎接挑战，会很快地被时代淘汰。

2017 年 12 月 28 日

# 小邻居和大邻居

做酒店这么多年，我参与了大部分项目的选址和后期的改造设计。重要的项目，我都会亲自去现场看。

我们之前改造了上海延安路的一个物业，做成了全季4.0旗舰店。那里位置很好，原先是个老牌自助餐厅——金钱豹，估计老上海人都知道。但里面的结构一塌糊涂，很复杂，顶上还有三个球体。这种项目必须得自己去看，否则找不到感觉。

记得北京奥运会前夕，我们拿下了东直门的一个物业，打算在那里开一个汉庭的门店。那个项目非常重要，是我们在长安街上唯一拿到的物业，总面积七八千平方米，租金很高，大概是每天五块钱一平方米，当时是天价了。业主说有个竞争对手，马上就要签约了。这么贵的租金做这个项目，大家都吃不准。我得过去看一下。

有一天晚上，我直接飞到北京，凌晨到达工地现场，打开手机灯看，看完后直接去机场飞回上海。在现场，我就开始排房。那个地方，房间只能排得特别小，否则根本做不了。

长安街那个地方，连外资的酒店都很少。汉庭开业后，一炮打响。

看酒店项目：第一，要看周边环境；第二，在楼里转一圈，看看结构；第三，上楼顶看。

看周边环境，是看这个项目未来所在片区的档次。看大楼结构，涉及改造、排房。我最喜欢大平层，但很多楼不是这样，里面有很多隔断，这个时候就需要做几何题。上楼顶，就是看大环境。我们在新加坡有个项目，我和设计师周光明两个人爬到十二楼去看。这时候，你才能看清楚车子的路线、周边大的区域环境。在楼底，你看的是"小邻居"；在楼顶，你能看的是"大邻居"。

很多时候，你能让合作方回报好一点儿，是因为你的品牌强，或者设计好。但如果你的做事风格太粗犷，你就没有机会成功。

2017 年 12 月 28 日

# 我的至暗时刻

在我的人生道路上，也曾有过如"至暗时刻"一般的危机。

第一次是在我大学二年级的时候。以前我家里条件不好，到了上海上学，每天饭也吃不饱，晚上还得去自修，学习很辛苦。我觉得自己是行尸走肉，所有的行程都是由外界安排好的。上课、吃饭、自修、睡觉，做这些事情，没有我的自由意志在。我就想，我到底在干什么？我凭什么过着这样的生活？可是我找不到理由。

当时的我，跟周边的环境很难相融，也找不到自我。那大概是我第一次思考人生的意义，思考"人为什么会活着"这样的问题。

也是带着这些困惑，我阅读了大量哲学、文学书籍。依我看来，苦难会让一个人追求灵性上的东西。宗教也是这样，很多人都是在经历了苦难之后，去宗教中寻找安慰。大学时期最终思考的结果是，人生无所谓"意义"——本体无法界定自身的意义，人生只有过程，只有经历；对本体而言，无所谓意义。这个思考的结果，让我觉得释然。

我的第二次危机，是在如家经历的。

2004 年年底，董事会寻找职业经理人进入如家，而作为如家创始人的我离开了。当时一个董事说我是草根出身，管不好公司，公司现在要找职业经理人，需要受过西方教育的人。

这是令我特别伤心的一个危机，我当时甚至想：人活着有什么意思呢？过去的伙伴、朋友，都在那个时刻离我而去，这让我觉得找不到存在的意义。许多原来和我最亲密的人，都离开了，对我来说就像是对人生的一个彻底否定。那时候我不知道该和谁沟通，也不知道要做什么。

所有的梦想都被一个很野蛮的东西破坏了，毫无道理，而我没有回天之力。那个时候真的蛮黑暗的。这种黑暗我至今都不愿多谈。

这一次，是莫扎特救了我。

当时我住在一个普通的居民区里。有天晚上，我一个人出来散步，看着月亮从乌云里爬出来。我喜欢看电影，经常在一个安徽老板那里买碟。那天晚上遇到他，他说："老季，这个 CD 好听，刚到，你拿去。"我说："我从来不买 CD，我就买 DVD。"他说："老季，你不喜欢可以还我，你拿去听听。"那套 CD 是莫扎特精选集。

那套 CD 帮了我的忙。当听到莫扎特的《第三十一号交响曲》时，我觉得太美了。这种美让我觉得人世间还值得。

莫扎特的美，就在于和谐与执中，有一种奇妙的平衡感，让我感受到这个世界这么丰富、纯净、优雅。那是一种完全不同的精神层面的东西，一下子让我从黑暗中走了出来。

那时，我实际上还没有离开如家，但已经知道要走。我下定决心还要再做一个公司，并且超越过往。


第三次危机，是做汉庭期间。汉庭早期的投资人都是我的朋友。金融危机爆发时，汉庭刚好到了第二轮融资的时候。我一个很好的朋友请我到兴国宾馆吃早饭。他说："老季，我们基金这个时候不能再投了。"这对我来说是晴天霹雳。原本投资协议已经签完，没有什么意外的话，投资是可以顺利进行的。当然他有权利不投，但这对我打击很大。

我容易把情感和生意混一块儿。紧要关头，当一个好朋友说"不好意思兄弟，这个事投不了"，我真的挺绝望的。

我如果是个纯粹的生意人，大概不会有太多内心的疼痛感，你不投，没关系，我赶紧找下一个。但那时我根本没有任何想法，脑子里一片空白，甚至连发怒或者责备他的心情都没有。

后来，我决定把自己在如家的股票卖了，自己追加对汉庭的投资。

日常的投资决策，对我来说特别简单，没有什么纠结的地方，但是当情感和商业混合在一起，我就特别容易受伤害。不是因为对方不投了，而是因为我有对对方的信任，有对朋友的期待。在我看来，是朋友就应该两肋插刀。

每个人都有类似的至暗时刻，但我从黑暗中找到了光明。

"黑夜给了我黑色的眼睛，我却用它寻找光明。"这些没有将我击倒的至暗时刻，促使我不断思考、进步，最终成为我成功的动力。

2017 年 12 月 28 日

# 中国服务

在中国，很多高科技基本是对欧美技术的应用，原创型的比较少，也相对艰难。这和对科技投入太少相关，也和相关人才的缺乏有关，更和整个社会注重短期回报、快速收益有关。

所以中国式的创新更多是继承式的创新：借鉴欧美发达国家的商业模式，结合中国的具体情况，进行改造和应用。人类的物质、精神需求总是从低级到高级，从简单到复杂。欧美的服务业先于我们的发展，已经经过了客户的选择。中国的服务业也大体会遵循他们的发展轨迹。因此，在服务行业，继承欧美的成熟商业模型特别有价值。研究他们成长的轨迹和成败的原因，对于我们这些后来者也非常有益。

在中国，过去的成功模式无非以下两种：

一是低成本的中国制造；二是对传统服务业的改造，将其升级为先进服务业，其中电子商务、先进管理、市场化机制都是升级的常用手段。

中国制造以低成本为最主要特点，在质量上"够用就好（good enough）"，从勉强能用的一次性野餐用具，到精美的苹果电脑代工产品，都符合使用者的要求，一分不多，一分不少。谈不上德国制造的隽永和耐久，也不同于日本制造的精巧和紧凑。中国制造在过往造就了一批富裕的工厂主，解决了部分就业问题，创造了大量税收和外汇收入。这些制造企业综合低廉的土地、厂房、能源、环境、税收和人力成本，海量出口，换回了巨额外汇。在中国制造遍及全球的同时，也带来了巨额贸易顺差、环境污染和大批生存状态堪忧的流水线农民工。这些农民工的收入都很低，长期在单调、枯燥的流水线上工作，几乎成了机器的一部分。富士康的"十几跳"只是这些绝望的农民工的一个代表和缩影。

但中国制造已经到了其成长曲线的拐点，各种弊病暴露无遗。在当下消费升级和审美重建的趋势下，部分企业维持现状，部分企业已经开始转变形态，提高设计和科技成分，增加附加值。

当下的变革将会深刻地影响下一个三十年。如果说，过去三十年，中国经济的发展引擎主要靠制造业，未来三十年，中国服务将会取代中国制造，成为中国经济的主要增长引擎。未来创业、投资、致富的机会，大多会在服务业。全中国一半左右的人收入逐步提高的时候，为这些人提供衣、食、住、行、娱乐等增值服务，将会是未来中国服务业的主要构成。

在先进服务业，中国企业可以借助本土市场规模的优势，获取包括国际资本在内的投资。可以预见，风险投资、私募基金将会越来越集中到这些领域。先进服务类企业在美国，以及中国内地和香港地区资本市场上的首次公开募股（IPO）也会越来越多。

在与国际同行竞争时，我们可以借助地利，利用对本土消费者的理解，抵御国际竞争者在品牌、资金等方面的先发优势。

在服务和产品内容方面，做好对中国传统文化艺术的重新领悟与运用，融合现代的艺术审美与生活要素，也必然是我们的竞争力的重要部分。

写于 2006 年 12 月 22 日

修订于 2010 年

# 中国梦

所谓美国梦是一种理想：在美国，只要努力不懈地奋斗，便能获致更好的生活，亦即人们必须通过自己的勤奋工作、勇气、创意和决心获得成功，而不是依赖特定的社会阶层和其他人的帮助。通常这代表了人们在财富上的成功或取决于企业家的精神。

处于高速发展期的中国，也给了大众实现中国梦的机会，尤其是在当下的中国，特别适合创业、投资、致富。

究其原因，一是许多产业，尤其是服务业，长期被禁锢在体制内和政策内，没有得到充分的发展，而且跟不上市场的需求。现在等于是开天辟地，产业整合和发展的潜力巨大。

二是经济的长期高速发展，带动了强劲的需求，而需求推动着市场，推动着企业。制造行业是供过于求，服务行业却是需求远远得不到满足。就像汉庭这样的经济型酒店，开一家，满一家。

三是政府的鼓励和推动。中央政府实行重商主义的政策，地方政府在招商上更是不遗余力，在税收、土地、资金等方面给予支持。

四是资本市场助一臂之力。一个个 VC、PE、IPO 的财富故事，是"让一部分人先富起来"的生动样板，让大家心里痒痒的。

五是庞大的人口基数，造就了全球最大的消费市场，而最大的消费市场将会孕育全球最大规模的企业。

中国移动、工商银行、腾讯、淘宝等已经是全球同行内最大规模的企业，这样的情形将会在许多服务领域出现：电子商务、游戏、旅行预订、服装、餐饮……当然也包括酒店行业。

我粗略地计算过，未来中国酒店业龙头企业的规模应该可以达到上万家，其中以经济型酒店为主。这样的规模，在未来也将是全球第一。

至于中国服务企业如何走向国外，未必是自己到国外去开店、去发展，而可以通过并购的方式进行。中国的高成长，一定会在资本市场上通过高 PE 体现出来，加上世界级的企业规模、人民币的不断升值，中国企业未来并购欧美发达国家的企业会变得越来越轻松，实现的可能性将越来越大，成功的案例也会越来越多。

2006 年 12 月 22 日

# 我的创业小结

从 1999 年到 2010 年，差不多十年的时间里，我创立和参与创立了三家企业，其中我都担任了首任 CEO，并为之组建核心团队、确立主要商业模型，它们最终都在纳斯达克上市，目前市值也都超过十亿美元。这样的事情不多见，应该说也是做到一个世界第一了。

很多人问我，到底有什么奥秘，能够让我这么幸运、顺利。仔细想想，不是因为我特别聪明、特别能干，更不是因为我是什么天才。

首先，我们必须感谢身处的这个时代，感谢我们的祖国。这是真话，不是套话、空话。没有改革开放，哪会有今天的市场经济？哪会有我们这些企业的繁荣昌盛？国家的稳定、政策的开明，是企业赖以生存和发展的基础。

其次，VC、PE、资本市场的支持，是我们这些创业企业能够快速、超常规发展的助推剂。虽然他们也是抱着赚钱（有时候是想赚大钱）的想法来的，但在客观上帮助了我们这些创业者。在我们没钱的时候，给我们钱；在我们担心风险的时候，和我们分担风险；在企业还没有盈利的时候，提供资金让我们实现跨越式发展；在企业具备一定条件以后，在市场上放大我们的资产，让许多人实现财富的梦想。可以说，没有这些投资者，我在十年间做成三家企业是不可能的。

另外一个重要的原因是团队。我参与的这三家企业的创业团队和经营团队都是一流的。我属于典型的企业家类型，但不是一个全能型的人，更不是一个完人，缺点和优点一样突出。如果没有这些伙伴的互补和接力，不会有今天大家看到的三家优秀企业。没有他们，我自己做不了，我没有这个能耐，即使有点儿小能耐，也没有这个精力。

还有就是专一。在几次危机中，为什么我们总能逢凶化吉？我想主要是我们不投机，不是哪儿赚钱往哪儿跑。更不搞多元化，而是专注于自己的领域和细分市场。利用潮流，而不为之所左右，注重商业的本质。在汉庭刚刚开始的时候，有一家房地产公司改制缺资金，只要五千万就能拿到百分之五十的股份，几年后大概可以赚到几个亿。我们当时看清楚了这个机会，但还是拒绝了朋友的邀请，专注于自己的酒店事业。做自己擅长的事，赚自己能赚的钱。

如果一定要总结出几个我个人的特点出来，我想应该是这些特质促使我永不停步：敢于冒险、勇于牺牲、富有激情、良好的商业直觉、开阔的心胸、执着和坚持、不断学习和反省。其中，学习能力是至关重要的。我从竞争对手、创业伙伴以及挫折和失败中一直获益最多。

2017 年 12 月 28 日

# 创业带给我的收获

一般人以为，我十年创办了三家十亿美元级的上市企业，收获最多的应该是金钱和名声。我不会矫情地说，我视金钱和虚名如粪土。金钱确实让我实现了财富上的自由，从此不必为了生计而奔波，让我可以更加自由地去选择。

但我最大的收获不在于此。

做携程，我实现了原先的财富梦想，没有了生活的压力，心态变得从容和淡定。

做如家，我经历了太多的事情：忠诚、背叛、信任危机、欺诈和阴谋，甚至爱恨情仇。但这些锻炼了我，让我的心胸更加开阔，学会了宽容和忍耐。

做华住，让我看清了自己这一辈子的使命，知道我这辈子要什么。在前面两家企业时，我还没到这种境界，当时内心里充斥的都是欲望：金钱的欲望，名气的欲望，个人成就的欲望。所谓"去人欲，存天理"，讲得很有道理。你内心的欲望平息下来，就能够更加明了生命的本质和意义。

有一次，我和雅高的创始人保罗·杜布吕（Paul Dubrule）在北京后海边谈论人生。我问他："你一生如此辉煌，有什么遗憾的地方吗？"他回答说："一是觉得在从政上花的时间太多（他曾经是法国参议员，还担任过枫丹白露市市长）；二是事业上很成功，但在家庭上有些遗憾。"

当时我想，假如我也是一个七十多岁的老头儿，坐在后海边，有位后生问我同样的问题，我也这么回答，那我这一生是挺悲哀的。我觉得自己不该这么过。既然前辈告诉我他这一路上的遗憾，那么时年四十四岁的我，是不是能够做得更好一些呢？

现在我的人生目标非常清晰：

第一，是要和伙伴们一起，把华住做成全球最大也是最好的酒店集团。也就是要实现"一群志同道合的朋友，一起快乐地成就一番伟大的事业"的理想。

第二，是要过我自己想过的生活，不以物喜，不为名累。真正过好自己的一生更重要。我要珍惜上天给我的生命，我要把这一生过得非常有意思。当我七十多岁时，如果有年轻后生问我同样的问题，我会跟他平淡从容地说我过了我想过的一生。这是通过三家创业企业，尤其是华住，我学到和悟到的道理。

随着年龄的增长、事业的发展，我的心态、人生观、价值观也在改变。我变得从容、淡泊、宽容和利他，跟年轻时相比也许少了些冲劲，但多了些成熟和睿智。

这才是我十年创业最有收获、最有价值的地方。随着我们的成长，我们在向善，在变得单纯和简单。

2017 年 12 月 28 日

# 做好一个企业

做企业要有扎实的内功，要紧紧契合市场，更要柔韧和富有弹性。如此，我们才可以在风浪里起舞，才可以乘风而长。

# 企业的理想和初心

把自己的企业做大做强，是创业者共同的理想。但是怎样才能实现这个理想呢？

我觉得，做大首先是要想得大，think big。如果你想得不大，是不可能做大的。

有人会说，我想得大就能做大了吗？有几个有趣的例子。大家都听过这句话："人有多大胆，地有多大产。"现在大家更多地认为这句话代表了那个时期理想主义的膨胀，违反了自然规律。我倒觉得这句话里面蕴含了蛮多的真理。这句话的意思是说，你的理想够高，你才能飞得够远。只想着在屋子里飞，怎么可能去天空翱翔？

另一句话叫："理想总是要有的，万一实现了呢？"我认为，这句话真的很有道理，倘若没有理想、志向，没有可能做得很大，更没有可能成功。

中国有一位很有名的儒家学者叫王阳明，他说过一句话："心外无物。"这句话的意思是，你能想到、能感觉到的就是客观存在的这个世界，心没有感觉到的事情就不存在。这套思想对应的是西方的唯心主义学说。很多人，尤其年轻的时候，会认为这些思想、想法虚无缥缈，跟现实没什么关系。但我这几年的实践都跟这个想法有关。在做华住的过程中，我有过不少"心想事成"的经验。

企业成立之初，我们提了个口号：要成为未来中国酒店业的领导品牌，成为中国人出行的首选。我这么讲时，市场上已经有如家、锦江、7天，还有若干个品牌在我们前面。我的很多员工都不相信，觉得实现这个目标的可能性不大，只想着未来能赚点儿钱就不错了。

当我们到了一定的规模和体量时，我又提出华住要成为世界第一，好多人也不相信。世界第一的规模是我们的十倍，市值是几十倍。有这个可能吗？目前，我们的规模在全世界酒店集团中排第九，但市值已经排到第四。如果未来没有结构性的、大的变化，华住在全球酒店业做到前三是没有什么悬念的。但它有没有可能成为第一呢？说不准，我现在心里没底，但是我有一种强烈的愿望和坚定的信心，我要带领我的团队通过各种方法成为世界第一。我的心力，加上华住几万名员工的心力，也许就是我们勇争第一的决胜力量。

还有一个例子。在上海，华住的办公室和我家之间有一条马路叫吴中路。可能全上海、全中国没有一条路像它一样，有这么密集的华住的酒店。有时候走在路上，我看到一家酒店，心里想这家酒店不错，什么时候把它拿下来作为我们的酒店。结果，鬼使神差，那些酒店最后真的挂上了我们的牌子。我不知道具体过程，因为我自己没有去公关。

当你足够相信，意愿足够强的时候，想法实现的概率会增加很多。想不大，根本没有机会做大。想得大，理想高远，才有可能实现它。只有大想法、大格局、大思路，才有可能构建你的大架构。有了大的架构，企业才有可能做大。

如果说你的目标是开个馄饨摊子，每天晚上赚个千把块钱，那它最后变成像麦当劳、肯德基这样规模的可能性微乎其微。如果想变成那样的规模，你要多次调整你的想法，且即使调整也不一定能做得那么大。很多大的企业是从小的生意做起来的，但如果一开始你在中国这个市场上没有一个大的构思、大的想法，你很难把这个企业迅速地做大。

在做大做强之前，我们需要思考一个更为根本的问题：为什么我们要做大做强？

很多人做大做强是为了挣钱，成为富翁，或者为了出名，为了面子，为了虚荣，为了权力。

在经历了一次创业后，我深刻地认识到：想把企业做大和做强，比怎么做大做强更重要。一穷二白的时候，刚开始创业的时候，每个人的想法都不同：许多创业者是为了挣钱，成为富翁；为了出名、面子，满足虚荣心；甚至是对权力感的追逐。这很正常，是人性。但对今天的我来说，做企业，应该给这个世界带来美好，如果不带来美好，做大做强没有任何意义。当我们百年之后，没有人会因为你腰缠万贯而记得你。但是，如果你创造了某种东西——比如写了本小说叫《红楼梦》；比如创立了某个学派，如儒家、道家；比如统一了中国，如秦始皇——那你会被人记住。当你创造了某种价值，而这种价值给他人、国家、这个世界乃至这个宇宙带来美好，那你会被人记住。这才是我们做大做强唯一的原因。

有些人去开矿，粗暴地挖掘；或者开印染厂、洗衣店，把污水直排到大河里去。他们是挣钱了，也创造了某种价值，但对环境、老百姓、子孙后代造成的伤害远远大于创造的那点儿小小价值。

我一直说我做酒店的理想，是让大家出行的时候能够安心。过去出行，很多旅馆大家都不太放心，觉得脏，担心房间没消过毒，枕头没晒过，被单没洗过，还怕被宰——本来两百块钱的房间要卖一千块钱。我要做的，就是让大家出行的时候不用去担心这一切。

华住酒店还解决了好多人的就业问题。华住大概有五六万名员工，在我们这儿工作，他们能够养家糊口，给孩子上学，过年过节能给父母买点儿东西。我用这样的发心在做这些，觉得自己是在创造价值，这也让我觉得从事的事业超越了我本人的局限。

这是我对一个企业做大做强的理解。一定要让你的周围，因为你这家企业的存在，因为你这个人的存在，变得更加美好。反之，做大做强没有意义，反而还会祸害这个世界。一个恶魔做大做强，只会变本加厉地作恶。以自我为中心的大和强没有价值。

2018 年 6 月 5 日

# 市场要大，发展要快

对一个创业者来说，如果想要把自己的企业做大，首先要做的，是选一个大市场。

你做铅笔，如果做得很大，做到中国第一，那肯定是不错的。你做游轮或者私人飞机，你做得再好，这个市场就这么大，你的体量也有限。当你选择做米、油、牙膏、牙刷这些民众每天都需要用到的商品的时候，你就是选了一个大市场——这个市场大得足够让你获得足够大的规模和利润。如果这个市场本身很小，你很难把它做得很大。

我们的运气特别好，因为中国是全球最大的单一市场，或者说单一的最大市场。"单一"是指这里应用同样的法律、语言和货币，且有相同的历史渊源。

欧盟的人口大概是五亿，美国三亿，印度十三亿，中国是十三四亿，比印度稍微多一点儿。

欧盟不是一个单一的市场，民众使用的语言不一样，所属的国家不一样，货币曾经一样，最近也开始不同了。美国虽然是很大的单一市场，但人口只有三亿。中国有十三四亿人口，我估计很多生意大概能够覆盖中国一半的人口，六亿左右。这六亿的市场远远大于美国，美国的同类市场大概只有两亿。而印度人口虽多，却没有这么大的消费人群，没有这么多的中产阶级，而且因为道路、电力、宗教信仰等问题，目前它不足以成为单一的大市场。

在中国，只要跟民生、人口相关的生意，都是一个全球单一大市场。要做大，首先选择大市场。作为一个中国人，我们有很多便利之处，在一个领域创业，很快就能形成一个大的规模。

就拿酒店行业来说，美国大概有 500 万间客房，中国有 1700 万间，是美国的 3 倍多一点儿。而美国酒店的连锁化率是 65% 左右，中国只有 12% ～ 15%。

在这个大市场里，过去排全球前十名的酒店集团几乎全是美国的，只有一个是法国的，中国的品牌完全没有资格排上去。然而在短短的十几年里面，中国有三大集团排到了全球前十。这才刚开始。很可能有一天，在世界前五的名单里，有三个或者两个是中国的品牌。

美国这个单一大市场酝酿、哺育了许多大的国际酒店集团，比如我们耳熟能详的希尔顿、万豪、洲际。在未来，中国的单一大市场会哺育出更大的巨无霸来。这是一道很简单的算术题，也是很直观的观点，对我们把企业做大特别有好处。

有人问我，应该选在美国、欧洲创业，还是在中国创业？我的答案永远是选中国。中国是一个大市场，倘若你有大的理想，选择一个最大的市场来创业，最有可能把企业做大。

想要在中国这样一个高速增长的市场中做大，意味着你要长得快。长得慢，在当今这个社会里没有机会，做大就更不可能了。森林里的一棵小树苗，它可能是很优秀的种子，但如果长得很慢，很快会被森林里长得快的其他树种覆盖。接受不到阳光雨露，它很快就会枯萎死亡。

当今社会的竞争法则和丛林法则没什么两样。一个企业倘若做得很小，发展速度不够快，想要冲天而起，基本是没有机会的。当然，如果你没有远大理想，就想当小草、苔藓，那可以慢悠悠成长。但如果想要做大，就必须快。

企业要快速做大，需要在一个快速增长的市场上才能实现，而中国恰恰是这样一个市场。

为什么中国是全球增长最快的市场？

首先是市场化不充分，也可以说是制度红利。中国的酒店，过去是为政务、外宾准备的招待所、宾馆。真正做大连锁酒店的，像我们和锦江、首旅如家，是从十年到十五年前开始起家。在市场化不充分的时候，相对容易取胜。不论是经济型酒店、现在的中档酒店，还是未来我们要进入的高端市场，因为市场化不充分、竞争不充分，我们只要有好的产品、技术、商业模型、团队，很快就可以发展起来。

其次，中国是跳跃性发展的市场。什么叫跳跃性发展的市场？比如说中国的互联网。过去我们的计算机技术落后于美国，但是现在，在应用技术上，中国不管是手机还是通信协议，抑或我们使用的计算机工具，基本上都跟美国同步。美国今天有什么，我们基本就能买到什么，在民用领域基本上没有太大限制。而我们现在做的生意，多数正是消费、应用类的，这使得我们有可能跟世界同步、接轨。

有人说，中国的酒店业会跟美国一样经历四十年的整合，我说这是不可能的，过个五年、十年，几个巨无霸可能就形成了。事实也正是如此。这种跳跃式的节奏要求我们企业的发展速度非常快——你要想做大，必须跟得上这个跳跃的市场，而不能只是线性地、按部就班地发展。这种跳跃式发展在其他很多国家是没有的，因为他们经历了很长时间的市场化，需要长期的酝酿和磨合。

中国是一个很有意思的地方。从地理角度看，它东面低、西面高，北面旱、南面涝。如果从商业角度看，中国是一个大开阔地。想象一下草原和沙漠，在这大开阔地上，任何事都可以非常快速地展开，都可以有非常深的纵深——只要做得够快，就能迅速地"圈地"。

在做大这个问题上，中国的市场条件得天独厚。这跟中国的历史有关系。像秦始皇统一中国，历史上就没有这样一个统一欧洲的人。秦始皇统一中国后做的第一件事情是什么？统一度量衡。从大上海的经贸大厦，到生产队的老爹老妈，中国长期的大一统思想使得中国的文化思想、消费观念容易一统，这种一统性根植在每个中国人的脑海里。

当一项商业活动成为一种扩散的方式、一种模型、一种运动，它跟意识形态一样，很快会渗透到大江南北。有的可能从基层上来，像某些保健品；有的以城市为据点进行扩张，像一些酒店集团、服装品牌。

中国的这种大开阔地的地形，使得我们中国的创业企业和已经创立的企业非常容易攻城略地，迅速做大。在做大这个问题上，我们今天确实是占据了天时和地利。

2018 年 6 月 8 日

# 专业化才是企业成功的法宝

一直以来我都信奉：唯有专业化才是企业成功的法宝。

越来越多的中国企业家朋友多元化成功的故事，在不断地冲击着我的这个信念。是我的固执和保守让我看不到真相，还是多元化的成功只是昙花一现呢？如果得出错误的结论，要么是失去许多本该属于你的机会，要么会因自己的动摇影响了专一。

专业化的理念来自西方，充分的竞争使得社会分工非常细化。每一家企业为了生存，必须有自己的绝活儿，将自己这点儿事做精、做细，才能在市场上占有一席之地。

在西方发达国家，通过多元化做大、做好的确实不多，像通用电气这样的公司属于凤毛麟角。但在当今中国，多元化做大、做强的不在少数，比如李嘉诚等。中国的大多数民营企业家都涉足房地产，不管原来是做服装的、做建材市场的，还是做国际贸易的。

我有一个朋友涉足房地产、百货、酒店、电子商务、矿产、私募投资等领域，而且做得都非常成功。仔细观察他的这些生意，也并不是投机之举，都有一套比较长久、完整的思路和想法。

我在上海还认识一位神奇的企业家。他本来是做房地产的，将物业交给国际酒店集团经营，但觉得他们做得也不怎么样，自己就接手管理了；将物业租给别人做卖场，见生意火爆，他也准备自己做百货业；觉得自己物业群里的电影院生意也不错，据说又准备涉足影院……

看到这里，大家可能对这样的老板不屑一顾，认为其见异思迁，什么也做不好。但结果并非如大家所想，至少目前如此，那家他自己经营的酒店生意也不错。

看到中国这么多企业家成功地经营多元化的业务，我觉得确实不能有先入为主的偏见，而应该仔细地想明白他们成功背后的原因。

一是（也是最主要的原因）机会多多。许多企业家是因为各种机会来到眼前才去做的，而不是研究、调研、计划的结果。

二是中国目前国企、外资、民企这三种不同性质的企业并存，民企的灵活机制使得它们在某些领域特别有优势。比如，跟外企相比可以更快地决策，跟国企相比可以承担更高的风险。因此，民企是最容易倾向于多元化的。

三是竞争环境不是特别残酷和激烈，在各个领域真正有实力的对手不多。过去几十年，不管是在品牌上，还是在人才上，各领域都没有培养出特别强的玩家。

四是民营企业家的素质在提高。尤其是中国最优秀的那批企业家，早已经不是过去那些"农民企业家"了。他们懂得网罗人才，懂得运用资本市场，懂得运用各种管理工具和技术手段，也学会了如何和政府打交道。

这些企业家本人的精力都极其旺盛，工作亦非常勤勉。就像我认识的那位上海企业家，许多事情都亲力亲为，周六、周日都不休息，依然精神头儿很好，晚餐二两白酒过后，依然神采奕奕。

我相信这些企业家将不断地多元化。他们目前处在不断扩大"疆土"的阶段，还不知道自己的边界在哪里。但下一个阶段应该是整顿、发展，将每一块业务都做好、做强。在这一阶段，他们可能会面临许多风险，因为很少有人能在涉足的每一个领域都独领风骚。强中自有强中手，通过充分竞争，大部分人会自愿或不自愿地集中到自己最擅长的领域，这就是专业化的开始了。当然，也会有少部分发展成像通用电气和长江实业这样的综合性、多元化企业集团。

另一种多元化的方式是做投资。不是财务意义上的投资，而是股权意义上的实业投资。

当今中国确实处于机会满天飞的阶段，不管是金矿还是煤矿，都在地层表面，稍微挖一挖就是财富。因此，许多企业家的多元化战略并没有错。许多篮子里都有蛋，要比只有一个篮子里有蛋好。不仅可以赚取更多财富，抗风险能力也强。

但要永续经营，只有靠专业化。

优秀企业家是稀缺资源。业务过于多元，这种优秀必然被稀释，也就成了平庸。而且，不管精力如何旺盛，不管多么勤勉，我们毕竟还是人，而人的精力是有限的。亲力亲为式的"疆土"扩张是有边界的，而专注和强大的专业实力则能建构更有竞争力的壁垒。

在未来，品牌、规模、资本、专业人才会是更加关键的生产力要素，这些要素全都导向专业化的要求。最终，趋势会给人压力，迫使企业家选择更专业化的路径。

2010 年 6 月 16 日

# 取法乎上

古人说：取法乎上，仅得其中；取法乎中，仅得其下。意思是，一个人如果制定了高目标，最后可能只得到一个中等水平的结果；如果制定了一个中等水平的目标，最后可能只得到一个低等水平的结果。做企业，"取法乎上"是很重要的，高标准、严要求，才能带领一个企业越来越强。

我带团队要求高是出了名的，如果觉得不行，会批评，会淘汰。过去我的脾气不太好，会骂人。现在我不大骂人了，他们反而觉得不太习惯。我为什么骂人？我提的要求，我认为挺正常，他们觉得太难，我们之间无法达成一致。创业之初节奏快，事情多，危机感强，一着急就开骂了。

我做了三家创业公司，起初很多人都不待见我的严苛，甚至说我不懂行，总提不切实际的要求。我举一个例子。我们在上海的中山西路收了一家四星级酒店，是一对法国兄弟的，那家酒店由弟弟管理，管得非常好。我们接手时，这家店的经营毛利润率（GOP）是 30% 左右。我们团队接手后，理所应当地提出将 GOP 率提升到 40% 左右，而我给他们的目标却是 70%：原来我们收 100 块钱，经营毛利润是 30 块钱；现在我收 100 块钱要赚 70 块钱。团队觉得这几乎是不可能的。当时有一个央企出来的同志刚来我这里做高端事业部总经理，他对我说："老季啊，你不懂行，我们这行没有这么高的 GOP 率。"我说："不行，你不要考虑我给的目标对不对，应该考虑如何达到。"

当然，我提高了要求，也会跟他们一点儿一点儿地分析怎么达成。比如，酒店原来有个监控房，二十四小时三班倒轮流值班，我一看，基本上这些大爷就跷个脚在那儿喝茶看报纸。三班倒，一班至少两个人，那就是六个人，而现在人工越来越贵。解决办法很简单，把监控屏幕移到前台，并对所有的监控频道录像，原来录像只存一周，现在存一个月，一个月不够存三个月，反正硬盘很便宜。消防报警系统放到前台来——消防报警系统是非常非常响的，警报一响前台马上能听到，不需要盯着看。整体改造几万块就搞定了，却一下子减少了六个人的人工，每年省下的人工费就是几十万。

前台原来也是三班倒，每班四五个人，一堆领导，干活儿的很少，我全部改成自助登记入住。客人在到酒店的路上，就可以选好房间，并且把房费付掉。到了酒店，复印、上传身份证就可以拿到房卡了。一个很好的自动登记入住系统，把前台的工作人员从十几个变成几个。今天这个酒店的 GOP 率，已超过我提出的 70%。

我在上海交大是学力学的，数学不错，对建模、数字很敏感，70% 这个数字是我估算出来的，不是随口胡说。这个酒店的商业模式其实能够做到 75% 甚至 80%，我还是留了余地的。我对团队有高要求，他们才有可能突破过去的框架。如果你告诉我事情本来就是这样的，就只有这个方案，那我会问：为什么只能是这样呢？约定俗成、按部就班、因循守旧，是没有可能突破原有框架，进而超越前辈，成为后来居上的卓越者的。很多企业往往碰到困难就退，碰到问题就缩，这样很难做大做强。只有"取法乎上"，才能让企业茁壮成长。

2018 年 6 月 10 日

# 做大与做强的辩证关系

对企业来说，从初创期到发展期，再到稳定期，会经历不同的阶段。每个阶段都有这个阶段的核心矛盾要解决。先做大，还是先做强？在不同的阶段，需要不同的策略。

先做大，还是先做强？如果是一个初创企业，首先要做大，迅速占领地盘。

在中国这个初级市场，你如果不能迅速地占领地盘，很快就会被别人给灭了。这和打游戏一样，没有地盘，就没有机会生存下去。我自己也是用这样的策略来做的。在华住刚刚成立的时候，我们的第一个策略，就是120%的速度、80%的质量。当时我无法做到120%的速度、95%的质量。首先要抢地盘。第二个策略是，占领中心城市，抢一线和二线城市的地盘。这里面包括一线城市的节点二线城市。当这些地盘都抢完之后，我们定的策略是95%的质量、95%的速度。

企业到了平台期，首要的任务是做强。

当你占领好了地盘，需要赶紧补课。在这个时代，这是一个很有效的配方。一个企业走到了平稳期，最重要的一定是做强。就拿房地产企业来说，今天对房地产商来说，最重要的不是抢地盘——地盘抢得越多，死得越快。万科的转型是很好的例子，它从开发商转到运营商——运营商实际上是一种深耕的发展模式。过去把房子造了、卖了、赚了钱走人了，今天不是，房子造好了，我还要做经营、做物业管理、做商业和酒店、做商场管理。中国现在很多地产商在做酒店品牌，实际上是在新的业态、形势下，把企业做强的一个策略。过去大家通过卖房挣钱，现在则是做更多的服务，更深入地了解，更深入地挖掘。

中国这个时代的企业，基本都是先"圈地"再做起来的。我很欣赏日本人三十年只做一个寿司的精神，但这种模式在中国的商业环境下很难生存得好。如果你不够大——地盘不扩大，变强之前就会被消灭。我说的消灭不是某个店关门，是比如说有二十家创业企业，前三家拿到钱的能够活下来并发展壮大，后面没有拿到融资的十七家慢慢变成小生意或者倒闭。人才也一样，你做得不够大，人才就不会来，多数人才都是往大企业去。

另一方面，没有强，也不可能大。对一栋建筑来说，强有力的梁和柱很重要，它们可以支撑整个大结构。所以当你要做大的时候，也需要强。在酒店行业，早期拼命"圈地"，后期粗制滥造、随意加盟，到最后规模是大了，但问题层出不穷。华住也曾碰到类似的问题，如遭遇消费者投诉、加盟商抱怨不挣钱。

当品牌处于危机之中，很多人的选择和我不一样，他们可能会退缩。但对我来说，如果我们不挽救这个行业，可能就没有人去挽救了，中国可能就没有自己的经济型酒店品牌了。所以我们投了很多的钱，花了很多的精力，甚至牺牲了我们的短期利润，去重新改造、升级我们的直营店，并鼓励加盟商升级加盟店。

我们单店的营收一开始是往下走的，在我们的努力下，现在则往上走。一味做大，并不稀奇。我们现在是两天开一个店，我们明年大概是一天开三个店，再多开也是可以的。但这个速度能不能持续？大了之后能不能保持？这是挺重要的问题。

怎样保持大和强之间的节奏？任何一个商业形态、任何一个品牌都会经历一个典型的曲线发展过程，从出现、成长到成熟、衰败。怎样让企业发展的曲线有伏有起？我认为，在出现往下的趋势的时候，你要找到一个新的函数、新的动力、新的方向，再往上走，直到下一个波峰，以此类推。这样的企业一定具有很强的创新能力和适应能力。既强又大，才能成长成一个世界级的"霸主"。

举个例子，经济型酒店发展到今天，基本上地已经"圈"完了，再往下发展是保持子弹平飞，不太可能再突飞猛进。所以我们找到了一条新的曲线——中档酒店，我们的中档酒店大概有五到六个品牌，我们收购了桔子，创造了全季，并且和雅高合作。在三五年前，中档酒店的利润在整个集团中差不多是零，可以忽略不计，但目前其贡献了三分之一的利润，很快会占到一半的利润。我们的中档酒店越来越多，我现在想的是，怎样靠管理合同挣钱。过去大家靠直营挣钱、特许挣钱，但是全球大的酒店集团都靠管理合同挣钱，所以我在酝酿、培育高档品牌，希望和万豪一样通过管理合同来挣钱。华住最近创立了一个新品牌叫禧玥，第一家店开在上海的徐家汇。我想用东方的元素、东方的美、东方人习惯的形态，给东西方的人提供一种耳目一新的产品。

当一个公司刚刚创立的时候，你不一定想得这么长远，但是当它已经略有规模，略有起色，你要考虑你的第二级在哪儿，第三级在哪儿。企业的经营者一定要考虑得很远，才有可能让企业不断地变大变强。

2018 年 6 月 12 日

# 速度的极限

在理想的状态下，直线运动的物体，其速度的公式为：$V_t = V_0 + at$。这里 $a$ 是加速度，$t$ 是时间。也就是说，某一时间的速度等于初始速度加上加速度和时间的乘积。从理论上来看，当时间趋向于无穷大时，速度也会趋向于无穷大。

但实际上，这种情况不会出现。因为经典力学只适合慢速运动的物体，对于接近光速的运动没法准确描述。光速是普通物体的一个极限，要以光速运动，物体的形态会改变。在真实世界里，物体运动的速度极限往往取决于阻力。

我们骑车时，即使顺风，速度都很难突破每小时四十千米。速度越快，空气阻力就会越大，直至和你蹬车的力量平衡。因此，速度就会在某一个极限——比如四十——以下徘徊。

正是我们本身的速度太快，产生了更大的阻力，妨碍了速度的进一步提高。

这个规律在我们的日常生活中反复出现。

"木秀于林，风必摧之"讲的也就是这个道理。树的高度是有限制的，越高的树，越容易被风吹倒。因此，我们所能够看到的树都是有一定高度限制的。

彼得原理（Peter principle）认为："在一个等级制度中，每个职工趋向于上升到他所不能胜任的位置。"说的就是这个意思。

限制你进一步上升的原因，就是你自身所到达的高度。

巴别塔是造不出来的。这并非由于上帝的阻挠，而是因为塔建得越高，自身的重量越重，最终会压垮基础和支撑结构。即使在没有重力的环境里，也不能无限制延长结构的高度，因为高度越高，这个结构就越不稳定，最终哪怕是外界最微小的扰动，都会导致系统崩溃。

树是这样，企业也是这样。企业越大，创新能力就越会下降。过多的层级，及其所形成的官僚机制，使得整个机构效率降低。像通用电气这样的巨无霸企业也不能什么都做，只能恪守"数一数二"的原则，保留优势产业，才能在竞争中生存。

历史上的帝国也是如此。

罗马由于快速扩张和物质生活的过于领先（奢华），其管理和控制能力减弱，军队战斗力下降，最终在北部野蛮人的入侵下瓦解。成吉思汗差不多犯了类似的错误：快速扩张，又快速地回到原点——发家的草原上。

中国"历史周期率"（黄炎培语）大抵如此，因为一个朝代的发展，奢极而衰。富的人越富，做官的人愈加贪腐，老百姓穷的越穷、苦的越苦，导致整个社会失衡，只能通过暴力的方式重新组合，重新进行利益分配。这也是一个朝代由于自身的发展而到达自己寿命的极限所致。

家族传承也是如此。"富不过三代"讲的就是这个道理。家族的竞争力丧失或者减弱，恰恰是由于"富裕"造成的。"富裕"使得后代丧失了斗志，没有勤奋和努力的动因。而那些出身贫寒的人，会从最底层冒上来。他们有的是野心和动力。

我们个人又何尝不是如此？我们的事业、官阶、财富，都是遵守类似于彼得原理的规律。阻碍我们进一步向上的，恰恰就是我们引以为豪的"速度"。这里的速度指广义的速度：事业的发达程度，官阶的高低，财富的多少。

自然界的规律，无一不在我们人类社会中得到体现和验证。因此，了解我们自身的局限与边界非常重要。这也是我反复强调人需要有敬畏之心的缘故。即使不去敬畏那些人格化的上帝，也要敬畏那个物化的上帝——自然规律。

2010 年 12 月 26 日

# 建立志同道合的人才梯队

## ——旅美飞机上的感悟

在张拓担任 CEO 期间，有一些创业员工和老员工，如成军等离开了公司。在我回来重新担任 CEO 后，又有海军等一些老同志离开。每一个人的离开，我都非常舍不得，同时也在自我反省：哪里做得不对，做得不好？难道简单地说，他们与我"志不同、道不合"吗？如今，伟业未成，老部下离去，又谈何"快乐"？

基于这样的状况，我做了一些反省和思考。

那些企业初创期的伙伴，在企业前途未卜、风雨飘摇时，因为各种原因加入华住，甘愿冒险，披荆斩棘，为华住今日的成就奠定了基础，做出了卓越贡献。企业一步步壮大了，有些人没有得到自己期待的提升，或者在公司发展较慢，被对手或其他同行挖角；有些人饱含激情，喜欢创业的感觉，在一个逐步规范和规模化的企业里觉得平淡，也会选择再创业或者加入其他创业团队；有些人通过上市，有了一些小积累，对于物质也没有过高的期待，宁愿选择过一种简单、轻松的生活；也有一些人，是因为我们这一两年内部团队的调整波及了他们；还有的人是因为待遇问题，或私人因素……

说实话，每个跟随我创业的元老级员工的离开，都令我非常伤心。昨天，我在细雨中走在纽约的街头，路过和海军同住过的华尔道夫酒店和曾经一起醉酒的日本餐厅，还有些惆怅和伤感。

像雅高创业元老们那样有一辈子的朋友和事业，让我羡慕，也是我的人生理想。但我也能够理解，当今的中国，四处充满了机会和可能，创业和造富的喧嚣不绝于耳，诱惑实在是太多了。

有些离开华住的人，可能对华住和我都有过失望和不满，尤其在华住股票不高、薪酬制度过渡的期间，一夜暴富的梦想没有了。公司的快速成长，也让一些人有了更多的想法。他们选择了离开，开始了自我的探索和尝试。我真心祝福他们在未来的道路上顺利。感情上，我舍不得，但华住还有自己的责任和目标，团队始终是要继续建设的。

　　我在同事们中间可能是毁誉参半。实际上我是个非常重感情的人，平常因为工作，因为距离，不一定为许多人所理解。有些人觉得我吹毛求疵，态度粗暴。吹毛求疵是因为责任大、要求高。不比他人强，我们何以自存？这几年在连续创业过程中，我大多采取了粗放的野蛮的实用主义风格。但本质上我是个完美主义者，做事情希望尽善尽美、面面俱到，希望每样事情都好、每个人都满意，在工作中要求高是必然的。我经常挂在嘴边的话是"取法乎上"，这是真理，不管是创业还是永续经营，"卓越"是迈向伟大的唯一途径。有些人不喜欢我粗暴的态度，但这是领导风格，跟尊重和其他无关。人无完人，我更不是圣人。从另一个方面来说，态度粗暴是直接和坦率，还有信任和高期待。我基本不会对普通员工暴跳如雷，也很少给予期望值不高的人严厉的训导。

　　酒店行业并非一个暴利行业，工作也很辛苦、琐碎，我们的大直营模式挑战很大，跨地域的高速发展对管理的压力也很大。我别无选择，只能全力以赴。实际上，我是真正喜欢上了这个行业。我爱我的工作和事业，我感觉自己找到了一生中最值得去做的事情。每天上班，心头有许多憧憬和计划；每天下班，觉得特别充实和快乐（当然偶尔也会有郁闷和疲惫）。我有责任，也非常乐意带领这个企业和这个团队走得更远，谋求更大的成功。人和企业都有寿命和极限，我不奢望华住可以例外，能够辉煌几个世纪，但我会认真地将华住按照永续经营的思路去做。

公司里有些同事私人关系较好，经常在一起吃饭，这其实挺好。现代人花在工作中的时间越来越多，同事间的友谊无疑是给企业加分的。但是有些人在某些时候分不清公和私，在公事中夹杂私人好恶，影响判断和行为，甚至形成了"小团体""小圈子"，这在一定程度上会阻碍外部优才的进入，公司未来发展可能会因此后继乏力。

有些人在企业时间长了，居功自傲，甚至占着位置搞公司政治。这些人就变成了公司的负面因素，必须及时教育和清理。

高速发展的企业，要求老人必须能够跟得上企业的发展。在新的岗位、新的机会出现的时候，我会优先想到已有的干部；如果满足不了新岗位的要求，就必须从外部寻找人才。

对于新人，我们也要抱着平等、淡定的态度来看。不能说新人就比老人好，比老人高明。新进入公司的人，"德"是第一，也就是我讲的"志同道合"。我们也不指望人家一进来就爱上华住，但大家基本的价值观、人生观、事业观要大致一样。由于企业规模越来越大，我们也要有足够的胸怀，真心地欢迎新的人加入。

到底是采取纯粹的家族式管理，还是全面以职业经理人来主导公司？这是许多中国企业在思考和实践的课题。我们两种思路都不同程度地尝试过，至今还没有最满意的答案。

目前，我更倾向于两者的结合，就像阴阳八卦图一样，宇宙的规律是"执中"。创始团队和职业经理人对于一家高速成长的企业同样重要。因为高速，许多业务需求等不及老人成长，需要外请新人；因为高速，许多价值观和经验被稀释太快，需要元老们的坚持和传承。老人和新人相结合，西方的制度和管理工具结合东方的伦理和人文，也许是适合我们这些高速成长企业的配方。

一个高速成长企业中的企业家必须有足够的胸怀去容纳人，包括新人和老人。衡量人的唯一标准应是其对于企业的价值。只要是对企业好的，就是应该吸纳和保留的人才。

中国人讲"义"，这是个传统美德，应该尊重和保持。但应该分清酒肉朋友和哥们儿义气的"小义"，与惠及大多数人的"大义"之间的区别。一般的义气可以存乎几个朋友间，但这些东西到了一个大的组织不一定值得推崇。有些人在日常工作中，担心得罪人，不说、不敢说、不好意思说。这样的结果必然是损害了公司的利益，导致当事者双方和企业多输的局面。你没有指出对方的不足，他少了一个改进的机会；自己因为怕事，在主管和绩效面前得了低分；公司也因此受了损失。

还有一些人有"大公司"的概念，认为公司现在大了，这点儿损失和利益算不得什么。而且公司是个比较抽象的概念，不像面对面的人（同事或供应商、合作伙伴）来得直接，有些可以做的改进不去做，可以争取的利益不去争取，因为麻烦，因为会得罪人，甚至可能会损害别人的利益。反正就这么着也未必有人能够察觉，做个老好人、和事佬得了。这样的人，为了一己的方便和私心，牺牲了公司大的利益，实际上是牺牲了包括他在内的许多人的利益，他的不作为和自我方便危害很大。

所以我们必须围绕战略，慎重仔细地设计出主要部门的平衡计分卡，客观地甄别出绩效好的人，培养他们，重用他们，信任他们，提拔他们，给予更多的资源、更好的薪酬，让他们为华住创造更多价值。反之，对那些庸碌无为、消极怠工、自私自利、混日子的"撞钟和尚"，必须推动其改变和进步，不然最终只能清理出队伍。

建立人才梯队是战略的第一条，对于公司未来至关重要。

建立志同道合的人才梯队，首先必须根据战略目标，合理优化组织架构，简洁、高效地配置人员和组织。

其次，厘清干部层次架构，有重点地针对性对待。

除核心管理层外，可以将管理人分成三类：第一，目前总部的部门负责人、城区总经理是团队最重要的核心队伍；第二，总部部门总监、部门经理和城区的资深店长等是最重要的管理骨干；第三，总部经理级、主管级干部和城区的店长、多店店长，是最重要的基础管理团队。对这些干部人选，首先在现有团队中寻找合适的，如果没有，就从外部招募。对外部招募人员，有一个考验和建功立业的过程，也需要有具体的目标计划和适应计划。

对于这三层管理团队，需要不时加强沟通、寻求认同，在保持每个人多样性的同时，保持核心价值观的一致。季度例会、定期谈话、不定期非正式交流、民主生活会、午餐会、里程碑庆祝、生日庆祝等活动，都是我们跟他们沟通交流的机会。可以用带一级看一级的方式。比如：管理层直接带教部门负责人和城区总经理，同时要往下再看到部门总监和资深店长这一级；城区总经理直管资深店长，同时要看到店长和多店店长；以此类推。

绩效是衡量干部的尺度。围绕公司战略，分解成各岗位部门的平衡计分卡。围绕战略重点的同时，能够做到对干部的衡量公正、公平、不偏袒。

除了每个人的实践和自我学习、感悟以外，还要用培训帮助他们成长。外部培训（领导力、管理工具等）、华住学院、顾问、内部传帮带、读书等，都是加强培训学习的途径。

我们必须通过高效管理，形成有竞争力的盈利能力。而高效管理的基础是干部队伍，给予他们有竞争力的薪酬，跟培训一样是投资，而不仅仅是财务报表上的成本项。通过有竞争力的薪酬，可以让大多数干部抵抗住外在的种种诱惑，包括挖角、贿赂、擦边球等，专注于自身成长，让自己和家人可以从容地生活。

这三层干部，都应该分享到华住的股东计划（可以是期权或限制性股票），这些计划是薪酬的一部分，公司发放给他们的期权、股票，有望在将来的一定时间内，成为他们一笔可观的财富，让他们可以无忧地享受退休生活。通过股东计划，主要管理干部分享了企业成长的成果。

除此之外，我们还在各大重点高校招聘管理培训生。随着华住的发展，我们需要很强的自身造血能力。我们不仅需要来源于一线的实践性人才，同样需要具备抽象、概括能力的系统性人才。这个实践刚刚开始，效果有待观察。

而在绝大多数的基础员工方面，我们要能够提供稳定的工作岗位、有一定市场竞争力的薪酬和快乐轻松的工作环境。由于人力成本会在未来急剧上涨，我们不能保证基础薪酬可以跟随通货膨胀同比例上涨，甚至也不能保证是行业内最高的。但我们会努力通过技术手段和组织创新，以及外包等办法，控制住人力成本的上升，同时保证在编员工享有具备一定竞争力的待遇。

华住已经从一个几个人的初创公司，变成了市值几十亿元的上市公司，门店遍布全国各省市，有近十万客房，每年接待几千万客户，销售额几十亿元，为国家纳税过亿元，解决了数万员工的就业和基本生活问题。不管是人才、资金、融资能力，还是门店网络、客户基础、品牌，华住都毫无疑问名列前茅。此刻，我们处在一个比任何时候都更好的时空点上：市场的机会向我们开着大门，不仅仅是经济型酒店，整个中国的酒店业，随着国家综合经济实力的上升，迎来了又一个春天。

我有足够的坚韧和坚持，带领大家走向远方。作为这家企业的领导者，我深知肩上的担子很重、责任很大。我必须有足够的胸怀和修为，宽容那些不顺心的人和事，宽厚地对待跟随我创业的老同志，大气地迎接新同志，自我消化那些不理解和委屈，甚至包括谣言和诬陷。没有这种气概和精神，就没有资格谈伟大。过往有惆怅，但往前看，我满怀信心，充满希望。

2012 年 5 月 12 日

# 互联网焦虑症

我从所谓互联网行业转战传统酒店业，已有十二个年头。虽然辛苦劳累，但成果还不错；虽然起步较晚，但各个方面都在不断超越同行，慢慢成了中国酒店业的"头牌"。加上我连续创业了几家公司，还经常被一些新的创业者请去介绍经验。记得在广州的一个小餐厅里，唯品会的沈亚跟我讨教创业和融资的事情。我已经不记得当初跟他说过什么，对他是否有帮助。但现在，唯品会的市值已是 58 亿美元，是我们的 3.5 倍，甚至已经超越携程！我吭哧吭哧做了将近十年的传统企业，被一个年轻后辈的互联网企业轻松超过！

还有一次，在 IDG 的年会上，我信誓旦旦地号称自己要将华住做成 100 亿美元的企业，台下也是掌声雷动，给我很多鼓励，自觉也蛮了不起。在我后面发言的正好是雷军，他做小米比我还晚，上一轮融资的作价已经超过 100 亿美元！还没上市就 100 亿了。

酒店行业并不好做，都是些苦活儿、累活儿，事务烦琐，环节众多。经济型连锁更难，既要好又要便宜，成本稍微高一点儿，利润就不见了。三百六十五天，天天要睁大眼睛，不能出啥纰漏。天天要做好生意，哪天差一点儿，后面就得拼命补。看别人的企业，沾点儿互联网的光，换个互联网的新打法，市值轻轻松松地就超越了我们。光从市值上看，是几倍、几十倍的差距。且不说谁笨谁聪明，古话说"天道酬勤"，难道我们这么辛苦、这么努力都没啥用吗？天道在哪儿呢？另一个焦虑的事情是在线旅行社（OTA）。随着手机应用软件的普及，OTA 们都各显神通，又是综合服务平台，又是手机门户。手机屏幕小，容量有限，我们这些单一用途的手机应用软件很难被用户保留在手机里。眼瞅着 OTA 的比例渐渐上升，心里着急。本来 OTA 每间房挣的钱就是我们的两倍多，随着移动互联网的普及，还会从我们这里抢去更多的市场份额。这样下去，我们就会沦为挣辛苦钱的帮佣了。

OTA 的日子好过吗？也未必。建章回到携程后，大刀阔斧地进行调整，夜以继日地工作，又是并购，又是投资。除了要对付来自去哪儿和艺龙的竞争和蚕食，还要提防阿里和腾讯的"顺手牵羊"。真可谓呕心沥血。

BAT（百度公司、阿里巴巴集团、腾讯公司这三家企业首字母的缩写）的日子就好过吗？马云大哥被腾讯的微信弄得焦头烂额，也处于明显的焦虑中：内部强行推广"来往"，匆忙推出手机游戏，收购微博，甚至传出入股 360 的消息。

马化腾呢？也未必轻松！且看他的一段话：互联网时代、移动互联网时代，一个企业看似牢不可破，其实都有大的危机，稍微把握不住社会趋势的话，就非常危险，之前积累的东西就可能灰飞烟灭了。

看来大家都在焦虑，都在纠结，都在苦苦思索和寻觅。我们大家焦虑的原因就是互联网，主要是移动互联网。跟十四年前的互联网浪潮一样，每一次信息技术的革命在给企业界带来无穷想象空间的同时，也带来了转型的危机和被淘汰出局的恐慌。


当一个问题无解的时候，反观自身，回顾历史，也许能找到方向，找到答案。

1949 年以前，中国出现过很多"大王"，比如剪刀大王张小泉、粽子大王五芳斋、面粉大王和棉纱大王荣氏家族、烤鸭大王全聚德、火柴大王刘鸿生、万金油大王胡文虎……这些行业都跟老百姓日常生活密切相关，这些人在民族资本兴起的年代，迅速成为各行各业的领军人物。1949 年后，相关企业大多数被国有化了，至今仍有部分活跃在各自的领域。我们最近投资的全聚德就是一家非常不错的百年老店，它有一百五十年的历史，已经超越了马云一百零二年企业的梦想。

再看看现在衣、食、住、行各个领域的"大王"们。

优衣库目前市值 408 亿美元，麦当劳 951 亿美元，刚刚上市的希尔顿 220 亿美元，达美航空 235 亿美元，同样是行行出状元。这些传统公司的特点是：历史长，盈利稳定，规模和市值也不小。

再想想，五十年、一百年前有互联网企业吗？没有。在新技术不断出现的时代，高科技公司的产生和淘汰率实在是太高了。曾经作为商学院案例的惠普已经是风雨飘零；雅虎被谷歌取代，脸谱网又抢了谷歌的风头；曾经市值 2000 亿美元的诺基亚，被苹果挤对得难以为继，70 亿美元贱卖给了微软；微软自己也好不到哪里去，抱团取暖也只能苟延残喘……五十年以后，一百年以后呢？一定还会有更多新兴企业，凭借新技术，颠覆目前的这些大腕儿。今天盛极一时的新兴企业，能剩下的不会太多。

再看看今天的世界级酒店集团，大多有四五十年以上的历史。创立于 1919 年的希尔顿已经将近百年时间。五十年、一百年之后呢？我相信人们还得睡觉，还得出差住宿。因此我们这些满足基本生理需求的企业必定还会存在，只要我们自身不出问题，建立好扎实的基础和架构，到时华住将会有机会和希尔顿它们一起，跻身世界酒店集团之列。

线上企业固然好，规模可以极大，可以达到千亿美元的规模，但能够达到这个量级的企业数量极少，竞争将会非常惨烈，企业的生命周期将会较短。就像昙花，很美，但只能一现。

那些互联网企业很美，非常了不起，我也羡慕那种极致的热点感觉。我有这样的雄心，可惜没有这样的机缘。敝帚自珍，我觉得自己从事的住宿业也是非常不错的行业。在人们发明出不用睡觉的方法之前，住宿业一定会存续！这种贴近人们基本生活的产业，将会更持久、更稳固、更多元。

经过以上的思考，心定了一些。但绝对不能故步自封、闭门造车，而是要在做好本分的事、练好基本功的基础上，拥抱互联网。

现在很时髦的一个词是O2O，也就是online to offline，是指将线下的商务机会与互联网结合，让互联网成为线下交易的前台。现在热门的O2O企业都是互联网企业，比如大众点评网和其他团购网站等，传统服务业大多寂然无声，好像跟他们没有关系一样。其实O2O的概念非常广泛，只要产业链中既涉及线上，又涉及线下，就可通称为O2O。

面对这样的移动互联网变革，做鸵鸟是不行的。基于互联网的OTA，每间房每夜挣的钱已经是我们实体企业的两倍左右，市值经过放大更是达到七八倍之高。我们自己如果不思进取，在移动互联网的进一步变革浪潮中，利润会越来越少，最后逃脱不了挣辛苦钱的命运。

十年前，我刚进入传统行业时提出：用IT精神打造传统企业。当今中国酒店业真正具备竞争实力的，都是秉承这个精神的企业。

今天，我要再进一步调整为：用互联网精神打造传统服务业。不仅仅是要使用互联网技术，更重要的是互联网思维。

互联网思维是相对于工业化思维而言的。

工业化时代的标准思维模式是大规模生产、大规模销售和大规模传播，但在互联网时代，这个重要的三位一体被解构了。正是因为工业化的发达，产品和生产能力不仅不再稀缺，而且极大地过剩；产品更多是以信息的方式呈现，渠道垄断变得不可能；最根本的是，媒介垄断被打破，消费者同时成为媒体生产者和传播者，通过单向、广播式传播方式制造热门商品，诱导消费行为的模式不再行得通了。

我们正在迎来一个消费平等、消费民主和消费自由的消费者主权时代。原有供应链上的关键角色，如品牌商、分销商和零售商的权力在稀释、衰退，甚至终结。在消费者主权的时代，消费信息越来越对称，价值链上的传统利益集团越来越难巩固自身的利益壁垒，传统的品牌霸权和零售霸权逐渐丧失发号施令的能力。话语权从零售商转移到了消费者手中，消费者通过自媒体，建立和强化了这种自主权。

互联网思维是一种用户至上的思维。

以前的企业也会讲"用户至上，产品为王"，但这种口号要么是自我标榜，要么是出于企业主的道德自律。但在数字化时代，"用户至上"是你必须遵守的准则，你得真心讨好用户，因为用户口碑和好评变成了有价值的资产。

移动互联网进一步颠覆了现有的商业价值体系和参照物。过去，零售商和品牌商习惯了自吹自擂，而粉丝经济的核心是参与感。我们必须主动邀请用户参与到从创意、设计、生产到销售的整个价值链中。

移动互联网也颠覆了价值创造的规律。我们必须回归商业的本质，找到用户真正的痛点，为客户创造价值。就像雷军说的，要做出让用户尖叫的产品来。如果仅仅提供商品本身的消费价值，由于大量同质化商品的存在，粉丝是没有动力去买你的东西的。

为了区分当下流行的O2O概念，也为了更好地诠释我们传统产业的O2O途径，我提出了O2O2O的概念。

第一个O是offline，即线下，指我们的产品和服务，这是我们的基础和根本。在这个网络时代，我们必须借助online，也就是互联网手段来传播、销售我们的线下产品和服务。这就是第一个O2O。用户在线（online）购买我们的产品和服务后，必须到我们的实体店（offline）来体验，这就是第二个O2O。连起来就是O2O2O，我用一个三角形来表示。

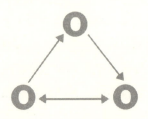

下面这条边是我们坚实的线下基础，也是我们赖以生存和竞争的根本。上面那个顶是我们必须善用的互联网工具，用它提高我们的知晓度，提高我们的运营效率，提高用户的全过程体验。

许多新兴互联网O2O企业，做的都是一些"无中生有"的事情。利用服务和产品的过剩，跟商家讨个好折扣，以此吸引大批客户，低价批发、低价销售，美其名曰"团购"。收集一批用户评价，给商户评级排名，再设法跟商家或者用户收钱，这样的就叫"点评网"。他们一旦聚敛了巨大的用户，跟过去的分销渠道一样垄断了商家和用户交流的渠道，就会有很强的话语权，会在两边赚取超额利润，但更多的是向商家榨取高额佣金。过去工业化时代的国美、苏宁，就是上一代的渠道垄断者。

对于小型企业和分散的商家，这些新式的O2O是有帮助的，至少在没有超越临界利润点的时候是利大于弊。但对于大型品牌集团而言，如果一味依赖这些新兴的渠道商，将会是灾难性的。因为这些新型的"中介"更加容易沉淀用户、黏着用户，在社交化、移动化的推动下，还会产生去品牌化的情况。

中国的传统服务业，实际上同时在经历品牌化和去品牌化这两个既对立又统一的过程。由于长期轻视和压抑服务业，中国的品牌化趋势明显；但是互联网，尤其是移动互联网和社交媒体的兴起有淡化品牌的作用，这样就产生了一种去品牌化倾向。我们可以在这两种矛盾对立的趋势里，对绞出一种螺旋式上升的力量来应对。

传统服务业要在新格局里找到自己的定位和核心价值，必须具备互联网思维。我提出的O2O2O模式（实际上也是O2O模式，只是这样的表达更加明确）应该适用大多数传统服务业。

未来是否还需要这种变种的"中介"和中间渠道？未来的品牌集团是否还是今天这样的模式？这值得我们思考和探索。比如酒店集团，从最早的重资产模式，进化到今天的轻资产模式，以品牌和管理为主。未来的酒店集团是否应该进一步演化成"品牌＋管理＋渠道"的模式？

带着这样的思考，我们将会进行进一步的尝试和探讨。华住的理想是成为"线下大王"！我坚信，任何技术的发展都代替不了线下的实体体验。比如，酒店做好产品和服务，餐厅做出美味的菜品，永远都是我们线下企业最重要的核心价值。线上平台永远无法替代这种体验式服务。移动互联网提供了我们跟用户沟通和交易的有效手段，不需要或者极少需要任何第三者插足其间。我们将自己的核心价值，直接和最终用户对接，使服务方便、迅捷、不贵。

在这样的理念支配下，华住才有希望成为世界酒店业的翘楚，成为价值数百亿美元的公司。

有焦虑，才会有思考；有思考，才会有突破；有突破，才会有璀璨的未来。

线下大王，就是我们医治互联网焦虑症的良方。

2014 年 3 月 1 日

# 大风和直树

　　这个季节，有一股类似于台风的季风会路过普罗旺斯，风力之猛，只有身处其中的人才能感受到。我的户外家具会被吹起，桌仰椅翻，瘦一点儿的人感觉好像要被风吹走！在中国，台风过后，地里的庄稼会顺着风的方向倾斜，树木会被风吹得倒向一侧。但在普罗旺斯，同样剧烈的大风（每年如此），对树木却毫无影响。大风过后，它们挺拔如旧，直直地矗立，自信自得地升向天穹。

　　这让我很好奇。后来，经仔细观察，我发现原因有三：一是这个地区地质坚硬，树根和地面咬得很紧；二是这些树都是老树，根基都很扎实；三是这些树很柔韧，风来了，随风起舞，风过了，不留丝毫痕迹。

　　由此，我联想到互联网浪潮，联想到中国企业，联想到一波波的调整和波动。企业像树，市场与客户像泥土，只有紧紧咬住市场、抓住客户，才能在风浪里保持尊严和自我。企业的内功、内涵，就像树根，必须扎实和深远，才能屹立不倒。风就像一波波的革新浪潮，浪潮来了，我们有和它起舞的柔度和韧性，才可以随风起舞，潮流过去后才可以巍然挺立。

　　做企业要有扎实的内功，要紧紧契合市场，更要柔韧和富有弹性。如此，我们才可以在风浪里起舞，才可以乘风而长。

2014 年 7 月 11 日

# 创业时要注意什么

## 1. 商业模型

创业以商业模型最为重要。一个成功的商业模型需要在最恰当的时机出现，不能早也不能晚。每一个商机都有一个窗口期。早了，成了"烈士"；晚了，抢占制高点不易，甚至错失机会。一般的商业模型迎合市场的需求，不一定是创造新的消费行为。可以在现有的模式上，利用新技术改变游戏规则，但不是创造新的消费行为。比如，你可以用互联网来卖服装，但你不能让人们不穿衣服，改披纱巾。

一个好的商业模型是找到利益的"和谐点"。用户想又便宜又好；商家想投入小，利润高；渠道想不劳而获，抽成越高越好。如何在生态链里找到各方可以平衡的"和谐点"非常重要。比如，投资多少最为合适？卖价多少客户觉得超值？哪些服务需要提供，哪些服务需要裁减？加盟商的收费如何？怎样做到既可以让加盟商愿意加盟，我们又可以有可观利润？

一个好的商业模型是禁得住时间和实践考验的。就像一架新钢琴，一般不可能买来就很完美，需要调音才能悦耳动听。一个商业模型在理想和现实中来回几次属于正常，需要不断优化，不断迭代升级。

一个好的商业模型一定是独特的、创新的，依靠低成本和高效率的创业只有在特定环境下才能有效。成功各有各的不同，但抄袭和拷贝，至多弄出一个二流的公司。


## 2. 客户关系

在某一个细分市场，客户的量实际上是确定的。最大限度地吸引到尽可能多的拥趸、粉丝，是我们创业者要考虑的头等大事。也许是你的产品好（比如苹果），也许是你的故事好（比如中甸改名香格里拉），也许是你的价值观引起了共鸣（比如无印良品），也许是你的性价比高（比如经济型酒店）……所谓"专注、极致、尖叫"，就是因为在这个产品极其丰富、信息充分对称的时代，只有专注才能做出好产品，只有极致才能打动客户，只有尖叫才能触动客户的内心和灵魂。

酒店行业的客户除了住宿者，还有加盟商，这两类人的需求都要考虑到。特许卖的是信誉，产品做烂了，就是透支了信任，这是非常糟糕的事情。重建信任几乎是不可能的，而且有太多的对手在旁边像狼一般窥视着，你稍有漏洞和破绽，就会被攻击、被撕咬。

对客户需求的了解，我不是依靠市场调查公司或者咨询公司的意见，而是做角色模拟，把自己想象成目标客户，推己及人。再通过一个个应用场景的设计，找出客户的需求点。

除了表层的需求点，也要探究深层的需求，其中还有价值体系的共鸣。产品出来以后，还要在现场感受客户的反馈。任何点评和市场调查，都比不上在现场的体验。在现场，不仅要观察、交流，还要自己体验。除了体验自己的产品，更要体验对手和同行的产品。比如，我们原来有一款电视机，电源指示灯是很惹眼的蓝灯，你巡房的时候没法发现这个灯的问题。只有在这个房间住下，晚上被这惹眼的电源指示灯烦扰的时候，你才能发现这个问题。

## 3. 做好产品

制造业制造有形的产品，比如一件衣服、一把剪刀。互联网上是软件产品，比如微信、Keynote。服务业提供某项服务，有时候是软件和硬件的结合，比如酒店业的产品包括客房等"硬产品"和人员的服务等"软产品"。

酒店业的产品是一个整体，甚至前台的衣服、服务人员的态度、早餐的品质、Wi-Fi 的速度，都共同构成酒店的产品。"春江水暖鸭先知"，产品好不好，客户的体验是最精准的。每一个细节，每一类客人，都非常重要，疏忽不得。比如马桶的高度和前后宽度，东方人和西方人有差别，马桶太高了，得踮着脚上厕所。再如旅游客人需要大的衣柜，方便将各类衣服摊开，但商务客人需要的是一目了然，没有柜门的衣橱最合适，这样就不容易忘记。

酒店产品不一定要让用户"尖叫"，可以润物细无声地打动他们的内心。要做到这样，一是要合乎常识，不哗众取宠。我们接手丽江漫心的时候，所有的电源开关都是数控面板，连我这个工科生都很难将需要的灯光打开或关闭，这种面板除了给客户增添麻烦外，没有任何价值。

二是要了解人性，尤其是人性的弱点。比如人都很懒，图方便。加一个自动扶梯到二楼，就可以非常有效地将人流引上去，楼梯和电梯的效果差很远。比如人都贪图便宜，喜欢占点儿小便宜。我们可以设计一些免费项目，汉庭客房的免费矿泉水和无线网络就很受欢迎。再比如积分计划，对于我这样的人一样有吸引力，乘飞机我还是喜欢积分，可以兑换免费机票。

三是要以合适的成本制造产品。尤其是在中低档市场，对成本的控制和功能的取舍非常重要，甚至会影响商业模型的成败。在经济型酒店行业，某个品牌以我们中档品牌全季的成本来做经济型品牌，RevPAR 收入还没有我们经济型品牌汉庭高。可想而知，业主和投资者的回报有多差！功能的取舍同样重要。比如在客房里是否放浴缸，这个问题在设计高档品牌禧玥的时候让我们特别纠结。斟酌再三后，我们还是取消了浴缸，因为按照我们的商业模型，只有少数人会用到浴缸，但是放浴缸会增加较大的投资。卫生间多一个浴缸固然好，但为了满足模型设计，我们还是在一个高档品牌上舍弃了。

四是要符合主流客户群的审美和价值观。在贵族和绅士时代，客人讲究被服务、被重视、被关注，所以门童、行李员、礼宾员等职位和记住名字等服务被广泛推广。丽思·卡尔顿的口号"我们以绅士淑女的态度为绅士淑女们忠诚服务"就是那个年代的典型标志。现如今呢？客人需要的是隐私、便捷、自助、环保，过多的服务和关注，只会让人觉得讨厌和烦恼。一群人围着一两个人，也会被视为不环保。那种贵族式的繁文缛节已经不符合潮流了，全季就是针对现代人的这个特点推出的酒店品牌。

在互联网和移动互联网的推动下，客户的口碑变得空前重要。好的产品甚至不再需要做广告、做宣传。微信、微博、脸谱网等社交媒体，可以非常容易、非常迅速地将好的口碑、坏的口碑传遍天下。酒店行业是个非常典型的体验行业，水温、噪声、被子床单的舒适度、床的软硬等，客人都是实实在在地在体验。做好了，不一定表扬和传播，但哪里没有做好，很容易引起大家的不满。

产品的重要性怎么强调都不为过，产品实际上是商业模型在客户身上的落地。因此每一个创业者，都必须是产品专家，用今天时髦的词来说——产品经理。

从人性出发，用极客精神做好产品，在用户的体验过程中得到其发自内心的喜欢、认同，从而形成迅速传播的口碑，进一步形成品牌——有了品牌才能连锁推广。这样的一套逻辑和路径，在任何时代都不会过时。所有的忽悠、投机取巧、伪创新，都会随着时间的推移露出马脚。

我们不投机，我们要做持久的品牌，做好产品是基础和关键。

## 4. 旗舰店

旗舰店在连锁企业创业中的地位非常高！

大家都知道纽约第五大道上的苹果专卖店，也知道上海浦东高耸入云的金茂凯悦、虹桥古北的家乐福、漕溪路的宜家、外滩东风饭店的肯德基……

旗舰店，有时候也叫样板店，不仅仅是做出来给别人看的，更主要是企业将自己的商业模型，通过实体店表达出来。装修风格、产品展示、成本造价、运营流线、客户反应、租金、盈利能力等，通过旗舰店打磨、测试，然后才进行推广。自己都没有想明白、搞清楚，如何让别人投资加盟？

旗舰店最好从城市辐射农村，上海、北京的示范作用远远超过南通、昆山这样的城市。位置也是越中心越好，建筑和店面越醒目越好。

从位置到投资，旗舰店的配置可以稍微高标一些，做得极致一些。因为是母版，大家照着这个学习、拷贝，要考虑到复制过程中的递减效应。但是，整个模型结构上不能走样，否则就失去了示范店的意义。比如我们肇嘉浜路的全季，家居用品和房间装修都是高标，因为位置好，RevPAR 也高些。它作为示范店的同时，并没有破坏全季整体的商业模型结构。

在一个省份、一个地级市的第一家店非常重要，不管是不是直营店，实际上它就是我们连锁品牌在这个地区的旗舰店。店的位置要在中心，要醒目，产品的标准、品质不能走样。

旗舰店的轰动效应，包括盈利、形象、客户体验等，会是非常好的宣传点，会形成很好的口碑效应，也是吸引加盟商的利器。

创业初期，要重视旗舰店的建设，创始人多在旗舰店里泡泡，琢磨、优化、迭代。我在西直门的建国客栈、新虹桥的汉庭都待了相当长的时间，许多创意和改进都是在店里的实践中想到的。


## 5. 品牌故事

每一个品牌都是独特的，每一个品牌都有自己的故事。我们创业者必须学会讲故事。用生动的语言讲出你的激情，讲出你的梦想，讲出你的生意，讲出你的设计，讲出你的产品……

听众有投资人，有团队，有客户，有媒体，有社群大众。所以故事可以有不同版本，但是主线是一致的。故事的语言应该是简练的，声情并茂的，通俗易懂的。我们可以用比喻，用幽默的笑话，用图表，来帮助我们讲故事。

我记得 IDG 的周全第一次听我们讲商业模型，跟我讲：用三句话讲清楚你要做什么。我当时有些吃惊，这么大的投资，三句话就行了？大道至简，因为他们整天听别人说商业模型，各式各样忽悠的人都见过，创意的好坏，往往在这"三句话"的要求下现出原形。

我也是一个非常善于跟员工讲故事的人。在汉庭刚刚建立的时候，我告诉大家，我们要做中国酒店业的领先企业；上市后，我提出成为世界住宿业领先集团；今天，我又告诉大家华住要做世界酒店业第一。每次我这么说，大家都将信将疑。我就会拿出有理有据的分析来，而且还有路线图。当我们一步步实现了传说中的故事，团队就更加有信心，就会更加坚定地跟随我去奋斗。

给媒体的故事要"语不惊人死不休"。在携程的时候，我讲过"携程是旅行社的掘墓人"，这句话至今仍振聋发聩。我们要尽量跟热点靠近，迎合媒体和大众的兴趣点。毕竟，像苹果这样能够制造热点的公司是凤毛麟角的。最重要的故事是要说给客户听的。比如汉庭的"上好网，睡好觉，洗好澡"，全季的"简约"生活，海友的"四海皆朋友"，漫心的"浪漫之心、散漫之心"，禧玥的"轻奢华"，等等。每一个品牌都要找到独特的诉求点，它可以是客户的痛点，可以是品牌的特点，可以是打动客户内心的一句感性的话。

当然，最重要的是故事和实际相吻合。最忌讳的是讲得多、做得少，故事天花乱坠，实际一塌糊涂。这样的故事没人信，这样的品牌不会持久。这也是某些先品牌后产品酒店的致命弱点。

在讲故事的时候，也要注意分寸和火候。往往要做的不说，说的是我们做过的事情，至少是正在做的事情。不能撒谎，但是可以不说，或者不全说。战略目标过早地暴露，也会给同行和对手提供"集火点"。

## 6. 团队

创业团队的组建，在创业初期尤为重要。

在创业初期，不能用高薪去招募人才。用高薪招募来的人才，往往也禁不住创业的折腾。

吸引人才最关键的是感召力。我们要用理想、梦想，要用我们的个人魅力去感召人加入初创公司。所以创业初期的员工，往往比较感性，在专业性和知识结构上不一定是行业内最杰出的人才，有些甚至是有明显缺点的。

对于有明显缺点的人，我们要用其所长，容其所短，每一份资源都极其宝贵。

对于充满激情但不够成熟的团队成员，要多沟通，多锤炼。利用我们自己的个人时间和情感，多和团队交流：聚餐，郊游，读书，学习小组，培养共同的兴趣爱好，如跑步、足球、羽毛球等。

创业对人的锻炼是非常大的。许多人通过创业飞速地成长。今天中国许多成功的企业家，大部分不是来自大企业，而是从小企业成长起来的，比如华住的大部分高管。

对于关键人才，没法给予高薪酬，但是不能忽悠他们，要跟他们分享成功的革命成果。期权是一个好工具。资产重的，期权可以少一些，5% 以内是合理的；人力资源重的，10% ~ 20% 也是合理的。

在创业初期，激情是非常重要的，激发激情是领导者的重要任务。保持激情同样重要，读书会、学习小组，甚至啤酒会、野外拉练，都是保持创业激情的有效渠道。办公室晚上灯火通明，周末、节假日加班是常态。创业公司没有什么加班的说法，创业公司的字典里是没有这个词的。

## 7. 竞争对手

谁是我们的朋友，谁是我们的敌人，这是革命的首要问题。谁是我们的盟友，谁是我们的竞争对手，这是创业的首要问题。

竞争对手除了时刻提醒你努力上进之外，还定义了你的边界和扩张战略。

如果在一个领域，某一个竞争对手的规模已经很大，自己创业的困难度就会很大，比如 BAT，比如携程、华住。但是，随着技术的发展、商业模式的演进，借助新技术或者新模式颠覆这些霸主也是可能的——比如去哪儿、美团、京东。

在传统行业创业不能光靠时髦的词和噱头，要凭真才实干，要有真材实料。往往效率、成本控制、执行力这些基础的东西很重要。

在传统行业创业，也要借助流行的概念、利用流行的概念，这在融资、传播、吸纳人才的时候都很有用。比如，携程的早期，实际上就是一个以呼叫中心为主的传统酒店中介，但融资的作价是互联网企业的作价，宣传上也充分利用了互联网的泡沫和潮流。包括人才的吸引和激励机制，都用足了互联网概念。发展的节奏和策略也要针对竞争对手来制定。最理想的状态是又快又好，但是如果对手太快，我们必须跟他们在一个数量级上，不能苛求品质，输了速度，赢了战术，输了战略。

不要跟竞争对手针尖对麦芒，要学会错位和差异化，拼钱、拼血、拼刺刀不是很好的竞争策略。汉庭在如家转战二、三线城市的时候固守一、二线城市，占领吸引眼球的建筑物是一个成功的竞争策略。

2014 年 9 月 20 日

# 企业家和专业管理者

只凭借企业家精神的创业者，如果没有系统的管理经验和知识，要造就一个大企业很困难，风险很大。而专业管理者在草创期优势不强，甚至会碍事。不管是有意无意，我的这三个企业都将这两者结合得很好。

创始人通常有市场营销、技术、特定行业等背景，对市场和产品很热情，对企业日常运作不感兴趣。通常，他们自认为比别人聪明，极富冒险精神，做事雷厉风行，个性鲜明，缺点和优点一样突出，喜欢以自己的方式行事。

他们对企业往往采取开放式承诺，这意味着他们的企业不仅仅消耗掉他们生命中的大部分时间，而且往往企业就是他们的生命。有许多人将经营企业看作是场有挑战的游戏，也是个人深层次快乐的源泉。

专业管理者（大多数用"职业经理人"来称呼）大多受过良好教育，许多人毕业于美国名校，在跨国企业任职多年，受过系统的专业训练和熏陶，理性、客观，重数字和逻辑。在激情、冒险、果断、创新和宏观视野上，往往和创始人不太一样。

国内有些民营企业，创始人（大多数也是企业的老板）往往重权力和裙带，不信任外来的专业管理者，不轻易放权。在经理人和家族成员或元老的碰撞中，他们总是偏袒自己一方。这样，外来的管理者就发挥不了应有的作用。如果强行推行一方的政策，就会有许多不愉快，最后总是经理人失望地离开。

也有一些职业经理人，尤其是被风险投资主控的创业企业请来的，会抹杀创业者的所有贡献，放大公司的问题，将问题全部归于创业者和前任。有些人甚至试图"绑架"企业，为自己的职业生涯镀金，谋取个人短期利益。

在中国，企业家和经理人都是宝贵的稀缺资源，应相互尊重，平等相处。不要"有钱人"看不起"读书人"，也不要"海龟"看不起"土鳖"。这两种人谁也代替不了谁。如果不遵循这个规律，就会付出惨重的代价。

在目前这个野蛮、快速生长的商业环境里，我们相互学习，共同成长，才能双赢。在当前的商业生态环境下，一个理想的企业家应该贯通中西。不仅要熟悉本土的商业逻辑和环境，还要深谙东方历史文化和传统；不仅要懂得西方做生意的语言和规则，还要学会运用现代企业的高效管理手段和工具。

所有的企业根子上是股权结构。VC、PE占70%的公司和创始人占70%的公司，在许多根本性的问题上是不一样的。有什么样的股东，就会有什么样的董事会。管理层就是执行董事会决策，公司的战略、经营目标、价值观和文化也是和股东的意志相呼应的。

因此我认为，一个理想的优秀企业，应该有一个"压舱"的大股东，结合专业管理，方能强大、持久和稳定。一个没有灵魂和理想的企业，只会变成冰冷的赚钱机器和造富工具。

2018 年 4 月 25 日

# 时代和传奇创始人

这个时代，创始人常常被扣上"传奇"的帽子。其实，所谓传奇，是时代和时势创造了你。

拿我个人来说，我是个农村孩子，可能稍微聪明点儿，没有长得特别帅，也不是天生就富有魅力。在我看来，很多创始人、传奇的企业家，扔在一个大澡堂里，大家是一样的，谁也没有三头六臂。被称作"传奇"，是我们创造的企业、外界对我们的宣传，以及我们的一些思想给社会带来的影响力造就的。

另一个原因是，在充满变革的时代，领袖人物的确很关键。

假设在一个风平浪静的环境，比如说在一个每年增长 5% 到 7% 的西方国家的大公司里面，外部环境四平八稳，内部也没有什么变革，我认为像我这样的人，估计没什么大作用。我的 CEO 肯定比我更适合当老大。而中国这种有太多变化的环境，需要我这种人。

我们这些人的特点是什么？就是危机感非常强，而且极其敏感。危机，就是危险和机会。艺术家有着对情感的敏感，我们是对商业环境非常敏感。这种敏感度，我认为是长期的思考和不断地在生与死，在困难、折磨中煎熬所练成的直觉。

以我个人为例，我不会整天去关注订房率、股票这些细节，我持续关心的是整个消费的趋势变化。如果我麻木了，敏锐度不够了，变得主观、封闭、不开放，有可能会影响企业的走势、方向。

创始人常常有一些看似非理性的判断。我的很多观念，不是在哈佛课堂上学的，而可能是通过看佛经，或者从日常生活中得来的，也可能是跟艺术家聊出来的，或者跟健身教练聊出来的。

比如最近我的普拉提教练跟我讲，要用最小的力气做最好的动作。他这句话一下子就点醒了我。一个好的动作，一定是用最小的力气来做的，用最大力气做的动作肯定是不好的，至少不能持久。因为这个动作可能是代偿的，有你不知道的消耗在。道法自然，自然里的一切都是和谐的、完美的，所以好的动作一定是不费力的。

但是，我们千万不要忘记，是这个时代创造了你，而不是你创造了这个时代。个人在整个社会里总是渺小的，哪怕是个英雄人物。

单个的英雄人物创造不了历史，历史是许许多多的英雄和人民一起创造的。

2018 年 4 月 18 日

# 创始人要深度沉浸于产品

在创业过程中，深度沉浸于产品，对创始人来说是很重要的。

我们酒店过去所有的直营店，我都亲自去现场看过，很多经验也是从这种反复观察、思考中得来的。比如排房，一般人是在两面承重墙之间划出两间房。比如两面间隔七米的墙之间，就能开出两个各三米五宽的房间。但有没有可能错开这个墙来排呢？两个柱子间如果是八米的话，一半是四米，房间就太大了。有的房间还可能特别宽，怎么办？或者如果遇到排下来其中一个房间是暗房又怎么办？

这其实就是几何。切来切去，看怎么切最有效果。

设计方面，做汉庭的时候，我意识到，现在的很多产品不能一味追求成本低，而是应该做得漂亮，注重审美潮流。比如，那时候已经不适合把太鲜艳的颜色涂在墙上，而是需要含蓄的。

早期，汉庭在上海的吴中路开门店，也是我去看的现场。那个结构相对复杂，楼中间有个天井，很难排房。后来我创造了拐弯排房的方法，充分利用每个空间。我把其中一个特别长的房间变成套房，很舒服。那个房间是卖得最好的。我在房间里放了两米宽的床，平常一米八的床在那个空间里显得小，两米的床，客人开心，房间也显得更加匀称。卫生间的设计，我也参与其中。之前我们曾经用玻璃来分割厕所和淋浴房，但玻璃打扫很麻烦，而且在冬天让人感觉很冷、不舒适。后来我把这个改掉，不再用这个设计。

我不太依赖咨询公司和市场调查的结果。一个企业家的优秀之处，就是切身的感受能力。市场调查，如果调整调查参数，完全可以得出不一样的结论。

做市场调查，我们能找多少人去做这个问卷呢？再者，你找的人是对的吗？如果他不是我的目标客户，那肯定问错了对象。如果要做汉庭的市场调查，你就得问一个刚刚毕业一年的，在靖江或者淮阴工作的年轻人，这样的调查方向才对。如果是全季，又要问不同的人。

我身边的人跟我一样，对产品的研究都非常深入。我常跟华住各个品牌 CEO 说，一个酒店的 CEO 如果对产品没有深入了解，很难成为一个好的 CEO。创始人只有深度沉浸到你的产品中，才能够找到未来的方向。

2018 年 4 月 21 日

# 预期未来的经验

开始创立汉庭的时候，我提出了汉庭的三年、五年计划，什么时候开多少店，什么时候上市，这些时间节点都计划得非常详细。很神奇的是，这些时间节点，后来都被一一验证了。

我想，我的计划精准，不是因为我比常人更具理性，而是源于我对整个事情的思考过程。

在做汉庭前，我已经创始了如家，所以很多弯路和挫折我知道如何避开。在思考汉庭的时候，我的脑子里有了一幅图画，环境发生了什么变化，产品需要做哪些调整，都很清晰。有了产品，哪一年开多少店，投多少钱，需要多少人，需要多少资金，我们自己能带来多少现金流，这个账马上就能算出来。之后，融资的节奏也就有了，上市的规模和日程表也随之清晰地浮现出来。

到了实践的时候，有时候现实会落后于脑海里的场景，那么你就需要加油。有时候我觉得发展速度太快了，影响了产品质量，就减慢速度。比如有一个阶段，我们在一线城市的扩张太快了，就马上把一线城市的投资减少。就这样来来回回，加速减速，使得整个企业有张有弛有节奏地往前走。

计划被现实如此精准地验证，可以说是一种巧合。而这个巧合的背后，是长期的思考、经验的整合。

这一点，我认为和一个好的医生所实施的治疗有共通之处。一个好的医生刚碰到一个病人的时候，会有自己的规划，而最后的治疗结果跟规划往往非常接近，或者超过这个规划。他有经验，知道自己的治疗方法、使用的药物能够对病人的身体产生什么样的作用。这种治疗要面对不一样的个体，不可能每次都成功，但能够做到 90% 的成功率，就是好的医生。

我们酒店的名字都是我取的。如家、汉庭、禧玥、华住……都是我想的。我的文采并不好，但我觉得我取的名字还挺好的，因为我思考的时间足够长。就像小时候做几何题，没有我做不出来的。为什么呢？我吃饭的时候在想，上厕所的时候在想，睡觉前还在想，想不出来我是不会放弃的。一直在想，总能想出来，它无非就是那几个模式。这跟商业很像。

预想能够成功，是因为我在这个事情上投入了全部的心力。当一个人很专注，而且专注的时间足够长的时候，奇迹就会发生。

2018 年 5 月 5 日

# 大连锁管理

我从事连锁企业经营管理十几年，虽然是在酒店业，但是整理总结一下心得体会，对其他连锁企业应该也是有借鉴意义的。我认为大连锁管理主要是从四个方面入手：理念、经济、技术、社群。这四个方面正好对应人类最典型的四类组织原则的精髓：理念对应宗教，经济对应商业，技术对应军队，社群对应家庭。

## 1. 理念

理念最为重要，可谓一个组织的灵魂所在。一般来说，一个宗教组织主要靠共同的信仰来维系，这种信仰往往触及根本，比如生死、意义、灵魂等。这种形而上的认同，超越所有可能的形而下，因此更持久和可靠。几大人类的宗教组织都延续了几千年。

商业连锁虽然是一个商业化组织，但理念同样头等重要。

一个企业的价值观决定了这个企业所有的可能性。比如，企业的目标是什么？是圈钱上市还是缔造伟大？比如，企业如何看待客户、员工、股东和社会？是善待员工还是拼命地盘剥？是欺骗客户还是为他们带来价值？是自私自利地苟且还是崇高地创造美好？连锁企业分布在众多不同的地理位置，员工分散，来自不同的背景、家庭、教育、宗教、性格等千差万别，推行共同的价值观看似是很有挑战性的事情。

其实，每个人心里都渴望某种崇高和伟大，渴望能够找到可以为之付出一生的使命。平凡的生命只有融入伟大里面，才能不孤独，才能找到意义。

在大连锁里，面对多层次的广大人群，价值观的阐述和表达要简单明了，口语化、口号化。除了铭记在心，墙上张贴、名片上印刷都是可行的方法。

以华住企业理念为例。

创始人的初心：一群志同道合的朋友，一起快乐地成就一番伟大的事业。

价值观：求真、至善、尽美。

愿景：成为世界级的伟大企业。

使命：成就美好生活。

## 2. 经济

作为一个商业机构，利益分配的设计当然重要，大的方面在于客户、员工、股东之间的利益权衡。想多赚客户的钱，价格高了就失去竞争力，太低了企业就没有利润。员工的福利、待遇也要恰当、适中。比如我们华住有 6 万人，每人每天增加 10 块钱的伙食费，全连锁全年就将近 2.2 亿。但是，太苛待员工，除了没法提供让客户满意的服务，能不能招到合格的人都成问题。这几年人工成本涨得很厉害，未来还会继续上涨。我们的薪酬无法做到远远高出同行，只能做到略高于行业平均水平。股东的利润要在平衡好客户和员工的利益后才能有所体现。

大连锁的每一家门店都是一个有机的经济体，牵涉到业主、员工、客户等诸多方面的利益分配。如果没有一个清晰明确的利益分配系统，无法进行复制连锁，那么许多门店都会亏损、衰败。一旦大部分门店无利可图、无人可用或者无人光顾，这个连锁也就无以为继。

获取物业时，许多时候是跟所有的业态竞争。坪效高的挤走坪效低的，品牌强的挤走品牌弱的。在许多大的商业中心的餐饮区域，这一点特别明显。大部分商业中心的业主招商的时候对品牌有要求，不好的品牌不让进；你即使进来开店了，客单价和客流量不够，也无法持续经营下去，最终将面临关店的命运。所以，大连锁的经济账得过硬，经得起考验。

在不同员工的利益分配里，绩效考核是必需的。多劳多得，少劳少得。贡献大的多得，贡献少的少得。比如我们客房服务员采取计件制，我们前台售卡采取提成制，我们门店店长采取平衡计分卡。对不同岗位的不同考核方法是为了奖勤罚懒，使得员工的利益分配基本公平合理。

在华住体系里，首先是要保障客户——客人和加盟商的利益。我们以尽量低的成本，为客人提供价格合适的产品。比如我们尽量少用中介，而是实价销售，就是在流通和渠道上做到高效、低成本，为客人减少不必要的附加成本。至于不盈利的加盟店我们是否接受？答案是显而易见的：业主不盈利，如何保障员工的基本利益，如何能够做到持续经营，又如何给我们品牌和管理方带来利润？所以，我们在发展中，会对业主成本和投资回报进行有效评估，不能盈利的酒店不予接受，因为违反了最基本的商业原则。

对于员工，除了给予略高于市场平均值的薪酬之外，我们更多地通过技能和职务提升，不断提高骨干员工的待遇。这样的策略在高速发展阶段非常有用。在新常态下的发展速度下，应该转换成：依赖精耕细作使效率和收入提升，跟员工分享成果。

股东的回报目前主要是通过股价的上涨来实现的，同时我们每年基本都有一定比例的分红。虽然企业处于不断的发展中，需要尽可能多的资金用于扩张和投资，但是对于股东还是要保证每年有一定比例的分红才对，这实际上也是股东对于投资最原始的目的。

中国的优质供应商不多，品质要求稍有提升，成本通常会剧烈上升。因此在供应链上，更多的是通过利益来调节，才能吸引和保留优质合规的合作伙伴。当然，大的采购量增加了谈判砝码；对于效率低的供应链的渗透，帮助他们提升效率，也可以保证在不损害供应商利益的前提下降低我们的成本。

至于一个盈利良好的企业，对国家和社区的贡献我就不多说了。在社会核心单元已经是一个个商业机构的市场经济环境下，怎么强调企业的盈利能力都不为过。除了税收，企业对社会的贡献还在于提供就业机会、维护稳定、提升生活质量（服务业）和建设能力（制造业）等。


## 3. 技术

现代的大连锁，没有恰当的技术工具和手段，基本上没有办法正常运作。

我这里所指的"技术"实际上是两类不同的管理工具。一是现代企业通行的层次架构，由总部、分部、区域、门店等组织框架组成，有流程、管控、审计、审批、考核等规范和制度。

现代企业，当然包括区域分散的大连锁，它需要用某种方式组织起来，这种方式既不同于家族式的种姓方式，也不同于游牧式的随机组合。自上而下，自总部到门店的中央集权式管理方式是目前通行的组织形式。其好处是通过连锁网络，可以获取总部"关键少数"的抽象思考和智慧，许多公共职能可以高效、高品质、低成本地"共享"和"复用"。坏处是容易僵化和教条。

所以，如果能在大方向一致的前提下，充分调动一线的思考和创造力，发挥连锁组织所有人员的智慧和力量，那将是一件非常了不起的事情！

另外，传统现代企业的架构，有没有可能因为移动互联网等技术的普及而变得更加扁平和直接，减少中间层级，赋予终端更多自主权？

这两种设想都是我们要在未来管理实践里去探讨和试验的。"技术"的另一层意思是指以 IT 技术为主的最新科技，包括 IT、通信、传感器、控制器、机器人等。在包含众多物理点、海量信息源的大连锁系统里，我们没有办法穷尽所有的细节，但为了保证服务品质和对连锁门店的把控，我们有必要有效地收集和使用这些信息。其中最有效的办法就是 IT 技术。可以这么讲：现代连锁的建立是由 IT 技术支撑的。不管是沃尔玛，还是银行业，当然还有华住这样的连锁酒店，在后台都有一颗非常强大的"IT 心脏"在支撑，否则"连锁"将会不"连"，更谈不上"锁"。

云端概念的运用是整个 IT 技术里非常关键的一个点，特别适合多地域、分散式连锁企业。数据集中，便于分析挖掘；应用软件维护修改容易，方便部署和实施，而且可以做到初始设置和边界条件的差异化，做到不同门店的个性化和定制化；安全性、稳定性增强，避免了门店数据破损的风险；门店硬件成本大大降低，维护成本几乎为零，对于大连锁来说，投资和运营成本都能有效地降低。

IT 等技术，在减少管理复杂度上也功不可没。可以将许多成熟的流程和实践通过软件固化下来，这样可以省去新员工的培训，降低员工的任职要求。

毫不夸张地讲，一个优秀的连锁企业，一定有一支优秀的 IT 团队。而 IT 项目必须是一把手工程，必须以内部研发为主。那种扔给 IT 负责人（不管叫啥头衔）、扔给外包公司的做法，既不负责任也不可能取得好的效果。

## 4. 社群

中国是一个人情世故观念非常重的国家。在从祠堂走向办公室的过程中，许多人的内心深处还残留着乡情的余温。

大连锁企业跟其他企业一样，老乡、同学、师徒、同事、朋友等小社群也相当有影响力。我们经常发现，如果一个门店的员工团结，这家门店往往业绩和服务就都好。

海底捞是一个将小社群运用得特别好的企业。一开始的时候都招聘四川人，本乡本土，团结凝聚，一致对外。还把奖金寄给妈妈，有效地拉拢了家庭成员的支持。

只要是人类的组织，这样的民间社群不可避免，其虽然从某种意义上削弱了连锁的一致性，但是，一味地压制和打击不是办法。善加利用，进行正确引导和运用，能够起到事半功倍的效果。

比如，可以通过老乡关系招募客房服务员，她们在一起还可以相互帮助，传帮带；可以通过师徒关系带干部、培训员工，师傅有成就感，徒弟感恩，在连锁里共事更融洽；同一期培训学院出来的人，相互了解多，除了友谊竞赛外，大家碰到问题和困难，更容易相互帮助。

只要能够将工作做好，拉帮结伙不是坏事。在偏远的散落的连锁门店，这些活跃在基层的社群是人文温情的体现，我们要尊重并加以引导，使之成为连锁稳固的黏合剂。

连锁管理的所有落脚点都是门店。总部权力范围尽量小，部门尽量少，成本尽量低，能够社会化的尽量社会化，有竞争力优势的职能部门甚至可以给其他企业提供服务，变成本中心为利润中心，甚至分拆单独上市。

这四个方面是一个有机整体，缺一不可，但是可以在企业不同时期、不同地域、不同商业领域中各有侧重。管理的艺术性就在各个方面的配比里。能够创造出最大价值，就是最好的配方。

以共同价值观为指引，充分利用已有的技术手段和工具，调动社群到与企业目标一致的方向上，激发一线的积极性和活力，以实现商业机构的价值创造，并跟所有价值创造者分享价值。这不仅是大连锁企业的管理之道，也是所有企业的管理之道。

2018 年 2 月 1 日

# 企业的根本在于价值创造

当我作为一个 IT 人踏入酒店行业的时候，觉得自己是降维打击，可以给沉闷的酒店业带来一股新风。"用 IT 改造传统酒店业"是这个思路的最好总结。十几年过去了，互联网、IT 技术，以及众多企业家确实改变了酒店业的面貌，中国酒店业本土品牌和连锁集团的兴起，就是上一拨创新的结果，中国已经有三家公司在规模上进入世界前十。

人才和资本永远是行业格局变化的主要诱因。由软银重金加持的印度企业 OYO，就像一头印度大象闯入了中国酒店业的瓷器店，在行业内引起了很大的动静。说它好的应该大部分是公关稿，行业内人士基本都不看好它，质疑不断。但它还是在议论声中迅速发展，融资看上去很顺利，据说最新估值已经到了 100 亿美元。

其实我们很早就跟他们有接触，觉得这些印度小伙子很棒！在印度市场这样的打法很有效，我们也有逐步国际化的想法，因此就投资了他们，试图通过投资他们了解和进入印度乃至整个亚洲市场，自然也毫无保留地跟他们交流我们的经验和心得。

哪知道这帮印度年轻人，转身就高姿态地进军中国，虽然开始做的区段是我们大家都看不上的 RevPAR 100 元以内、房量小于 50 间的最低廉的酒店，但是发展速度很快，调子很高。说什么是中国发展最快的酒店公司，已经超过了如家、华住，成为中国第二，当上世界第一也是指日可待的事情。有时候甚至打着华住投资的名头为自己背书，让我们觉得十分尴尬。

到底 OYO 会不会像十几年前的我们一样，颠覆中国酒店业？到底极低端市场值不值得做？酒店集团的规模到底有多重要？未来的酒店业到底往哪里走？……

带着这样的疑问，我们开始了思考和探索。

## 1. 温故而知新

我们思考未来的时候，还是先从回顾过去开始——所谓温故而知新。

中国酒店业是从负责接待的招待所开始的，主要用于公务和政府接待，就像过去的驿站。也有招待大众百姓的旅馆，但设施设备相对简陋，印象最深的就是客房阿姨拿着一大串钥匙给你开门，你自己是没有房间钥匙的。一个房间往往几个人住，男女一起入住要看结婚证。

政府招待所和社会旅社是一个相对原始的状态，外资酒店的进入开始了中国酒店业的第一次变革。职业经理人、标准操作流程（SOP）、国际品牌等，把中国的酒店业从招待所的时代提升到一个组织化的酒店公司的时代。这个时代最具代表性的就是国际高端连锁品牌的进入，也包括新加坡以及中国香港等地区品牌的进入。政府和开发商都想借助这些品牌提升知名度和地价，往往每一个大的开发区块，都会找一个国际品牌来站台、背书，这些酒店一般都是高档和豪华品牌，以全服务为主。

第三个时代正好是我加入酒店业，就是大型酒店连锁集团形成的时代，以锦江、如家、华住为代表，酒店品类以经济型和中档为主。目前其规模都在几千家，进入了全球前十的排名。其中锦江的规模应该是全球第二，华住的市值进入全球前五。

再让我们来看一组数据。

目前，中国的住宿单位约有100万家，共1800万间客房，平均每家18间客房，包括农家乐、家庭旅社、家庭旅馆在内。平均下来规模非常非常小，小得已经丧失了基本的盈利规模。平均出租率55%，大概在盈亏平衡点的边缘，稍不留神就得亏钱，做得好也赚得不多。看上去中国酒店业基本上是一个没有太多油水的行业。

连锁化率非常低，才26%，而美国是71%，欧洲也有38%。在消费市场，中国是全球单一最大市场，理应产生全球最大连锁酒店集团，但连锁率却这么低，三家最大的集团加起来也不过7.5%，集中度也不高。这种连锁率和集中度说明中国的酒店业处于比较初级的阶段，潜力巨大。

连锁化不足，集中度不高，这时候以互联网技术为主导的OTA成为中国酒店业非常重要的力量。

目前，大约30%的客房量是通过OTA渠道来销售的。如果一个渠道占到酒店销售的30%，一定会是举足轻重的。而这个比例还在逐年增加，未来的三到五年，OTA占据酒店40%～50%的客源，应该是大概率事件。目前，中国最大OTA携程的市值是200多亿美元，比三大酒店集团加起来的市值还高得多。

酒店业巨大的机会和潜力，"引无数英雄竞折腰"。力学实验里的风洞实验可以将很重的物体吹浮在空中，只要风速足够大，人和猪都行。"风口上的猪"，讲的大概也是这个意思。这几年，试图追风的"创业猪"不少，有舶来品的爱彼迎，有面向文艺青年的民宿客栈，还有所谓网红酒店、IP酒店、贴牌酒店、轻连锁、软品牌等，不一而足，煞是热闹。连BAT的A（即阿里巴巴集团）都来了，搞了个OTA叫"飞猪"，并且推出了一个叫"菲住布渴"的无人酒店。说明酒店业真是大有可为，但也是"山雨欲来风满楼"啊！

中国酒店业要往哪儿走？未来在哪里？

## 2. 商业的原点

人类没有预知未来的能力。所有对未来的预测都是猜想，所有对未来准确的预测都是巧合。但是，假如我们按照最接近的预测来实践，则会得到上苍最慷慨的奖赏。

所以，当我们试图预测的时候，回到原点可能是最有把握的选择。而商业的原点显然是客户，客户的需求是商业的原点和起始点。

让我们来看看酒店客户到底需要什么。我按照自己的理解排了个顺序：

第一应该是安全。有没有消防设施？住客有没有身份验证？有没有装修污染？

第二是干净。一个充满异味、床单不干净，甚至蟑螂、老鼠与你共眠的酒店，我相信绝大多数人都无法忍受。

第三是位置。比如在北京海淀办事，住到国贸附近的概率不大，每天光路上来回堵车都得两个小时左右。

第四是价格。设施设备当然非常重要，但我认为这是跟价格联系在一起的。价格高的，设施设备会好一些。出门在外，诸多不便，每个人都想住得好点儿，方便舒服一点儿，但是报销标准和自己荷包里的钞票限制了选择。

第五是品牌。品牌的意义在于明确地告诉消费者是什么样的产品、什么样的价值取向、什么样的审美观。这几年汉庭作为国民酒店逐步深入人心，全季成为中产阶级的差旅首选。中档和以上的客人会因为喜欢的品牌多绕路、多付钱；许多人去三、四线城市，宁可住汉庭，也不选择那些无品牌的星级酒店，因为品质有保证。

优秀的品牌会跨越前四种选择，成为客人住宿的首选。这就是品牌的魅力！

当然了，酒店服务人员是不是好客，酒店外观和装修设计是不是有品位、颜值高，酒店里的餐饮是不是好吃，这些都会成为不同客群选择酒店的重要标准，不过我列举的前四个考量点应该是最基本、最重要的。说到底，酒店客人追求的是高性价比——好东西，不贵。

酒店产业有两类客户：一类是付钱来住宿的，我们称为客人；第二类是酒店投资者。投资者是靠投资赚钱的，考量的是投资回报。华住大概有 4000 多家酒店，有 7000 多位投资者。这些客户的需求是什么呢？很简单，挣钱，不赚钱没有人愿意投。投资回报是第二类客户的主要考量点。

怎么才能有好的投资回报呢？高收入，低成本。我给一个公式：高收入 = 高 RevPAR= 高平均房价 × 高出租率 = 优质产品 × 忠诚客户。产品不好，卖不了高价，没有溢价能力；客户不忠诚，就没有回头客，也就没办法达到高出租率。所以，高回报是围绕产品和回头客来下功夫。

成本低，首先是营建、装修、租金（如果是租赁）成本低，其次是人工成本要低。运营成本也重要，但相对容易理解和控制。

不管是住宿客人需要的高性价比，还是投资者需要的高投资回报，实际上都是高效率。谁能够在这个领域里面给客户和投资者带来高效率，谁就能胜出。在所有商业企业里面，效率是根本，一个高效率的企业，一定会战胜低效率的企业，因为高效率才能做到低投入、高产出。

在酒店产业链里，不管是现有的公司还是新创企业，能不能存续，能不能成功，都要看是不是符合客户的根本需求——提高酒店的性价比和提高投资者的回报率。这些道理说起来很简单，做起来却并不容易。

## 3. 华住赋能供给侧结构性改革

华住始终围绕着高效率来下功夫。我们在许多方面，虽然不敢武断地说是世界第一，但也属于世界领先水平。

我们的 IT 系统、会员系统、直销、采购、产品研发，以及海量的门店管理等，都跻身世界级的水平。在中国各个酒店集团里，同类品牌中，我们有最高的 RevPAR、最高的 GOP 率，自然也有最好的投资回报率。

我没有看到世界哪个大型酒店集团所有的系统都是自己写的，我们整个企业都已经数字化，IT 的范围已经超出了传统企业 ERP 的范畴。华住会是我们独创的会员体系，有 80% 以上的客人是会员，且大部分是付费会员，这可能在全球也是独一无二的。直销比例也在 80% 以上，主要依靠华住 App 等官方渠道来预订。我们的采购量很大（矿泉水一年就要采购一亿多瓶，自己都可以开个小的水厂），所以采购成本很低，也可以说不会有比我们采购成本更低的了。产品研发，更是不用说。在中国大市场和高速发展的推动下，我们的品牌创新和研发速度应该是世界级的，世界其他地方不可能有企业在短短的十几年时间内，创立了从经济型的汉庭、中档的全季、中高档的桔子水晶，再到五星级的禧玥等十几个品牌，并且许多品牌都已经经过了若干代的迭代。由于我们拓展采取的是管理特许的模式，所以实际上是在管理四五千家门店，这在世界上也是数一数二的。

华住的发展主要是针对增量市场，租赁改造，品牌化经营管理。产品的一致性好，不同品牌之间界定清晰明了。

但是面对这么巨大的存量市场，我们如何应对？故步自封、孤芳自赏、自扫门前雪似乎不是华住的风格，我们愿意锐意进取、共同进步、兼济天下。

中国酒店业有万亿级的市场规模，但是盈利水平总在亏损线上下徘徊；有 1800 万间客房，平均规模只有 18 间，出租率只有 55%。这说明政府提出的供给侧结构性改革在酒店业同样适用。供给侧结构性改革，就是从提高供给质量出发，用改革的办法推进结构调整；就是用增量改革促存量调整，也就是提升存量的品质和效率，同时淘汰落后产能。

所以，华住很愿意利用已有的效率优势，在中国酒店业进一步提升的过程中，贡献一份自己的力量。

我们的汉庭、全季、桔子水晶、禧玥等核心品牌还是坚持做增量市场，以优质增量促存量提升；我们自己的美仑、星程、怡莱等软品牌横跨一星到五星，主要针对存量市场，华住用品牌来进行背书，因此有较高的品质标准。

如果说中国的酒店业是个大海，华住的品牌能够覆盖到的也只是海里的一瓢水。即使未来做到一万家，也只有 1% 的份额。所以当遇到夏青宁他们这支优秀团队的时候，我们毫不犹豫地投资了他们，希望 H 酒店可以帮助到更多的存量单体酒店，让大家共享华住已经取得的效率优势，像云服务一样，给众多中小酒店赋能，提升品质，增加回报率，从而提高效率。

H 连锁是一个兼容度很高的软品牌，也可以说是一个酒店联盟，是单体酒店的伙伴和赋能者，不是另一个 OTA。OTA 的竞争已经非常充分，更多的 OTA 并不会给这个行业带来根本性的变化，反而恶性的竞争会损害酒店利益，比如补贴、降价等，最后买单的还是酒店。

H 连锁也不准备靠烧钱、靠补贴非理性地疯长，而是坚守"价值创造"这个中心点——给客人和业主创造价值，我们在存量上做增值，在增值部分做分享。我曾经跟华住的开发团队讲：租赁物业关键是看获得成本，如果每天每平方米的租金是 10 元，要租房子给我们的业主将会在公司外面排队。

加盟连锁公司如果要快速吹大，免加盟费，再给予补贴，一年签约四五千家是很容易的事情。然而，加盟到底为这些酒店带来了什么价值？除了加了块牌子，带来产品的提升了吗？带来了更多客源吗？降低成本了吗？

我们不能放任这种忽悠的做法，也不能放任这种"烧钱割韭菜"的做法。否则就是另一个小黄车，弄得一地鸡毛，所谓"创业者"和"投资人"拍拍屁股走人，再去其他地方"割韭菜"，倒霉的还是那些业主和消费者。

所以华住愿意把自己的心得和系统开放出去，这对我们来说并没有花费太大的成本。采购一亿瓶矿泉水和两亿瓶的工作量基本是一样的，成本可能还会下降；我们的云端酒店管理系统（PMS），给五千家酒店用和给两万家酒店用，没有太大区别，只是我的云端服务器带宽要增加。我们试图提升整个酒店产业的品质，积极响应供给侧结构性改革，为业主和客人创造价值，而不是将他们当成融资和圈钱的工具；我们不是要去做"风口上的猪"，而是愿意做踏踏实实的"老黄牛"。

## 4. 结束语

一个公司，不管是创业企业还是现有企业，如果做不到价值创造，我认为没有机会和前途！不管是谁投资的，也不管有多少钱可以烧，都没有机会。

所以，要生壁炉，烧柴火比烧钱好；要砌墙，用水泥比用糨糊好。不是所有的泡沫都是啤酒，谎言重复一万遍还是谎言，成不了真理。

我坚信：企业的根本在于价值创造！能够让人们的生活因为你创造的价值而更加美好，再进一步，甚至能够影响人类文明的进程。这才是一个企业家、一家企业，应该有的理想和情怀。

2019 年 8 月 23 日

# 把中国当成全世界来做

## 1. 国际化的困惑

乍一看，这个题目有点儿闭门造车的意思，其实不然。

华住的规模逐渐扩大，市值稳步增长，我自然想到国际化的问题。

一是全球大的酒店集团，随着客户和品牌的全球化，都很早就开始了全球扩张的过程，其中尤以欧美企业为主。由于美国经济和文化的强势主导，酒店业最大的企业以美国为主，这些企业也是全球化发展做得最成功的。华住要跻身全球大集团之列，考虑国际化也是顺理成章的事情。

二是品牌发展的需要。华住是从汉庭起家的，中档品牌全季也是自己孵化的成功范例，但是高端和豪华品牌的培育需要时间，假如收购国外成熟品牌将会事半功倍。所以，国际化的过程中既可以走出去，也可以通过收购兼并引进来，将好的品牌带到中国。

在这样的背景和思考下，我们开始了国际化的探索。在新加坡开全季，在日本想做禧玥。中美贸易摩擦让我们对国际化不得不进行再思考。到底要不要国际化？如何国际化？国际化的风险有多大？能不能将我们在中国的成功复制到国际上？在国际化中我们的优势是什么？为国际化到底愿意付出什么资金和人力代价？

随着扑朔迷离的形势变化，我思绪万千，迷茫而疑惑……

## 2. 周春芽的棒喝

有一次几个朋友约了喝茶聊天。我们很好奇，为啥在中国非常著名的艺术家周春芽先生不找一个国际画廊好好做做国际市场？

他的回答让在座各位都出乎意料："我是把中国当作全世界来做。1989 年初我从德国回来，那时中国非常落后，但我有一个信念：大家要努力，各自在自己的行业里一点儿一点儿地去努力、去改变。我想即使牺牲我们这一代人，也要让我们下一代过上幸福生活，包括精神。"

整个艺术收藏和传播体系都是西方人建立起来的，许多国际画廊很早就在中国布局，将中国好的艺术家带去国外。所以，大家都膜拜西方的画廊和策展人，就像良驹眼巴巴候着伯乐一样。

中国艺术家的创作，大多数来源于我们自己的文化，不管是当代、现代还是古代的。我们的历史文化滋养了这些本土艺术家，本土的藏家们也更容易理解这些文化。

中国的历史够悠久，文化够深厚；中国的社会变迁和文化多元性，给艺术家提供了充分的创作源泉；中国的人口够多，有足够的基数产生优秀艺术家；中国的藏家和财富够多，市场够大……

艺术家在中国做到第一，已经是世界级的了。不是中国艺术家要去西方办展览，而是西方的画廊要来中国办展览，西方的藏家要来中国寻觅好艺术家、好作品。

实际上，像周春芽这样的艺术家，他的作品已经是中国当代画家里价格最高的了，尽管如此，还是洛阳纸贵、一幅难求。

一句话点醒梦中人！我又何必舍近求远、缘木求鱼呢！在当前国际形势下，我们应该立足于中国，把中国当成全世界来做。

## 3. 中国优势

首先，中国是全世界最大的成长性市场。

中国是全球单一最大消费市场，比美国的 3 亿、欧盟的 5 亿都大。由于人口基数大，每一个细分市场都足够大，大到可以支撑起世界第一的企业来。比如经济型酒店的潜在客户是 13 亿，中档酒店的潜在客户是 4 亿，豪华档次也有千万级的潜在客户。所以，未来中国的酒店品牌在规模上成为世界第一是必然的。

由于中国市场化起步晚，所有的生意同时都可以做两个层级：一是基础版，二是升级版。

比如，中国的酒店行业大多数都是单体酒店，设施设备、管理水平、卫生状况等很基础。2000 万间客房是 81 万家酒店的总和，平均每家只有 25 间客房。这样的住宿设施可想而知，供给侧的改进空间极大。酒店业连锁化率只有 17%，距美国的 71% 还有 3 倍多的空间。供给侧的改进，包括从单体酒店到品牌连锁，就属于比较初级的基础版。

逐渐形成的 4 亿多中等收入人群，消费能力强，品牌意识强，品质要求高。而对应于他们的产品和品牌很少，亟需市场提供。比如中国品牌中档连锁占总市场的 2%，除去低品质的供给，占总市场的 4%，而美国的比例是 28%，有 6 倍的差距。我们的全季酒店一经推出就大获成功，马上成了广大加盟商开店的第一选择，而且迅速下沉到三、四线城市，甚至超出了我们自己的预料。由需求体系带动的消费升级，属于生意的升级版。

市场规模大，所有的生意又是双份的机会，正像国务院副总理刘鹤说的：中国已是全世界最大的成长性市场。

我们不在这个市场里翱翔，还去哪里折腾呢？

其次，我们这些企业在中国更具优势。

不管是消费者洞察，还是员工沟通交流，乃至政策法规、地域文化，本乡本土的企业家肯定驾轻就熟。许多国外公司，到了中国都铩羽而归，互联网企业国外军团更是全军覆没。

在经济型和中档酒店领域，占领市场主导地位的都是中国企业，没有一家外国品牌有机会参与到主战场中。万豪、希尔顿、雅高等国际品牌，因为跟本土企业合作才勉强保有了一定市场份额。

在高档和豪华端，目前看还是以国际品牌为主。一方面跟这个区位的消费者有跨文化背景有关；另一方面，许多业主盲目崇拜国外品牌，用所谓国际品牌拉高档次。但是这样的商业模式正在改变，成熟消费者最终还是会用同源审美来选择自己的生活方式。高端酒店与经济发展是成正比的，在中国这块土地上，经济因改革开放而腾飞，当有了更多的沉淀时，中国自主的高端酒店品牌将会出现。随着中国经济和财富水平的发展，高端和豪华端最终也会是本土品牌占据主导。

再次，中国的竞争环境锻造出高水平的公司。

不管是教育程度，还是工具的使用，中国都是跟世界同步的，并不落伍。因为规模大，引无数英雄竞折腰，激烈的竞争培养出一批世界级的优秀企业家和优秀企业。反而许多欧美企业处于低增长期，压力和危机感不足，出现了创新疲劳。

华住在会员体系、IT 应用、直销、产品创新等诸多方面都优于许多国外同行。

企业和企业家是由市场推动的，需求端的旺盛和复杂，一定会倒逼出最杰出的成果来。

最后，要站在世界之巅来做中国的事情。

任正非特别反对所谓"自主创新"，也就是闭门造车。不管是创新还是继承，全世界的所有好东西都应该去学习吸收。知识、信息、智慧没有好坏、国界之分，只要能够为我所用，给予我养分，就应该毫不犹豫地吸纳。

在华住的发展初期，我花费了大量时间去欧洲和美国，看酒店，拜访同行，研究产品。可以说，一开始华住就站在了巨人的肩上。我们在纳斯达克上市，吸纳全球最杰出的投资者成为股东。华住的高管有新加坡人、法国人、马来西亚人，以及我们的台湾同胞等，许多高管在美国、欧洲受过教育。在品牌上，我们跟雅高在中国合作，取得了非常好的效果。将来有收购国际优秀品牌的机会，我们也会积极参与，拿来在中国播种生根、发扬光大。

## 4. 把中国当成全世界来做

今天世界最大的酒店集团——万豪，主要是基于美国市场，有国际化，但是比较有限；欧洲最大的酒店集团——雅高，主要也是基于欧洲市场。酒店集团实际上是一个地区和国家综合实力，包括人口、经济、文化等影响力的表现，小国、弱国很难产生世界级的酒店集团。未来，中国的酒店集团能否全球化，能否成为世界第一，要看中国的国家实力如何。

但我坚信：中国够大，大到足以当成整个世界来做；中国人够优秀，优秀到可以成为世界冠军。同时我们并不偏狭，以世界之巅的眼光，吸取全世界的品牌、人才、资本、知识、信息、智慧，全神贯注地"把中国当成全世界来做"，并且做成世界级的水平。

2019 年 7 月 2 日

# 酒店业供给侧结构性改革

## 1. 定义

如果用一个公式来描述人们口头上所说的供给侧结构性改革，那就是"供给侧 + 结构性 + 改革"。其含义是：用改革的办法推进结构调整，减少无效和低端供给，扩大有效和中高端供给，增强供给结构对需求变化的适应性和灵活性，提高全要素生产率，使供给体系更好地适应需求结构变化。

当这个概念被提出的时候，我的理解是针对钢铁、煤炭、铁矿石等行业，产品以中低端为主，产能过剩，高污染，高能耗。当时还没有联想到跟酒店业有什么关系。

前几天准备一个发言，看了一下中国酒店业的数据，才发现酒店业同样需要供给侧结构性改革。

## 2. 规模

美国有一个权威的酒店业协会 AHLA，它对美国酒店业的统计数据为：54200 家酒店，500 万间客房，800 万名雇员，每年销售 11 亿间客房，61% 是小规模企业。

可以推算出，平均每家酒店有 92 间客房，人房比为 1.6，出租率为 60%，人均拥有客房数为 0.015 间（人口 3.3 亿）。

关于中国酒店业的数据，我们集合了各个不同数据源，做了一些分析和抓取，应该讲这些数据是比较准确和客观的。中国有 81 万家酒店，共 2000 万间客房，平均每家酒店有 25 间，人均拥有客房数为 0.014 间（人口 13.9 亿），平均房价为 174 元，出租率为 55%，RevPAR 是 96 元，市场规模达 7000 亿元（不含餐饮）。

携程覆盖到的有 39 万家酒店，1371 万间客房，平均每家酒店有 36 间。携程未覆盖的酒店 42 万家，629 万间客房，平均每家酒店有 15 间。

星级酒店。旅游饭店业协会的数据显示：截至 2018 年底，全国星级酒店 1.1 万多家。进入统计范围的酒店集团所管理的酒店 3 万多家，客房 300 多万间。

品牌连锁集团。酒店 6 万家，房间数 335 万间，占总市场（即连锁率）的 17%（美国总体连锁化率是 71%）。

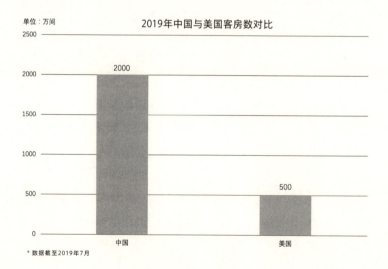

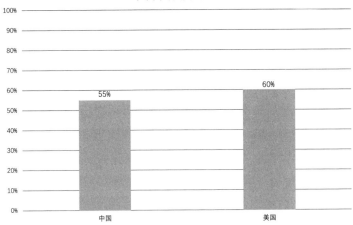

2019年中国与美国出租率对比

* 数据截至2019年7月

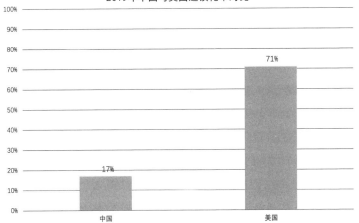

2019年中国与美国连锁化率对比

* 数据截至2019年7月

## 3. 供给侧

我们一直以为中国人均拥有酒店客房数少于美国，其实不然。

从总量上来看，中国人均拥有比例跟美国相当，都是 1.5% 左右。也就是说，中国的酒店业跟美国这个充分市场化、充分发展的成熟市场相比，在规模上是相当的，并不存在供应不足或供过于求的情况。

如果看规模，美国平均每家酒店有 92 间客房，中国平均有 25 间，在美国全部 54200 家酒店里，还有 61% 是中小企业。说明中国绝大多数酒店规模都很小，属于微型企业。其中许多是农家乐、夫妻店、自有物业的小规模经营、自雇小规模旅社等。它们解决了一部分就业，也解决了一部分节假日旺季的客房供应，但是，对于一个产业来说，这部分"供给侧"不应该计算在内，属于"散兵游勇"，形成不了建制能力和规模作战能力。

再对比出租率。别看中美之间只有 5%（55% 和 60%）的差异，但这个差异很要命。因为酒店行业不变成本（折旧、摊销、人工、能耗等）很大，出租率在 55%，可能就亏损，出租率 60% 就有利润了。所以，中国酒店业这个 55% 的平均出租率正好在盈亏的"嗓子眼儿"上。实际上也是如此，整个酒店行业确实是一直在盈利和亏损之间徘徊。

相应地，酒店业人均收入排倒数第二，仅排在农、林、牧前面。2017 年的数据是 43382 元，是全国人均收入水平的 64%。

供给侧数量充分，品质不高，盈利不好，收入不佳——这是非常典型的供给侧问题，需要革新。

## 4. 结构性改革

习近平总书记在 2016 年中央财经领导小组第十二次会议上的讲话中强调，供给侧结构性改革的根本目的是提高社会生产力水平，落实好以人民为中心的发展思想。要在适度扩大总需求的同时，去产能、去库存、去杠杆、降成本、补短板，从生产领域加强优质供给，减少无效供给，扩大有效供给，提高供给结构适应性和灵活性，提高全要素生产率，使供给体系更好适应需求结构变化。这段话精准地给出了中国经济问题的解决方案，同样适用于酒店业，一字不差。

第一，用增量改革促存量调整。

以华住为代表的连锁酒店集团，主要是以管理加盟为主，大部分加盟商是租赁物业，然后经改造加盟华住的某一个品牌。大部分华住的品牌，比如汉庭、全季、桔子水晶有显著的产品特点，有严格的硬件标准，不改造很难满足品牌加盟的要求。

这些品牌连锁的酒店无疑是中国最优质的产品，大部分是增量。正是这些优质的增量产品，给了消费者最佳的选择，挤出了部分劣质库存，并且给予了整个行业方向性的指引。前几年有许多按照汉庭风格改造的快捷酒店，这几年有许多按照全季风格装修的中档酒店，这都是增量改革促存量的例子。

华住每年新增的酒店有 1000 家，各大连锁加起来估计在 5000 ～ 10000 家，占 10 万家（全国连锁酒店总量）的 5% ～ 10%，应该说这个增量还是合适的。

第二，优化产业结构，提高产业质量；优化产品结构，提升产品质量。

这是针对存量的打法。

存量酒店大部分处于产品品质不高、管理效率偏低、盈利能力薄弱的状态下，不改造没法冠以某个品牌，改造又缺乏投资动力。这个时候除了华住推出的"软品牌"——如星程、美仑等，H Hotel无疑是另一个选择。通过华住积累的行业经验、管理能力、平台化、IT技术、海量会员等效率要素，帮助底子好、有进取心的存量酒店提升品质，从而完成产业结构的优化、产品结构的优化。

第三，优化流通结构，节省交易成本，提高有效经济总量。

OTA在酒店业的占比已经在30%左右，未来会达到40%～50%。随着OTA集中度的增加和占客比例的提高，单体酒店谈判能力减弱，佣金费率不减反增的概率加大。

这就要求中国酒店业要从单体走向连锁，从单打独斗走向合作共赢。建立自身的会员体系和直销体系，减少对中间流通环节的依赖，进一步减少交易成本，直接对接最终客户，才能提供最适合需求端的产品，才能提高整个产业的效率。

第四，优化消费结构，实现消费品不断升级，适应需求端提高生活品质的要求。

经过十多年的连锁化进程，品牌经济型酒店已经占到经济型酒店的25%，是连锁化程度最高的区位。但中档酒店占所有酒店的比例只有20%，品牌中档酒店占中档酒店的比例也只有10%，比例偏低，潜力巨大。而高端和豪华酒店，由于前几年的房地产地标模式的高歌猛进，无疑是供过于求，产品结构浮夸错位。虽然最近稍有降温，但还是需要时间去消化这些大投资、大库存。

中国消费结构还是以经济型和中档为主。经济型的优质连锁品牌进一步渗透，提高连锁化率；中档酒店和中档品牌连锁供应不足，不管是增量还是存量，都应该扩大这一区位的优质供给；至于高档和豪华酒店，增量意义已经不大，更关键在于产品结构本身的改革和调整，尤其在空间利用、人员效率、销售渠道等方面的改进。

国家层面的供给侧结构性改革同样适用于中国酒店业。华住未来会坚守自身已有的核心品牌，同时积极发展软品牌，并分享已有的能力，参与到众多单体酒店的以提升品质和效率为主要目标的结构化改革中来。

以上分析不仅会指引华住未来的发展方向，也希望给酒店业同人提供一些参考。希望能够为提升中国酒店业水平贡献微薄之力，为中国酒店业未来屹立于世界之林一起努力！

2019 年 7 月 8 日

# 酒店业的三个阶段

## 1. 钢筋混凝土

现代酒店业是跟房地产业紧密相连的，不管是世界酒店业之父凯撒·里兹，还是众多我们今天耳熟能详的酒店品牌，比如凯悦、香格里拉、四季，都是跟豪华地段的奢华建筑相联系的。酒店业不过是房地产业的附庸和装饰。

我们中国的酒店业也刚刚走过这样的历程。开发商和一些政府部门靠豪华酒店品牌来卖房子，来提升地价。

我称这一阶段是酒店业的"钢筋混凝土"阶段。资产重，发展慢，只服务于高官、豪族和有钱阶层，傲慢、浮华、等级是这个阶段的特征。

## 2. 钢结构

现今的大部分世界级酒店集团，都采取了轻资产模式，以特许和管理为主要发展模式。

资产是业主的，投资也是业主的，酒店集团提供品牌和管理，收取特许经营费（一般 5% 左右）和（或）管理费（一般在 10% 左右）。看上去收费不高，但是通过数量，能迅速形成规模效应。在经济周期和突发事件中，管理公司风险小，容易渡过难关。

目前世界前十的酒店集团基本都是如此，规模都在几千家以上，网络遍布其所在国家甚至全球，利润能有几十亿元，市值能够做到千亿级的水平。中国目前的三大酒店集团，也都是采取这样的方式发展起来的。

我称这个阶段是酒店业的"钢结构"阶段。钢结构的重量比钢筋混凝土轻许多，由于单位荷载大、自重轻，所以能够建造的建筑高度也高许多（规模可以大许多），建造的速度也快（发展快），建筑的抗震性好（抗风险）。

这些酒店集团主要依赖商务旅行，核心服务人群是新成长起来的白领阶层，规范、简约、亲切是这个阶段的特点。

## 3. 复合材料

我们知道，比钢结构更轻、单位负载更大的是复合材料。复合材料自重更轻，广泛应用于飞机、航天飞行器中。飞机的两个翅膀就是典型的复合材料制造的，重量轻，挠度大，强度高。

华住的关键创新在于，要打造一个未来型的酒店集团。这种类型的酒店集团在人类历史上还没有出现过，就是用复合材料来打造。

这三种材料分别是品牌、流量和技术，分别对应我们的三个关键战略——线下大王、会员主导、全流程数字化，也代表了我们所强调的三种关键能力——产品力、回报力、创新力。而这种三合一打造出来的"合金军团"，将会具有前所未有的潜力和规模！用这种合金打造的组织，也将会具有无与伦比的组织力！

华住的"千城万店"是基础和基体，中央渠道和以会员为主的销售模式是关键增强物，而技术是高科技的添加剂和催化剂。合金的品质取决于每一种材料的纯度，因此，每一个战略都必须达到极致。比如品牌要能够跟国际顶级的酒店集团（希尔顿、万豪等）媲美，流量要向缤客（Booking）这样的 OTA 看齐，技术要达到 Oracle Hospitality 的水平。

未来的酒店集团，不只为商务旅行者服务，而是可以为千家万户、为亿万消费者服务。许多投行都将酒店业归在房地产领域下，这是还停留在第一阶段的传统惯性思维。应该将酒店业归为消费类企业，因为覆盖的客群已经是上亿级了。

除了传统的去商务旅行、休闲度假和参加展览会议的人，蓝领工人、进城务工者、学生、探亲访友者、恋爱约会者、广场舞大妈、快递小哥、探病者等，都会是我们的消费者。

所以，华住在中国的潜在客户不是四到六亿，而是全部十四亿人民。酒店不再是少数人的奢侈品，也不是部分人的消费品，而是广大人民群众美好生活的必需品。

我们的酒店发展不是循规蹈矩地重复前辈们的道路，而是要在不长的时间内，达到上万家，甚至几万家。

钢结构可以建造摩天大楼，可以到上百层。但是，复合材料打造的航空器、航天器可以飞上天，可以飞向太空。

不管我们的梦想有多远，我们的"合金军团"都能到达那里！这就是我所说的未来酒店集团——复合材料打造的"合金军团"。

这将会是酒店业的再一次升级，是酒店业发展的第三阶段。

2020 年 8 月 28 日

# 企业三要素

## 1. 商业模型

在酒店领域，专做豪华酒店的凯悦是一种商业模型，基于经济型、国民酒店和中档酒店的华住是另一种商业模型。

两种商业模型无所谓谁好谁坏，但是，两种不同模型的结果是截然不同的。如果世界上或者目标市场的豪华客群多，胜出的一定是做豪华酒店的；如果市场上经济型和中档的客群多，胜出的一定是华住。

雅高从初创期的宜必思和诺富特，到现在以豪华和高档为主的品牌，实际上商业模型经历了一个演变的过程。孰对孰错，要等待时间去验证。

创业公司实际上是做商业模型的创新和尝试，最重要、最关键的也就是这件事情。

选择什么样的商业模型，从一开始就决定了公司可能的规模。假如商业模型错了，失败也是必然。

## 2. 执行力

那么商业模型正确，是不是就能保证企业能够做好呢？不是的，还要看一个企业的执行力。

国内的几家酒店连锁品牌，商业模型基本上是一样的，但是经营结果却不太一样。这就是执行力的差别。

执行力实际上是一个企业的组织能力。如何有效地组织资源完成某一项任务，就是一个企业的组织能力。资源包括人力、资金、时间等。每一个企业，在一定期间内，时间是一样的，比较公平。当投资一定的情况下，最关键的是人才。人与人之间如何组织？如何协同？如何交流和沟通？如何相处？如何纠错和批评？如何奖惩？如何提拔和任用？如何对待胜利和失败？战略能否下沉？基层的专业度如何？

同样的商业模型，执行力是造成竞争力差异的关键因素。


## 3. 应变力

商业模型正确，执行力强，在当今世界是否就可以高枕无忧了呢？不是的！

当今世界，充满了变化。技术的发展，打破了传统的边界。卖书的亚马逊现在是什么都卖；服务于小企业、小商业的阿里，同时也卖生鲜，也做订房。

柯达没有赶上数码的变革，诺基亚完败于苹果，这些都是应变能力不足的典型案例。曾经风光一时的传统酒店业，在新时期失去了往日的荣光和竞争力，也是应变能力不足的例子。

在一个边界模糊、充满不确定性的时代，应变力是非常重要的。而一个企业的应变力实际上就是企业的创新能力。创新不仅仅是技术上的突破和发明创造，对一个企业来说，尤其是对于有一定规模和年龄的企业来说，更多在于适应新环境的能力。

要对环境的变化敏感，重视关键变化和技术，始终充满危机感，不能躺在自己的舒服圈里。充分了解变化之后，及时调整商业模型，以适配新的环境；及时积累人才，为新的商业模型准备关键资源；及时研发新产品和新技术，以满足客户变化了的需求。

商业模型对应的是企业的战略能力。战略方向错了，是绝对不可能取胜的。

执行力对应的是企业的组织能力。组织能力不行，再好的战略也是白费，有心杀贼，但无力回天。

应变力对应的是企业的创新能力。不具备敏锐的感知度和应变能力，在不断变动的世界里，很容易被其他维度的对手一击而败，甚至都不知道自己是怎么死的。尤其是资深行业老大，特别容易犯这样的错误。

商业模型、执行力、应变力是企业关键三要素。

2020 年 1 月 18 日

# 企业竞争策略

这些年做企业，一直在思考企业竞争力这个隽永的问题。2022年12月，在湘楚大地考察下沉市场的途中，有了如下的思考和总结，整理下来，供大家参考。

除却垄断企业，在正常的自由竞争市场环境下，企业竞争力说一千，道一万，无非在这三个方面：

第一，低成本；

第二，高卖价；

第三，创新（摆脱价格/成本竞争）。

## 1. 成本领先

成本领先，也就是低成本。每一件商品，商家都希望成本越低越好，但是在品质标准一致的情况下，其实一味粗暴地压低成本既不可能，也不可取。成本领先必须有系统性的架构来支撑，否则只能牺牲品质来降低成本。系统上的高效率，才能铸就成本领先优势。包括从原材料到加工过程，从采购到交付，从交付到维护，从流通到仓储，从商业模型设计到连锁扩张复制全过程，甚至从组织到文化，都要高效率，形成系统化能力，才能真正做到成本领先。

中国是一个制造业大国，各种供应链、各种配套齐全完备（尤其是在酒店业这种技术含量不高的传统行业），天然在物料、设备、人工等方面具有成本优势，我们要珍惜和善加利用这个与生俱来的地利，甚至可以考虑德国品牌用中国同档品牌的供应链——中国制造，德国装配。

但要提醒大家的是：中国人口红利逐步消失，老龄化开始，建筑工人、工厂工人的人工成本有逐年上涨的风险，要更多地装配生产，更多地自动化生产，不能太依赖人工。

中国第二个大优势是市场大、规模大，可以很大程度地集约化。我们每年要开业一千多家酒店，同一个品牌至少也是几百家，可以集约化设计、集约化生产。比如请最优秀的设计师来做原型设计，需要大批量使用的部件可以开模生产，批量采购的物品可以拿到最优惠的价格。华住供应链系统就是基于这样的逻辑来建设的，无疑成了让华住成本领先的战略关键。

在酒店日常经营中，除了摒除传统酒店僵硬呆板的组织架构外，我们还依靠包括 IT 技术在内的许多自动化、无人化措施，进一步降低酒店的人房比，降低岗位的任职要求。采用小时工、临时工等灵活用工的方法，降低人工成本。随着一线劳动力的供应量减少，我们的这个优势将会越来越明显。

除了制造成本、服务成本，还有销售成本和客户保持成本也是要考虑的成本项。我们的会员体系、直销体系就是很好的应对之法。80% 以上的客人来自我们系统内，这在全世界都是一件了不起的事情，我们要坚定推行，不能松懈下来。OTA 是一个有效的渠道，不能摒弃，但是要合理调控，控制在 10% ～ 15% 是一个比较健康的状态。

管理成本和平台成本同样要每一家酒店分摊，也要严格控制。前几年，总部人数扩张太快，一些岗位人浮于事，有些员工可有可无，机构设置不尽合理，门店管理层级过多。在组织下沉中，我们做了适当调整，已经有了改善，但还是要时时注意，不能松懈。

我们花的每一分钱都要创造更大价值，这样才能保持连锁企业的成本优势。否则就是一个臃肿的养人机构，吃尽门店辛辛苦苦挣来的钱，最后损害的还是加盟商的利益，企业也就丧失了竞争力。

在成本领先这一块华住做得非常好，值得自豪。我们要保持这个优良传统。

## 2. 溢价能力

普通商品的定价有成本定价法（基于成本，加一定百分比作为经营利润）、竞争定价法（根据同行定出的价格，给出自己的售价）、需求定价法（根据市场需求程度定价）几种，但是最理想的是要能够超越成本、竞争和需求的约束来定价。这就需要具备溢价能力，而最有竞争力的溢价能力是品牌溢价。

爱马仕是最典型的品牌溢价的例子。一个爱马仕的包在功能上跟其他包几乎没有什么两样，品质和成本也不见得高多少，工艺和技术复杂度并不高，但是，要卖掉好多头牛才能买到一个爱马仕的铂金包呢！

汽车行业的宝马、奔驰明显在中国市场获得了品牌溢价，同档次的汽车，这两个品牌要贵出 50% 以上。因此，假如你要买入门级、功能性为主的汽车，又不想付高溢价，其他品牌的选择会更实惠一点儿。

跟星级酒店对比，所有品牌酒店完胜，超越了整整一个档次，这也是近几年中国各家酒店品牌公司努力耕耘的结果。

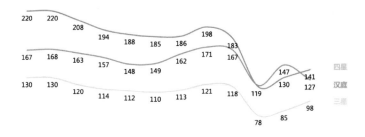

汉庭 vs 三星 / 四星（数据来源：文化和旅游部、华住集团）

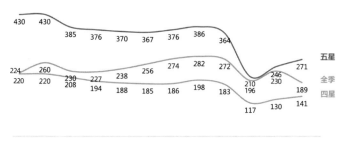

全季 vs 四星 / 五星（数据来源：文化和旅游部、华住集团）

跟其他同档次的品牌相比，我们的主力品牌是有品牌溢价的。但是，这几年中国各家酒店品牌公司都在拼命发展，不断开店，使得在一定时间内，同质供应量快速增加，我们品牌的溢价能力变现有限，还没有与同行拉出本质的区别来。所以，要在品牌建设上进一步加强，包括旗舰店建设、新产品开发、产品一致性、现有产品的维护保养和更新、市场投入等。

一个品牌能够做到在同类产品中独占鳌头，需要时间，需要有稳定而一致的品牌主张，需要不停强化品牌故事。酒店类产品体验性特别强，因此更加需要在产品上持续投入，保持品牌的新鲜度，坚守品牌内核，保持品牌锐度。

中国消费者的代际演化很明显，因此就要求品牌必须推陈出新，紧紧扣住每一个代际的需求重心；中国地区间差异很大，又要求品牌具有一定时效和地域上的普适性；同品类品牌很多，这就要求品牌在同质化竞争中脱颖而出，鹤立鸡群，在产品设计上需要有锐度，要有非常明显的品牌特点（比如全季，在产品上已经逐渐形成自己的特色，别人很难也不可能去模仿）。

相比较单体酒店和星级酒店，华住品牌具备显著的品牌溢价能力，但与竞争伙伴相比，即使主品牌也没有拉开根本性的距离，还须努力！要持续在品牌上投入，做时间的朋友，让人才、资源、时间沉淀下来形成值得自豪的金字招牌。


## 3. 创新能力

创新能力是区别优秀与卓越企业的根本点。做到成本领先和具备溢价能力，并不能保证你是一家卓越的企业，最多是一个行业中的优秀者，是一种抛物线顶点的不稳定平衡，难以基业常青。

大家都在成本和价格上拼命竞争，就会让一个行业成为微利行业，即所谓红海市场。在红海里也能生存，但是你死我活，危机四伏。花的是吃奶的力气，赚的是买针箍的钱。

如何才能跳出红海？这就需要创新。创新就是跳出原来的框架，在更高维度建立新的疆域，重新定义游戏规则，是一种维度的跃升。正所谓"跳出三界外，不在五行中"。

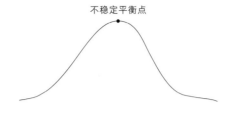

不稳定平衡点

虽然创新可以分很多层面，有技术层面的，有战术层面的，也有战略层面的、模型层面的，但最重要的、本质的创新来自观念的跃迁。所有创新的背后其实是观念和认知能力的改变，只有观念的改变才会带来结构性、革命性的创新。

在更高的层面上看自己、看企业、看世界、看万物，才能达到观念的跃迁。必须超脱平庸，脱俗不市侩，既脚踏实地又满怀梦想，处于入世和出世之间。很多人看马斯克跟常人不太一样，思路和言语不循常道，他正是这种革命性的人物。

可以说，没有创新就不会有华住的今天。我们改变了传统酒店品牌的扩张模型，从租赁扩张到管理加盟；我们改变了传统酒店的商业架构，从空间布局到组织架构；我们改变了传统酒店公司成长的轨迹，用风险投资、私募基金加速发展，迅速捕捉商业机会，短时间内建立起庞大的酒店集团。我们在产品、服务、组织、文化上所做的创新不胜枚举，但最重要的是改变了传统酒店公司的概念。

这就是我常说的"一体两翼"。传统酒店公司是造汽车、造火车，我们要造的是飞机，是航天飞机。

华住 = 万豪 + 甲骨文 Opera+Booking。华住是一个复合体，是一个新物种，是融合了酒店管理公司、品牌公司和软件即服务（SaaS）的服务商。

　　除品牌以外，华住强大的会员体系和 IT 技术服务是我们两个腾飞的翅膀，我们是给酒店业主提供最根本的解决方案，而不是单纯卖卖客房，或者简单授牌经营。我们的解决方案可以真正给业主赋能，达到最佳的投资回报。

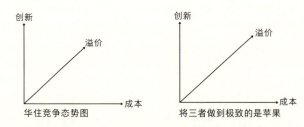

| 竞争力 | 定义 | 关键点 | 案例 |
|---|---|---|---|
| 成本领先 | 低成本 | 系统性高效率 | 华住、苹果 |
| 溢价能力 | 高卖价 | 品牌溢价 | 爱马仕、苹果 |
| 创新能力 | 规则制定者 | 高维认知 | 马斯克、苹果 |

　　我相信，待华住的"跃迁大法"练成之后，世界酒店业将会进入一个新时代，一个划时代的产物将会在神州大地上崛起！

2023 年 1 月 30 日

# 华住哲学

华住精神是『狼性』和『龙马精神』的结合，我们不能没有狼的进取和凶猛，同时也要具备马的坚韧和龙的大气。

# 华住企业哲学

## 1. 企业哲学

形而上是纲，形而下是目，纲举目张。对这个世界影响最大的是思想，是理念，是宗教、哲学这些形而上的东西。

> 胡适阐述、后来为国民党部分接受的实用主义及逐步进化方法，与中国共产党采用的马克思主义的革命方法——从 1921 年以降的中国近代史，主要是这两个党派及其不同途径斗争的历史。
>
> ——徐中约《中国近代史》

> 这些问题（具体国际事务）不是在我这里谈的问题。这些问题应该同周总理去谈。我谈哲学问题。
>
> ——1972 年，毛泽东会见尼克松时的讲话

> 不管黑猫白猫，捉到老鼠就是好猫。
>
> ——邓小平

毛泽东关心的主要是哲学。实际上，毛泽东在抗日战争和解放战争中，赖以成功的基础是他的哲学。

邓小平著书立说没有毛泽东这么多，但他的改革依然是受他哲

学的指导。

商业领域依然如此。创造苹果奇迹的乔布斯，早年游历印度，年轻时受日本禅学的影响很深，苹果的设计简洁、圆润、精美，俨然是禅学的应用。

政治家、企业家、艺术家、学者等，他们的成功和他们在历史中的位置是由他们的哲学决定的，不是枪炮，不是强权，不是金钱，也不是人格魅力。

企业要走得远、做得大、长得高，必须有一些人文的东西在里面。不能光是商业，光有商业这个企业比较脆弱。大家都是为了利而来，为了利而去。没有信念、没有理想，这样的企业是走不远的。

因此，一个企业能够走多远，能够有多强大，是由这个企业的思想决定的。思想的高度与深度，决定了这个企业的力量和潜质。

关于企业宗旨，流行的词是"文化"。"企业文化"这个词太大，被使用得太多了，不够精准。文化是哲学的表象，不是机理。

企业是一个商业组织，不是宗教组织，但是一样有指导企业的准则，有形而上的思想来指导形而下的实践。我们选择用"企业哲学"代替"企业文化"的叫法。


## 2. 我的生活哲学

一个企业的哲学同创始人的人生思考分不开。他的人生观、世界观、宇宙观，主导了一个初创企业的哲学。


求真、至善、尽美。

——我生活哲学的汇总

人首先必须求真。不知道什么是真理，就不能辨别善恶，也就没法在你有限的生命里创造美好。

生命的意义在哪里？生命有意义吗？

对于生生不息的宇宙而言，生命的存在本身已经具有意义。但作为个体，主体自身无法定义自己的意义。因此，生命没有本体上的意义，意义是由客体定义的。客体不同，意义也不一样。

对于本体来说，生命只是"过程"，不是"意义"。我们的一生，是一段旅程，是一场修炼。

如何度过这段旅程？如何完成个体的这场修炼？许多人没有认真想过。只是希望能够活得长点儿，吃得好点儿，住得好点儿，钱多一点儿，官大一点儿，基本上是浑浑噩噩地过。

但我觉得：既然生命是个过程，那就要活精彩了，活畅快了，活淋漓了。我为什么创业多次，不停折腾？也是基于这样的人生思考。既然在世上走一趟，为什么不去探索各种的可能性？为什么不让自己的生命之花尽情绽放？

但是，我们的幸福和快乐不能建立在别人的痛苦之上，不能伤害他人来满足自己的私欲。不仅如此，我们还应该为这个世界带来一些好的东西，好的设计、好的产品、好的品牌、好的企业、传宗接代、著书立说……结交好的朋友，做个好人，做点儿好事，让世界因为我们而美好。

不管有没有来生，有没有天堂，我们都应该活得很透彻。没有来生，没有天堂的话，我们精彩地活过了，没有遗憾，没有后悔；假如有来生，有天堂，我们也应该有一个更好的来生。天堂有位置，我们足够好，也应该有我们一个位置。

正是基于这样的思考，我将自己的生活哲学概括为：求真、至善、尽美。这些对生命意义的终极思考，开始于大学二年级上海华山路交大校园的梧桐树下，伴随我一路走来，虽然经过若干年的磨砺，有更多的提炼和升华，但没有本质的变化。我的人生实践，基本是按照这样的形而上，在做形而下的展开。

## 3. 华住企业哲学

华住企业哲学是：**求真、至善、尽美**。

是我的生活哲学在企业中的应用。

是华住思想和理念高屋建瓴的凝聚和总结。

进一步可以这样来阐述：追求真理，谨行善业，尽美人生。

## 4. 企业的意义

求真，实际上是对意义的思考。跟个人对生命的意义思考一样，我们努力工作，艰苦奋斗，要把企业做大做强，意义何在？价值何在？目的何在？这就是对意义的思考。

大多数人认为，做企业是为了赚钱。这是做企业的表层目的。赚钱以后呢？还是赚钱？许多人成了钱的奴隶。实际上财富只是社会给你的一个数字标签，是社会奖惩体系的一部分。赚钱是企业经营的结果，是给股东和创业者的奖励，而非目的。

前人已经有过许多类似的思考，让我们来看看他们的结论。

乔布斯说：试图用我们仅有的天分去表达我们深层的感受，去表达我们对前人所有贡献的感激，去为历史长河加上一点儿什么。那就是推动我的力量。

爱因斯坦是这么说的：我每天上百次地提醒自己，我的精神生活和物质生活都依靠别人的劳动，我必须尽力以同样的分量来报偿我所领受的和至今还在领受的东西。

德鲁克简明地阐述了企业对社会的贡献：大型公司在很大程度上实现了我们的社会信仰和希望。

我完全认同这些我敬仰的人对企业意义的阐述。

除此之外，我还认为，商业是通过对创业、创新者的利润激励，造福绝大多数人。我们做企业是为了社会的进步，为了让社会公平，为了更多的人能过上好的生活，让每个人通过劳动和创造，过上有意义和有尊严的生活。

这是我认识到的企业的意义。

找到了意义，自然就带出来我们将要归纳总结的初心、愿景、价值观和使命。华住的初心、愿景、价值观和使命是华住哲学的有机组成部分。


## 5. 华住的初心

创业之初的故事——华住是我第三次大的创业，不再是追逐财富梦想，也不是要再次证明自我，而是希望能够做点儿不一样的事情，做点儿让自己觉得有挑战、有激情、有意义的事情。这时候一句话自然而然地来到了我的脑海：

**一群志同道合的朋友，一起快乐地成就一番伟大的事业！**

这就是我做华住的初心。这句话发自肺腑，指引着我穿过迷雾、涉过险滩、攀登高山，未来也将会是我和华住的指路明灯。也是因为这句心语，吸引了许多志同道合的同事一起加入华住。我们一起奋斗，一起成长，一起成就华住的伟大事业。

## 6. 华住的愿景

华住的愿景就是将初心的最后一句话更加明晰地表达出来：

**成为世界级的伟大企业！**

如果企业和生命一样，都没有本我的意义，只是个过程，除了让这个过程美好快乐以外，如果有机会，就应该达到应该有的高度，追求那种极致的美——所谓"尽美"。要做就做一番惊天动地的事业！

"天翻地覆慨而慷"，"试看天下谁能敌"。

今天，华住只能说是一支优秀的"国家队"，离"世界级"还有距离。华住要成为酒店业的世界第一，要成为千亿级的公司。不管是规模、利润，还是市值，都要是世界第一。

"伟大"就不仅仅是规模，还要看我们是如何做、怎么做，这就跟我们的价值观有关。


## 7. 华住的价值观

华住的价值观为以下六点：

（1）价值创造。

（2）平等共生。

（3）奋斗为本。

（4）取法乎上。

（5）结果导向。

（6）美好生活。

**价值创造。**做围绕客户的价值创造者；不为短期目标牺牲长期价值；守正出奇，不投机取巧；不做红艳一时的玫瑰，要做春华秋实的稻谷和麦子。

**平等共生。**以平等、朴真的态度做人做事，不溜须拍马，不虚情假意，不做表面文章；以共生的理念对待住客、员工、加盟商、供应商等生态圈伙伴。

**奋斗为本。**负责任，勇于担当；坚韧不拔，勤劳刻苦；不推卸，不躲避，不找借口；深入一线，调查研究；不断创新与革新，适应变化。

**取法乎上。**制定跳一跳才能摸到的标准，用世界级的标准和眼光要求自己；不断升级迭代，不懈怠，不自满，没有最好，只有更好。

**结果导向。**奖励战功，奖励忠诚；不论亲疏，不论资排辈，一切以取得的战绩为准；灰度创新中的失败和奋斗者的失误。

**美好生活。**不作恶，不作假，不欺瞒，正能量，好人好事，谨行善业而得昌盛。

华住价值观可以这么概括：坚持以客户为中心的价值创造；平等共生，以奋斗为本；取法乎上，结果导向，共同创造美好生活。

# 8. 华住的使命

华住的使命跟华住的哲学和初心一脉相承，可以表述为：成就美好生活！可以分解为既相互联系又有先后次序的六个方面。

**华住，为住客成就美好生活！**

当人们在旅途中、在路上，华住的酒店就是他们休息、工作、会客、交友、吃饭、洗澡、睡觉的场所，是他们的家外之家。

客人将他们旅途中最隐私、最亲密的时光交给我们照料，我们深知责任重大。我们兢兢业业，我们悉心呵护，我们视客人为亲朋好友。每年有上亿的人，在华住旗下的酒店里下榻，他们可以在旅途中安心地睡觉，舒舒服服地洗澡，用我们的 Wi-Fi 跟家人和同事保持联系，享受优质可口的早餐。

我们从事的是贴近人们日常生活的"衣食住行"行业，和生活品质密切相关。因为华住，旅途中的人们，提高了他们的出行生活质量。

住客热爱，是我们始终的追求。

**华住，为员工成就美好生活！**

华住有十多万员工，他们在一个相互尊重、友爱的氛围里工作、生活，他们视彼此为兄弟姐妹。他们通过自己的劳动和创造，获得成功。他们用薪水供养父母，抚育子女，改善生活；他们在华住学习成长，施展才能；他们参与到一番伟大的事业里，寻找到生命的意义和价值。

员工的美好生活，是我们应许之愿。

**华住，为加盟商和业主成就美好生活！**

华住有上万名加盟商和业主，我们视他们为生意伙伴。许多加盟商通过加盟华住的品牌，获得稳定可靠的投资回报，我们希望他们通过加盟华住发财致富；通过加盟，业主们也省却了酒店烦琐的日常管理工作；有些加盟商甚至将酒店投资作为自己的职业和事业；业主将物业交给华住经营管理，创造出更多利润，华住的品牌和管理也给物业带来更好的品牌形象和商业价值。

**华住，为合作伙伴成就美好生活！**

在社会分工高度发达的时代，每一家企业的成功都离不开优秀的供应商和合作伙伴，是他们帮助我们开出许许多多的门店；通过他们，我们能够买到好品牌、好质量、好价钱的产品和服务。

我们不能一味地压低价钱，要给供应商留下足够的利润，保证优质供应商健康可持续发展；要给合作伙伴带来益处，互利多赢，才能够建立长期稳定的合作关系。

华住跟供应商和合作伙伴之间，在相同价值观的基础上，建立信任，公平合理地交易，相互支持，共同成长。

**华住，为股东成就美好生活！**

住客热爱、员工美好、加盟商发财，华住的业绩自然也好，规模和利润就会稳步增长。除了留存足够的发展资金外，每年会给股东分红；我们不关注股价的短期波动，华住通过产品、品牌、经营管理能力、连锁系统等建立长期的竞争优势，致力为股东创造长期价值。

**华住，为社区和国家成就美好生活！**

华住的经营，依赖于所在社区和国家的稳定繁荣，跟宏观经济和区域经济密切相关。

我们不仅提供了十几万个就业岗位，缴纳数十亿的税金，每年拉动上百亿的社会投资，为社区和国家经济做贡献，同时还注意使用环保材料，爱护环境，绿色健康。我们遵守法律，尊重当地习俗和风土人情。我们一心向善，充满正能量，通过自己的奋斗为世界创造美好。

华住旨在建立一个良性循环的生态圈，这个圈层里的每一个单元，都快乐、健康、幸福、美好，充满正能量。我们的努力，不仅让自身美好，还能够改善我们生态圈的生活，并让这个世界更加美好，甚至能够促进人类文明的进程，这才是我们所理解的伟大事业和尽美人生！

由初心、愿景、价值观、使命，有机地组成华住企业哲学，用"求真、至善、尽美"来总领。

我们不忘初心，牢记使命，胸怀愿景，践行价值观。

为攀登新高峰而奋斗！

为华住美好未来而奋斗！

为人类美好未来而奋斗！

成稿于 2014 年 8 月 16 日

修订于 2020 年 1 月 28 日

# 华住的审美

我曾经信奉一句话：只有偏执狂才能成功。我念书的时候，成绩蛮好的。后来考入上海交大，看哲学书的时候，也看了一些很偏的哲学。像尼采、叔本华、斯宾诺莎，他们的一些思想是很极端的。尼采认为自己是太阳，有人说他是精神病，我不这样看，他只是不能为常人所理解，而常人喜欢把他们不能理解的人定义成精神病。看《查拉图斯特拉如是说》，我发现他是个抑郁的天才。那样的文章不是写出来的，是从脑子里流出来的。他描述的场景特别美。那些很偏颇的观点——包括悲观主义，觉得这个世界很虚无——在一段时间内对我影响很大。后来我看王阳明，发现中庸的东方智慧特别好。所有的事情实际上是个平衡的艺术。如果全是精神，全是灵，那是清教徒。如果全是肉，就变成掉进卡拉OK里面整天找乐子的那群人。做人，做酒店，我都讲求平衡。平衡能令事物的结构稳定，令它更持久。

我曾经写过一篇文章，叫《酒店十宗罪》，列举了我心目中欠缺节制的酒店设施和服务。当中，我批判了浴缸，认为它是典型的累赘。浴缸的边是斜的，客人容易摔跤，有安全隐患；它为多人所用又会与身体接触，消毒、水电需要很大的维护成本；它的使用率非常低——商务酒店只有不到10%的客人会使用它，度假酒店也只有20%～30%；它的造价很高——如果买一个科勒，要好几万。我还批判了那些特别大的酒店大堂和公共区域。事实上，纽约和伦敦的很多酒店，还有法国的大部分酒店，其大堂都小而精致。大堂的目的是迎宾，欢迎客人，为客人办手续，后来蜕变成一种排场的显示。这个风气是从凯悦开始的，他们把大堂做得特别高、特别气派，就像教堂一样。这其实是一种浪费——空间的浪费，建设的浪费，装修的浪费。

后来我做全季。全季的审美是中产阶级的审美。对中档酒店来说，多余的东西应该都去掉，核心的东西应该做得尽可能到位。曾经有个朋友给了全季这样一个评价：一分也不多，一分也不少；我要的都有，我不要的都没有；价格也不高。我觉得讲得非常好。但去掉哪些，保留哪些，其实要经历非常复杂的思考。我们看到的最后的简单和平常，背后实际上有非常复杂的权衡过程。

全季和汉庭原来用地板。我们不用地毯，地毯太贵，还不容易打扫。我们也用不起实木地板，而用复合地板。但复合地板的噪声太大，如果有水在上面容易变形。后来我们选了一种波绒地毯，不怕水，不怕烫（地毯很容易被烟头烫坏），地暖很容易透上来，没有噪声，没有味道（木地板会使用到胶水，有刺激性气味，对环境也不好），价格也可以接受。这是我们在选材上的一个重点，没有奢华感，但绝对得体。

我们有很多这样独特的方法。过去的酒店都是用房间的大小来界定档次，档次越高，房间越大。但在上海、北京这样的城市，房间太大我们支撑不起这个卖价。我们就用小空间，但是把里面的设施做得很棒。例如，为马桶加上电热的垫圈和自动清洗的设备，在洗脸台加化妆镜，用屏幕更大的电视，把各种各样能提升客人幸福感的设施加进去，使这个小空间特别温馨、舒适。所有的这些，包括对空间大小的把握、对材料的选择，都是平衡的艺术。

在定价方面，如果一个房间卖100块钱，那我们亏死了。如果卖1000块钱，那没人来。那我们可能卖350块钱左右，我们有利润，客人也满意，这也是追求这种平衡。

投资也是这个道理。我们做全季的时候，一间房的预计改造成本可能是 12 万，我们一定会按这个预算来做，不会做成 14 万。只有这样精算和控制才能保证有很多的投资者投资全季，否则就没人投了。

审美也是一样的。我院子里的草很美，但不好种，就不适合放在酒店里。我可能会弄棵迎客松，它不挑地方。我要做的就是迎客松这样的东西，它不受环境的影响，能够顽强生长，同时符合中国中产阶级的审美。这种审美会随着时代发展不断变化，而我会跟着这个变化走。

2014 年 8 月 16 日

# 华住的差异化定位

华住有两类产品：一类求新、求异、求丰富、求饱满，富含情感与色彩，有点儿"性感"——如漫心、桔子；一类节制、合适、自然，一分不多，但客人需要的都有——这是全季。

中产阶级对这两种审美都有需求。过去的高端酒店是用西方的那一套，我们则用东方的审美符号和价值观去演绎现代的生活方式。璞丽是一种东方的尝试，禧玥也是。东方的审美是平衡、优雅、安静的，同时又让人感到方便和舒服。我们用东方元素布置酒店，譬如客房里的小盆景——西方酒店里是没有盆景的，放的是雕塑。

我还有个梦想，在江南做一家中国顶级的酒店。它被森林和湖泊围绕，弯弯的小桥把湖泊相连，在森林的边缘有几座拥有亮丽色彩的房子。房子是非常简洁的东方建筑和装修风格，远远飘来花香的味道，有淡淡的音乐缭绕。音乐可以是莫扎特，也可以是古琴。酒店的地面是苏州当地烧制的金砖，金砖下面是地暖，冬天不潮也不湿。黄梅季节也可以开地暖，把湿气直接蒸发掉，做到恒湿。但恒温没必要，这样才能感受到四季的变化。酒店外面是湖面，想出去的时候，小船一划，笛子一吹——也可以吹法国号，或者法国长笛——乐声悠悠，天地悠悠，人心悠悠。它会是华住最高等级的酒店，是皇冠上最闪耀的钻石。

2014 年 8 月 16 日

# 华住的生意之道

## 1. 中国服务

在今天的中国做酒店服务业，我常有生逢其时的幸运感。因为世界上没有一个地方，像今天的中国一样有那么多机会。

因为城市化进程仍在进行，今天我们还有很多机会在国际化大都市上海、北京开新的酒店，更别提在其他城市拓展大量的酒店了。

到目前为止，传统的强势品牌和企业依然很少，我们可以横空出击，创立新模式、新企业。而不像欧美发达国家，新兴企业必须面对林立的群雄，不依靠新技术和新发明，传统行业很难冒出新芽。

除了城市化带来的机会，还有制度红利带来的机会、人口红利带来的大市场机会。中国具备购买能力的价值客户大约是六亿！这个规模，美国没有，欧盟没有，印度也没有。世界上除了中国，没有其他地方有。

发达国家的酒店业发展减缓，割据局面形成；新兴国家以中国发展最快、市场潜力最大。因此，国际酒店业主战场已经转移到中国。但国际品牌在中国的经济型酒店市场基本没能有所作为。中档品牌大家都在摩拳擦掌，一些国际品牌表现不俗，比如洲际的智选假日、希尔顿的花园酒店、万豪的万怡等。等他们逐渐透支完了"爹妈"的信用后，我相信中档酒店依然是本土品牌的天下。

在高端酒店领域，目前国际品牌稳稳占据优势地位。投资拉动减弱和打击奢华之风的导向，盲目投资、不求投资回报的业主在减少，此种情势下，我们的轻奢华、东方人文价值、适度投资的理念将会有机会逐渐占据一席市场。

中国是一个人口众多的发展中国家，酒店市场的主体是中低档，占据了这一块市场，就占据了中国酒店业的市场主体。因此，我们的重点是中低端市场，做好经济型、中档、中高档品牌，是华住未来成功的关键。

中国现在和未来的消费主流，是经济型和中档酒店。整个集团的战略资源——人力、物力、管理能力、资金都应该向这两个细分市场倾斜。甚至未来的十年之内，这个结论都不会变。

高端酒店可以采取自建、合资、收购等方式逐步渗透和介入，那是另一个十年计划的事情。我们要么不发力，若发力一定在行业内是颠覆性的做法，不苟且，不信机会主义。


## 2. 全球化视野

在全球化的问题上，不仅仅是因为我们想成为世界级的伟大企业，更重要的是当今的商业、客户、人才、资本都已经是全球化的了。我们要站在太空里看地球。

首先，要运用全球化的智慧。我们当然要继承中华五千年的文明和智慧，但我们不是民粹主义者，西方的智慧是全人类的宝贵财富，应该毫无偏见地汲取和学习，并加以运用。

其次，要具备全球化的视野。不要一下子就钻到具体事务里去，在战略上要具备足够的广度和纵深。中国的市场化进程，西方发达国家已经经历过了。他们今天的成果和格局，可能是我们的未来；他们的优点值得我们借鉴，他们的教训更值得我们吸取。

再次，是全球化的市场。随着中国的发展，越来越多的人出国旅游，包括欧盟在内许多国家的签证变得越来越方便；越来越多的企业走出国门，到中东、欧洲、南美、非洲开拓市场；而外国人到中国来观光、工作、开会的人数也是每年递增。今天，外国的酒店品牌到中国来；未来，我们走出去也是必然。

最后，是全球化的人才。一是我们要引进来，二是我们要走出去。我们当中有些人在欧美读过书，有些人在全球化企业里工作过，有些甚至还是外国国籍。给我们做服务的企业，许多是全球化人才的班子在提供服务。我们要有这样的胸襟和思想准备，将来会有更多的国际化人才加入我们。同样，我们的主要干部不能将自己限定在一个城市、一个省份，要有胸怀天下的大志，未来我们可能会去其他国家开酒店、做管理。

我们的国际化路线图是这么设计的：通过经济型、中档酒店积累现金流、规模、融资能力、客户群；利用我们的高成长、高 PE，以及大现金流，并购（参股）国际集团，完成全球化。

所以说，现在不着急去美国、欧洲开店，甚至不着急在东南亚开店，而是先把在国内的仗打好。在中国这片最肥沃的土地上，辛勤耕耘，结出硕果。能做中国市场的老大，才有机会在全球领先。

## 3. 勇争第一

做单店的三部曲：吃饱、吃好、吃健康。

做城区的三个阶段：完成预算、做高 RevPAR、市场占有率第一。

我们做单店、做区域都有三个阶段，这三个阶段都是往上递进的。第一步，最基本的就是完成预算，不完成预算就没话语权。第二步，就是超越对手的 RevPAR。第三步，我用的是市场占有率这个指标，在市场占有率上也必须超越对手。如果对手市场占有率高，即使我们的 RevPAR 高于他们也没有用，这个区域还是没做好。这个三部曲做好了，做实了，我们就无惧任何竞争了。

如家是伴随着华住成长的竞争伙伴。如家是我创立的，我离开后做了汉庭（现在的华住），我们两家都是中国酒店业具有代表性的集团。我有时候开玩笑说，它们就像周伯通的左右手互搏。

目前两家国企上市公司——首旅和锦江，分别并购了如家和 7 天，这样就形成了中国市场上最主要的三家酒店集团：锦江、首如、华住。

未来中国市场的竞争，大格局上主要会在华住、锦江、首如三家之间进行。由于品牌细分，在经济型、中档、中高档等各个细分区间，都有不同的竞争伙伴。在许多方面，华住已经是名列前茅，但是中档新兴创业公司、外资品牌在中高档区位还是极具竞争力，我们有许多要跟他们学习的，不能掉以轻心。

五年、十年后的竞争伙伴，最大可能是国际集团，比如洲际、万豪、雅高、希尔顿、凯悦等。我们会在高端、豪华的细分市场上遭遇他们，也会在国际化的过程中遭遇他们。

随着以爱彼迎为代表的分享经济潮起，随着 OTA 在酒店分销中的份额越来越大，酒店业的长远、战略性竞争对手将会一直是以上两个业态。

竞争策略是由市场环境和竞争对手两个因素决定的。竞争不激烈，可以不着急，慢慢做，做扎实。雅高在竞争相对薄弱的欧洲，用四十年的时间，做了四千多家酒店。而我们在百舸争流的中国，八年就做到了两千家。

在高速发展的中国，竞争充分而激烈，我们采取的第一个战术就是闪电战。就全季而言，我们的中档酒店要迅速占领制高点，让对手来不及反应，外国品牌往往运用不了这个战术。

第二个战术是"穿插包围"。汉庭的发展、如家的发展，最开始是怎么做的？是从边缘物业、巷子里的物业发展起来的。都是找城市里别人看不上的物业。这就是穿插包围。在还没有能力正面进攻的时候，我们从来都不采用正面进攻的方法。中档酒店也是一样，要用穿插包围的方式做。有了样板店，就迅速完成节点城市布局，不徘徊在某个区域、某个城市，先拉出全国性的脉络，率先形成网络和品牌知名度，占领制高点。第三个战术叫"十倍速增长"。根据摩尔定律，每十八个月，芯片速度翻一番。这个定律同样适用于中国的酒店业。今天中国许多产业的发展，不能简单地用传统思维来看。断层式的发展和报复性补偿式增长，使得许多传统行业的发展速度类似于"十倍数增长"的IT业。我们当然希望既快又好，但资源往往是不充分的，在保持100分速度的时候，品质不能再要求100分，能够在80分就很不错了——这是我总结的"80/100原则"。求全责备，纠缠于局部的完美，会错失获取全盘胜利的机会。速度和质量都重要，但在产业形成期、积聚期，速度比质量更重要些。

但在大局初定后，要尽快回来补足质量这一课，完成从野蛮生长到精益管理的过渡。

华住和中国的酒店市场目前已经在精益管理的阶段。也就是从创业时候的"够用就好（good enough）"到"足够好用（enough good）"；从100分的速度、80分的质量，到100分的速度、100分的质量。如果质量跟不上速度，宁可降速到95分、90分。

华住最关键的成功因素是什么？

第一个是位置。因此，我们要占领一、二线城市最核心的位置。三、四线城市更加要在核心位置，因为这些城市客基薄，重置成本低，摊薄效应显著。

第二个是品牌。在位置相当的情况下，品牌作用会显现出来。品牌拆开来就是产品（质量）和牌子（数量），酒店产品包含两点：

硬的实体产品和软的人性服务。

也就是，要做好酒店生意，位置要好，产品要好，规模要大。

## 4. 生意上的阴阳之道

在生意上，我们遵循哪些法则？

第一，统一战线。如果遇到矛盾，不去激化它，而是努力寻找双赢的方案，和气才能生财。一定要让所有的合作都向多赢的方向走，要团结一切可以团结的力量做好企业，为广大客户谋最大福祉。

第二，顺水推舟。逆水行舟勇气可嘉，但是费力不讨好。做事应该顺着水流走，顺着大势走，不要一意孤行、意气用事。做企业、做生意要顺大势、顺市场、顺政策、顺民心。

第三，随波逐流。在海里冲浪，永远要顺着水流走，顺着浪头走。我们现在遇到的是什么波、什么流？80后、90后是客户的主流，移动互联网是技术的波浪，减少人力是成本上的潮流。

第四，破坏性创新。华住、如家、7天就是在传统酒店业做了破坏性创新，把整个产品结构、成本结构、发展模式、员工的收入模型改变了，然后把整个产业都改变了。做中档酒店也是一样的，要不断地从内部破坏旧结构，创造新结构，包括新的消费方式、新的生长方式、新的市场、新的沟通方式、新的呈现方式。我们每进入一个新领域，不管是海友、怡莱、全季、星程、漫心、禧玥，都要在相应领域进行破坏性创新。不在这个行业里创新，我们是不会有生存机会的。

第五，丛林法则。人们对丛林法则的理解大多停留在第一层，就是"物竞天择，适者生存"，其实丛林法则有三层含义。

第二层含义是"同类竞争，异类共赢"。森林里大树旁边很难生存其他的小树，但是苔藓、小草都活得很好，因为异类之间需要的资源是不一样的。比如华住的施工队、供应商，我们必须给予他们足够的利润，让他们可以招揽到优秀的人才，让老板有足够的动力为我们提供品质服务，这样公司才会持续经营。必须让所有的异类伙伴共赢，这样我们才有足够多的肥料和营养来成长。没有这个生态体系，我们是长不大、走不远的，生长成本也会很高。异类共赢，跟强者生存一样，是丛林生态链里非常重要的原则。

第三层含义是"树大招风"。"木秀于林，风必摧之。"我有一次在野外穿越的时候，见到过一棵两千五百年的大树，被风吹倒，枯死在荒野，而旁边的小树、中树平安无事。企业大到最后，和大树是一样的，除了自身衰老、腐朽和脆弱以外，还容易招人嫉妒，容易成为攻击的对象。这个法则告诉我们：一是强者、伟岸者要善于守拙，二是支撑小树的力量没法支撑大树，高大的理想需要与之相适应的力量来支撑。

华住的生意哲学，看上去是两个矛盾的对立面：一面是和、顺，另一面是破坏和竞争。这两个对立面的统一，就是我们做生意的阴阳之道。

2014 年 8 月 16 日

# 华住的组织之道

人类的组织，有四种代表性的力量，可以在企业管理中运用和借鉴。

第一种是宗教的信念。维系宗教的主要力量是信仰。这种力量直接指向内心，使人们自觉自愿地做许多事情，没有人强迫。这种信仰的力量之大，任何一个商业机构都望尘莫及。

第二种是军队的号令。军人的天职就是执行命令，指哪儿打哪儿，不能有怀疑，更不能违背。在战场上，不服从命令，就会被惩治。这种力量是强迫性的，虽然违约成本很高，但执行力很强。

第三种是企业的利益。商业最根本的是利益，这是整个商业的基础。甚至可以讲，现代社会运转的最主要力量是商业。财富的分配、创新的奖励、奖勤罚懒等，都是通过商业的利益分配来进行的。

第四种是家庭的关爱。这是人类最小组织的凝聚力，也是最自然、最具生物性的力量。

虽然企业是一个商业组织，但这四种力量都应该在企业里加以应用。纯粹讲商业利益不够平衡丰满。所以，我希望对于这四种力量——信仰、纪律、利益、爱，华住能够在不同的时间、不同的地方来使用，借此打造出一个像宗教般有信仰、像军队般执行力强、像家庭般充满爱的商业组织。

## 1. 华住组织的特点

我们目前的上千家门店分布在中国的数百个城市，员工数万，每年接待的客人近亿人次。这样的企业，管理复杂度已经很高了。可是我们还做直营店，从找项目到营建、开业，最后到日常经营，业务链条很长。酒店的日常工作很具体、很烦琐，而且员工们的受教育程度相对不高，许多是初、高中的教育水平。不仅如此，我们的发展速度非常快——"十倍速增长"，这在世界上也是史无前例的。这些因素，决定了华住是一个管理复杂度很高的企业，必须有一套完整的管理体系来支撑。

## 2. 组织上的阴阳之道

第一，理念统一和充分授权。

这么分散的城市，这么多数量的基层员工，光有流程和标准是不够的，必须有统一的价值观和理念。华住哲学就是这些价值观和理念的系统化阐述。在门店层面，我们要做出简明扼要、通俗易懂的版本来，让大家喜闻乐见，让它深入人心，将人们内心美好的东西激发出来，跟我们的华住哲学吻合。

在理念统一的基础上，必须充分授权，才不会呆板，才有韧性。企业规模增大，容易人为地将事情复杂化。太多的审批，太多的会议，太多的制衡，容易导致管理层级过多，容易滋生官僚主义。所谓"大道至简"，在沟通交流上，我们提倡简洁明了、简单直接的风气。在管理的设计上，尽量扁平化，充分授权，决策尽量靠近一线。总部处理的主要是复杂性、抽象性、平台性的事情，一线解决服务、营收、成本控制等大部分日常经营事务。

第二，精准执行和适应变化。

在理念和价值观上的一致，以及在管理上、组织上的"至简"，并不意味着"无政府主义"和散漫拖沓，相反，它们恰恰需要军队般的纪律和强大的执行力作为后盾。在几万人的企业里，也要做到像士兵操练一样，整齐、划一，无条件地服从指令，严格地执行标准，聚焦企业战略，坚守企业的理念。整个连锁要像一个人一样，是一个和谐统一的整体，指哪儿打哪儿。而不是山头林立，各有各的变通和理解。

在精准执行的基础上，适应变化。

在这个多变的环境里，我们要随时接受变化，接受改变。开放自己，学习新东西，接受新思想。在这个多变的时代，永远不变的就是变化。华住就像一辆载重的大卡车，除了高速行驶，还常常要弯道超车。而远方的道路并不是一目了然的，前面的道路蜿蜒曲折，天气也变化多端，我们随时要做好迎接变化的准备。

第三，东道西术。

在管理工具的使用上，我主张"东道西术"，就是结合东方的道和西方的技术手段来帮助我们管理。东方的道，可以从法、儒、释、道四个方面领会。术呢？比如平衡记分卡、ERP、IT技术等现代的理论和管理工具。

第四，"三结合"。

我期望，通过以下的"三结合"，能够打造出一个具备企业家精神的规范管理公司。

第一个是管理和领导相结合。领导往往是鼓舞人心、具前瞻战略眼光的，它强调个人魅力，着重激情和理念。而管理往往细致缜密，有条不紊，强调理性和效率。所以我们说，鼓舞人心的领导要和卓有成效的管理相结合。

第二个是规范和创新结合，即95%的规范、5%的创新。创新成本很高，一直创新没有沉淀和收获，企业难以为继。施乐研究中心和贝尔实验室都是大企业创办的创新机构，虽然带给我们许多伟大的发明，但对这两个大企业来说，并没有带来本质性的变化，它们渐渐走向了衰败和没落。但是，这 5% 的创新就像原子弹的铀棒和烟花的引信一样，至关重要！没有持续不断的创新，将会跟不上时代，将会被创新者颠覆，更不会成为一个卓越的企业。这 5% 的创新决定了企业的高度和未来。

第三个是现实主义和理想主义相结合。在思想上是理想主义，在行动上是现实主义。没有理想主义就没有高度，没有现实主义就不能落地。尤其在中国当前这么一个复杂多变的商业环境里，没有一点儿理想主义，常常会在残酷的现实面前变得平庸和市侩，而不用现实主义来践行，企业将会成为温室的花朵和象牙塔里的古董。

2014 年 8 月 16 日

# "关键少数"的管理之道

酒店行业的从业者，经验比聪明重要。招聘一个人，他很聪明、很能干，但未必能够做好。这个行业的事情太具体了，需要做个两年、五年，才能形成积累，才有基本的把握。

像我自己看店，看了很多年，我的经验也是慢慢累积的。看了那么多城市、那么多物业之后，我心中慢慢形成一种结论性的东西，这种东西不可能通过你的思考得来，只能通过实践。

除了经验，稳定、勤奋也比聪明重要。认真做和不认真做，做出来的东西截然不同。你再聪明，不认真做也是不行的。我们这个行业特别鼓励长期、稳定地投入，我们的激励是给期权，这个刺激是非常大的。

针对酒店行业从业人员的这些特征，我对华住高管的管理模式是"关键少数"。管理一个几万名员工的企业和这么多的连锁店，要抓住两个根本点。

第一个根本点在门店。"支部建在连上"，店长要管理好，他要有主观能动性、主人翁意识。我们对此做了很多考核、培训，但在价值观方面还要加强。一线的管理者，由于很多事情由他们指挥、配置，因此是非常重要的角色。

第二个根本点就是"关键少数"。这些"关键少数"，就是总部的高管。连锁酒店的管理，差之毫厘，谬以千里。举一个最简单的例子，我们一年要采购一亿瓶矿泉水，一瓶差一毛钱的话，一亿瓶要差多少钱？假如总部的人不认真负责，在敬业度、专业度上差一点儿，后果会很严重。他们是非常关键的"少数"。我们给"关键少数"很好的待遇。华住的高管，一般做了之后赶也赶不走。他们能得到比较好的关注。我不可能关注六万个人，只能关注二十个人，这二十个人可以享受到充分的阳光雨露。我给他们充分的信任：每个人都是各自负责业务的老大，有很大的决策权，也有很好的激励。

但这不意味着没有压力，对这二十个人要做末位淘汰。每年或每两年，他们中做得最差的那些是要被淘汰的。对于做到这个位置的人来说，这很残酷，但也可以刺激他们努力。他们自身感受到压力的话，也会将压力层层传递下去，这样企业才能保持一种进步的状态。

2014 年 8 月 16 日

# "狼性"和"龙马精神"

在公司刚刚创立的时候，我们经常讲"狼性"。发展到现在，我又提出一个"龙马精神"。

我们都是龙的传人，龙是中华民族的图腾，是我们的精神象征。龙也是王者的象征，志在高远，君临天下。我们要像龙一样放眼全球，志在四海，力争第一。汉庭刚创立时，我用"潜龙勿用"作为公司的基调，在那个群雄并起的时代中保持低调，练好内功。现在我又用"群龙无首"来比喻培养一批领导人的做法。马的特点也是我们这个阶段需要的。第一是速度，万马奔腾的气势何等壮观。第二是敬业认真，马的敬业可以从骑兵看出来，整齐划一，任劳任怨，不计得失，勇猛向前。这对企业来说非常重要。

当企业发展到一定阶段，要适时引入"龙马精神"来平衡"狼性"，使之成为华住主流精神之一。而对于新品牌、创业企业，"狼性"依然适用。从某种意义上来说，今天的华住依然还在创业。所以，华住精神是"狼性"和"龙马精神"的结合，我们不能没有狼的进取和凶猛，同时也要具备马的坚韧和龙的大气。看似矛盾对立的两个方面完美和谐地结合在一起，生意上如此，管理上也是如此。华住之道，乃是阴阳之道，也是法自然之道。

2014 年 8 月 16 日

# 我们如何看待客户

对于住宿客户而言，最重要的是要有符合他们需求的产品（含服务）。我们的产品（包括预订等全过程体验）要方便客户、价格合理，对于新生代客户，还要注意到他们的情感诉求。我们怎么才能做到好产品、好服务？我认为大概有四点：创新、培训、主人翁、位置。我们通过创新，在行业内首推"0秒退房"、自助登记入住。通过创新，全季在不断地修正、迭代。汉庭最近会推出第二代全新产品，其中包括整体淋浴房、工厂化装配等。未来利用新兴技术，会推出带NFC功能的门锁等更加方便客户的解决方案。

培训同样重要，我们除了有华住学院，还有针对一线各个岗位的"传帮带"现场培训。进入中档酒店和高档酒店，软服务的比重提高，培训益显重要。

没有主人翁精神，光靠制度和流程，这么大的连锁集团不可能提供发自内心的好服务。我们要给每一个岗位考虑好情景和远景，要让每一个岗位的员工自在、自发。

好产品、好服务还包括位置。我们不仅要在一、二线城市的中心位置布置酒店，在三、四线城市更要在城市中心布局。我们的酒店布局还要深入县镇，让客人们到任何一个地方，都可以找到华住的酒店，放心入住。在产品设计上，特别要注意的是方便客户。在传统酒店，我感觉最不爽的是入住登记费时长，退房的时候排队等候，Wi-Fi要收费，预订服务要输入一堆信息，等等。我们的诸多创新就是针对用户的这些痛点出发的。要预防的是三流设计师自恋式的显摆风格，花钱多，自我陶醉，抄袭和拼凑。

对于价格合理这个诉求，即使非常有钱的客户也是在意的。没有一个成功的企业靠"斩客"维系，实价销售是我们从经济型酒店发展出来的策略，在中档甚至高端酒店也要坚持。跟顾客交流的第一时间就给予他们真实确定的信息，而不是拐弯抹角。在信息高度对称的时代，这样做尤为必要。

给予客户有竞争力的价格，还意味着我们内部的高效率，不能让客户为我们的低效和臃肿买单。不管是平台还是区域管理，都是为了一线的客户，任何浪费和多余都是要防止的。比如：在差旅上，可以乘火车就不乘飞机；在管理层级上，可以三层绝不四层；甚至打印纸都是要用双面，办公室都是利用边角料的空间。另外一个就是坚持直销，不依赖包括 OTA 在内的代理商，更不依靠传统的包团、团队等。直销不仅仅可以保证净房价，还可以降低客户保持和沟通成本。

60 后、70 后的消费传统是注重高性价比，而新生代的 80 后、90 后加入了情感诉求，他们会更注重生活品质和体验，可以仅仅因为喜欢而去住这个酒店，可以因为充满人文气息去体验。虽然大部分人还是预算有限，但他们为了感觉，会牺牲金钱，至少是提高一点儿预算。

另外一类客户是我们一直没有意识到，或者是没有重视，没有提到跟住宿客户一样的水平上的，那就是加盟业主。未来在经济型酒店领域，大部分会是特许管理（特管）。在高端，基本是委托管理，中档要混合一些，但也是以特管为主。我们的大部分利润会来自加盟和管理收入。我们开疆扩土，深入四、五线城市，都要依靠广大加盟商。他们的重要性不言而喻。

加盟商的诉求点主要是盈利和尊重。对于盈利我们很容易理解，大部分加盟业主从事加盟业务是为了获得稳定可靠的回报。所以，我们品牌的聚客能力、管理团队的专业和敬业度非常重要。

另一个比较容易被大家忽视的是平等和尊重。加盟市场的火热和某些人的"官本位"情结，造成对加盟商的漠视和偏颇，生出"皇帝老子朝南坐"的架势。甚至有些人，以权谋私，收受（索要）回扣，极大地影响了华住的声誉，破坏了加盟市场的公平和公正。我们已经在组织和机制上做了许多补救和改进，但还不够，还要进一步在华住内部宣讲"加盟商是合作伙伴，是客户"的理念，要平等对待、要珍惜和尊重每一位华住的客人。

对待客户，不管是住宿客户还是加盟客户，我总结了三个比喻：像被子一样贴身，像淋浴一样知冷暖，像 Wi-Fi 一样便利。以此为标准打造华住特色的中国服务。

2014 年 8 月 16 日

# 我们如何看待员工

酒店业人才有什么特点？通过十多年的观察和总结，我认为最重要的是敬业。

我们目前的大部分干部，尤其是区域的主要干部，都是早期加入公司，跟着公司一起成长起来的。他们从基层做起，认真、踏实、兢兢业业；善于学习和思考，总结成功经验，吸取失败教训；面对挫折和困难，坚韧不拔。我们总体的氛围是高度紧张、压力极大的。有些人因为跟不上，被淘汰；有些人因为受不了，放弃了；但是那些坚持下来的人都成功了！不仅在职业上有了大大的长进，更重要的是超越了自我，成就了自我。

普通人经过努力，不断学习，经过大浪淘沙，可以成为店长，可以成为城市总经理，可以成为分区总经理，甚至大区 CEO。

因此，我们要招募敬业的人，要发掘善于学习的人。基层员工有三个基本诉求：第一，希望报酬有竞争力，付出同样的劳动，希望能赚得多一点儿。第二，希望工作稳定。大部分人都是指望华住的这份工资来养家糊口的，而不是投机暴发一下，工作是维持生存的基本手段，因此他们希望工作稳定，不折腾。第三，希望在一个轻松愉快的环境里工作。

我们有数万名员工，每年接待上亿的客户，每一次跟客户的接触、每一顿早餐、每一间客房的打扫都是我们的基层员工在完成，他们的专业水平和敬业程度决定了我们的服务水平。

基于对连锁的特点和员工诉求的分析，对于基层员工，我建议采用法家的哲学来管理。法家讲规则，强调精准执行。我说1，他们就要按照1.000来做，而不能是1.001。法家有段话讲得好："使中主守法术，拙匠守规矩尺寸，则万不失矣。君人者，能去贤巧之所不能，守中拙之所万不失，则人力尽而功名立。"（《韩非子·用人》）这段话非常好地概括了标准化、流程化的重要性，强调了执行力的重要性。

同时，基层员工的薪酬也必须和经营业绩挂钩。多劳多得，业绩不好少得。不能搞"大锅饭"，不能搞平均主义，否则企业就难以为继，也就没有能力持续经营，员工工作的稳定性也就没法保证。

我们发自内心地将员工看作我们的家人。一个门店、一个部门就像一个个小家庭，应当团结友爱，互相帮助。因为利益不是大家抢来争来的，而是大家齐心合力做出来的。业绩好的门店总是那些团队心齐的门店。

除了要创造一个轻松愉快的工作氛围，我们还有一个华住互助基金，帮助那些遇到特别困难的家庭。比如汶川地震时，帮助那些无家可归的员工；比如当员工的直系亲属丧失劳动能力时，资助他们的子女上学。这些都会让员工更安心。

华住是一个大家庭，我们是一群勤劳、敬业、努力工作的人。我们创造出杰出的业绩，得到丰厚的回报，我们更会在困难的时候互相帮助、渡过难关。


干部跟基层员工一样也要养家糊口，因此，基本的需求也是丰厚的薪酬。但是他们对于发展空间和学习成长有更多的期待。高层干部，还要有归属感和事业感，希望在企业里能够当家做主，能够被信任、被重视。

对包括店长在内的中基层干部，儒家思想是合适的管理哲学。

儒家代表人物有诸葛亮、王阳明等，可以说，中国以前大部分朝臣都是儒家子弟。诸葛亮有句名言，叫"鞠躬尽瘁，死而后已"，儒家的敬业、忠诚跃然纸上。

中基层干部的关键词有仁爱、忠义、礼和、睿智、诚信。王阳明更是将儒家思想推上了更高的台阶，他提倡"知行合一"，理论和实践相结合，不能光说不练、纸上谈兵。中基层干部重视和考虑的是战术，比如怎么做这个店，怎么管好团队，怎么打败我的对手。对于战略问题要深刻领会，将之细化为战术目标和行为，所谓"尊德性而道问学，致广大而尽精微"。我们需要大量"知行合一"的中层干部。

总部平台负责人、C 字头高管、大区负责人、品牌事业部负责人，我们定义为高层干部。对高层的管理哲学可以借鉴道家，必须从战略层面看问题，不能仅仅停留在战术层面。我们要培养出一批优秀的领导者，而不是简单的执行者，更不能是所谓"职业经理人"——那些只知道盯着绩效指标，盯着职务、奖金的高级打工者。


这个企业在我的带领下走过了十年的道路，下一个十年，我们的规模不是简单的叠加，我们的速度不会是循规蹈矩的增长，我们所面临问题的艰巨性和复杂性绝不是我一个人可以担当的。这需要一批领袖级的人物来共同完成——这就是我所说的"群龙无首"，我们需要一群具有主人翁精神的创新者、领导者、管理者。

对于领导者，首先要执中。道家提倡的"治大国，若烹小鲜"，说的是治理国家就跟烧菜一样，不能太咸也不能太淡，不能太老也不能太嫩，要恰到好处，这是执中。再如"庖丁解牛"的故事，讲的是找到问题的关键点，顺势而为，游刃有余。

其次要注意的是朴真，淳朴而真实。"原天地之美而达万物之理"，"圣人法天贵真，不拘于俗"，那些矫情、做作，那些形式主义的东西，只会浪费和干扰我们的心智。只有返璞归真，才能在杂乱的信息里抓住本质。领导者治心而不是治事。"黄帝之治天下，使民心一"，我们高层要想方设法让大家心往一块儿想。"至德之世，不尚贤，不使能，上如标枝，民如野鹿"，国家不是靠几个贤臣、能臣就能够治理得好的。历史上出贤臣和能臣的朝代，大多贪腐横行，朝廷软弱无力，国家千疮百孔。

作为领导者，大公更是必不可少。"忘乎物，忘乎天，其名为忘己。忘己之人，是之谓人于天。""至人无己，神人无功，圣人无名。"大公，才能归真；大公，才能执中；大公，才能治心。

领导者面对错综复杂的问题，面对纷繁杂乱的形势，面对堆积如山的事务，必须超脱。所谓"举重若轻"，拿得起，放得下。"旁日月，挟宇宙"，"游乎尘垢之外"，"日出而作，日入而息，逍遥于天地之间"，庄子提倡的这种境界，我们可以多体会。那种自在、那种逍遥、那种超脱，不仅仅是做事的时候需要，更是一种人生态度和生活哲学。

干部的收入跟企业效率和规模挂钩。基层要通过精益经营门店来获得稳定的收入；中层靠管理的规模来增长收入；高层靠整体的规模扩大和效率提高来增长收入。股票和现金差别不大，越高层的干部，期权比例会越高。只有企业增长了，个人才能增长；企业做得好了，他们也能分享得更多。

关于目前干部的主要问题，我整理了十条。当然，这些问题会随着时间的变化而不断变化。

第一个就是团队协作不足。大区和平台、平台部门之间，相互抱怨，相互指责；不买账，不配合，不合作。

第二个是成熟度不够。我们的干部跟不上企业的发展，跟不上所驾驭的东西，思想境界、能力、领导力都跟不上。有的时候还闹点儿小情绪，搞点儿小障碍，这个就是成熟度不够。

第三个是山头主义。"我的团长，我的团。"我的部门，我的区域，谁也不能碰，不能惹。内部包庇，一致对外。

第四个是本位主义。做事情、看问题主要考虑自己，不考虑大局，不考虑其他部门、兄弟单位。

第五个是官僚主义。官不大，官气不小。拿腔作调，循规蹈矩。不是找解决问题的方法，而是找搪塞问题的理由；不是反省自身的问题，而是巧妙地推卸责任。

第六个是拒绝变化。换个店不行，涨价不行，新创品牌不行……反正对于每一个变化，都是条件反射式地反对。

第七个是领导力不足。管不住人，管不住下属，管不住团队。大事小事自己干，带领不了一班人一起干。没有感召力，没有领导魅力。

第八个是学习能力不足。不善于从失败中学习，不善于总结成功的经验；不善于跟他人学习，更不善于从对手那里学习。只能做某一类事情，换个领域，就一头雾水。

第九个是敬业度不够。把华住的工作看成一份职业，而不是一份事业。看到的是职务、工钱，而不是企业利益和发展。即便是一份职业，敬业也是必修课。

第十个是忠诚度不够。前几年时髦的所谓"职业经理人"中就有不少这样的人。哪里待遇好往哪儿跳，哪里官给得大往哪儿跑。这样的人，遇到问题碰到事，是绝对指望不上的。

我们对干部的要求很简单，就两个字，"红"和"专"，就是"又红又专"。

"红"包括四个方面：忠于企业，责任心，事业心，热爱企业。

"专"也是四条：高绩效、带团队、学习能力、创新能力。

在人才的选拔上，按照"又红又专"的标准，概括起来就是"德才兼备"。或者更加全面一点儿，就是"德智体"三项全能。"德"说的是价值观，是"红"；"智"说的是能力，是"专"；"体"就是体能，健康、精力旺盛。

我有一个有意思的比喻，用来说明人才甄选的过程。

农村里淘米用淘箩，一种用竹皮编的篮子，有细细的缝，一般在河里淘洗。第一波，将淘箩沉到水里，就有很多空心的糠粃浮上来，空心米、麸皮就会漂掉。这些空心米、麸皮就是那些无能无用的人，我们肯定不能用。因为淘箩有很细的缝，第二波淘的时候那些很细的小米粒就会漏下去，这就是那些能力不足的人。最后一波，也是最难最费时的，是要剔出那些石子、碎砖、泥巴。有些时候不容易看清，比如白色的小石子，混在米里看不见，这些就是价值观不符的人。

我们选人的时候，没有能力的人、能力不足的人、价值观不符的人，都要剔除。难的是剔除那些价值观不符的人，不容易看清楚。


人类的动力来自两个主要方面：一个是奖赏，一个是恐惧。

你做了好事，做了正确的事情，社会、父母、老师、企业就给你某种好处，比如表扬、肯定、奖状、晋升、金钱等。这就是奖赏，鼓励你继续按照社会或组织的意志，做更多的好事、正确的事，也鼓励其他人做好事、做正确的事。

人类最根本的恐惧来自死亡，其他还有对安全的恐惧、对批评的恐惧、对压力的恐惧、对失败的恐惧等。各种各样的恐惧同样让人想把事情做好。我是主张企业里奖惩并用的。我们企业里奖赏的事情不少，包括现金、股票、期权、升职、培训、荣誉等。哪些事情要惩罚？首先是不作为，在那里混日子、撞钟、滥竽充数。有些干部知道问题不去解决，因为解决问题就会有麻烦、有冲突。其次就是那些不努力、无能、无德的人，这些人肯定是要惩罚的。如果这样的人混迹在组织里，这个企业就会拖沓疲软，正气不彰，毫无生机。但是，对于失误和创新中的失败要宽容，否则就没人敢做事了。想做事没做好的叫失误。对于普通工作中的失误，要宽容，要帮助，要从失误中吸取教训。所谓"创新"就意味着是种尝试，是种实验，有可能会失误或失败。创新中的失败，是组织为了突破而必须付出的成本。

2014 年 8 月 16 日

# 我们面临的最大挑战

华住的组织架构设计原则是：下盘实，上盘活。一线和门店扎实稳固，总部响应迅速，适应变化。

整个华住集团可以概括为四个功能模块：平台、投资、新品牌、门店管理。按照这四个模块确定不同的组织架构、薪酬架构和考核奖励机制。

组织原则：三个服从，三个优先。三个服从，是指个人服从组织、小局服从大局、下级服从上级。三个优先，是指团队利益优先于个人利益、整体利益优先于局部利益、长期利益优先于短期利益。

"所谓一个国家外部的崛起，实际上是它内部力量的一个外延。"（郑永年《大国崛起》）不仅国家如此，一个企业、一个家庭，也是如此。

所以，华住最大的挑战在于我们自身，在于我们是否有能力建立一个世界级的伟大组织，在于我们是否能够平衡好管理和领导、质量和速度、规范和创新。竞争对手是我们超越的标杆和激发者，自身的强大和力量的积蓄才是我们成功的关键所在，也是我们面临的最大挑战。

2014 年 8 月 16 日

# 华住未来的管理：常识管理

我曾提出，华住的挑战在于要建立一个好的组织。

我们每年大概开六七百家店，在国际上相当于一个小连锁。这么多店要怎么管理？

过去我担心人才不够，所以重视人才的培养。现在我觉得可以不靠人。机制设计得好的话，可以用常识来管理。

我们现在的组织架构是总部、大区、城市、门店，如果把中间两层拿掉，然后给门店更大的自主权、更大的激励呢？现在沟通很方便。我们也知道，信息经过每一层传递都会有损耗，会失真，所以有没有可能让组织更扁平？

这个事如果干成的话，人才培养也不会是一个问题。门店用常识管理，系统就是傻瓜系统，打开就能用。比如说你去买米、买菜，系统里都有价格数据和渠道。

这类似于现在的军队，通过信息系统、通信、大数据跟后方整个的资源直接对接，不需要中间人。总部跟下面的人靠常识沟通。

比如，对客人怎么笑，露两颗牙齿还是四颗牙齿，这是没关系的，只要笑就行了。哪怕不笑，对客人友好就行了，友好不友好客人是能感觉到的。是不是握手，是不是拿行李，都不重要，重要的是让客人感觉到受欢迎，这就是"常识"。

我只用那些友好的人，只用那些对客人好、做事认真的人。偷偷摸摸的、鬼鬼祟祟的、偷懒的人，我不用。在一个店里，十几个人，怎么可能看不出来？这就是常识。

推行这个模式很难，但如果成功，将开创一个新时代。大数据加常识管理，这种方法如果能够做下来，连锁将更加稳固。

2014 年 8 月 16 日

# 酒店的未来

在物质缺乏的年代，人们追求的是纸醉金迷式的物质体验——名牌、黄金珠宝、富丽堂皇。而今天，人们更多是向内追求。

过去的酒店，在最基本的点上提供了标准可靠的住宿产品，在高阶位上提供了一种奢华的生活方式。未来的酒店依然如此，所有类型的酒店都要满足"旅人途中的可靠休憩站"这个最基本条件，在高阶位上则要体现最先进的生活方式。

在我看来，未来酒店应该是既像家一样可靠、踏实，又有家里无法体验的生活方式。


## 1. 建筑和立面

高档和豪华酒店的炫目外在，以后将不再是它们独有的标签，这些外在的华丽会被越来越多的酒店应用，包括中档酒店、经济型酒店。就像有的时候，我们从一个人的衣着很难判断出他的身份、地位一样。

其实，不管是建筑外立面还是室内设计都属于艺术的范畴，都属于应用艺术。一个好的酒店设计，本身就是一件艺术作品。艺术是一个时代、一个地区思潮的综合和抽象，是比较高级的意识形态。艺术跟酒店结合，可以很好地演绎、体现酒店的审美情调和价值取向。艺术不能做成简单的堆砌——也就是所谓"艺术酒店"，那是本末倒置了。酒店的主体功能还是住宿，它不是美术馆。艺术作品应该非常和谐、自然地融合在酒店里，不张扬、不抢风头。客人在前，艺术在后。


## 2. 公共区域

过去大部分酒店在空间上都流于浮夸。当首创者这么做时，是创新。但是，当所有的酒店照搬和抄袭的时候，就是俗套，而且这个俗套是以建造成本和空间上的极大浪费为代价的。

所以，酒店通常都有一个非常空旷气派的大堂，配以豪华的水晶吊灯。在配套上也是不遗余力。一个标准高星级酒店，往往有三四个餐厅（早餐厅、全日餐厅、中餐厅、西餐厅等）、会议室若干、大宴会厅、健身房、桑拿房、SPA、游泳池、美发室、小卖部、酒吧、商务中心等。在材料上也极尽铺张之能事，大理石、水晶灯具、实木家具等，怎么贵怎么来，什么高档买什么，能用进口的就不用当地的材料。总之，可以用两个字概括：浮夸。

未来的酒店公共区域同样也是"高大上"，但不同于原先的范式。首先，公共区域要充分，还是要用高的层高、奢侈的空间来演绎。比如东京的安缦，在地价如金的地段生生挖出一个面积为1000平方米、深达9米的长方体出来，很震撼！大堂的接待功能退化，前台尽量小，因为大部分工作都可以在移动端完成，比如选房、缴费等，前台最多是身份验证和服务那些不习惯用移动端的客户。当前台退化成"盲肠"的时候，社交、审美、休闲等功能就会走上前台。用酒吧、茶室、户外休闲座椅等空间来构成社交功能，和一起住店的朋友、不认识的住客邻居聊天，甚至自己一个人发呆，都可以在这样的空间里完成。雕塑、绿化、设计家具、创意软装将会在这些空间里扮演重要角色，使得整个公共区域漂亮、气派、有格调，但不是昂贵材料的堆砌。将社交功能做到极致的是玛玛谢尔特酒店（Mama Shelter）；阿姆斯特丹的美憬阁酒店（M Gallery）通过设计家具将整个一楼的空间装点得像豪宅的客厅；新加坡 Oasia Downtown 酒店引入了大量的绿化，给人感觉就是空中的绿洲；Ace 酒店的大堂就像一个网吧，客人们密密麻麻地挤在一起上网、喝咖啡，认识不认识的都会打个招呼，像个大家庭的客厅。全季的大堂虽然空间不大，但是用雕塑、书柜、迎客松营造出一点儿禅意、一点儿书香，还有一些艺术的氛围，温馨但不夸张。

## 3. 小客房

精致方便但空间不大的客房是最理想的。公共区域可以大，外立面可以气派，但是客房不需要也没必要太大。按照中国的传统，卧室不能太大。我们在故宫看清朝皇帝的卧室也只是方寸之地，据说这样聚气。太大的卧室显得空旷、冷清，尤其是一个人出差在外，回到一个空落落的房间，体验感未必好。

把这个做到极致的是 Citizen M 酒店，房间只有 15 平方米左右，床是 2 米乘 2 米的。如果要显得豪华，反而要将淋浴间和卫生间做大，要将衣柜、吧台（茶桌）做舒服了。小客房也可以充分利用空间，在寸土寸金的大都市里，将空间切小能提升性价比。而整个酒店空间的审美提升能弥补大小的不足，这样的酒店并不会显得寒碜、憋屈。

传统星级标准里的客房标准已经过时、落伍，创新的时代对审美和功能提出了新要求。

## 4. 艺术和人文

人文的事项比较抽象，最重要的是整个布局设计里的人文关怀，而不仅仅是冰冷规范的流程和条规。比如，有些酒店前台改成像咖啡店、茶室一样的布局和氛围，就充分体现了设计者对客人的人文关怀。

在酒店中，人们除了需要良好的睡眠之外，还需要短暂的安宁体验。能提供接触当地传统文化细节的入口，创造适度的社交场景，以及有分寸的艺术呈现，这些都是一家酒店的加分项。

未来的酒店，昂贵的材料、铺张的空间已经不能彰显先进的审美和生活方式，反而是精神层面的文化和艺术更能够体现一个酒店的审美和格调。

## 5. 高科技

IT 技术，尤其是移动互联网技术，使得酒店在高科技上的投入不仅容易，而且必须。每个人到了酒店，必须连上 Wi-Fi，才感觉跟这个世界还连接着，感觉亲人、朋友、同事近在咫尺。半岛酒店的自动化系统确实令一些人赞誉有加，这个系统将灯光、窗帘、空调、呼叫服务、网络、音响、视频等整合在一个控制面板里。但做得比较好的还是 Citizen M，用一个触摸板控制所有的系统，下次入住连锁内的其他酒店，你的偏好就都预存在系统里，很方便、体贴。

技术能够改变很多事情。酒店原来最烦琐的部分就是前台登记入住，查身份证、签字等，这些其实大部分不需要人介入。直接在手机上选房间不行吗？如果是金卡会员，你可以选最好的房间。支付方式可以通过手机进行，可以用人脸识别机器来检测身份，这可能比人工确认还要更准确。这些技术我们都在研发，已经走在行业的前列，有些技术已经投入使用。比如我们马上要做一个无人前台的酒店。有人把华住称为"技术公司"，我觉得是准确的。所有的自动化，将使得我们有可能实现扁平化的组织。五年前这是不可想象的，五年后等互联网技术和机器人技术发展到了一定程度，这些都是有可能的。下一个五年，技术和人的重新组合搭配，会给大连锁企业带来翻天覆地的变化。

丽思·卡尔顿的服务理念，是让绅士和淑女服务绅士和淑女。但这套传统的服务逻辑对任何人都适用吗？每个人期待的酒店服务是不一样的：有的特别在意价格便宜；有的特别在意被人尊重，有人递个毛巾、送杯茶、带他到房间会让他感觉良好；有的希望不被打扰。我算是一个顶级酒店的客户，我很在意隐私，不习惯社交。我不愿意来到酒店，跟一个不相识的小伙子寒暄，让他帮我提行李，我再付他小费。我可能刚刚经历过喜悦，我想再体会一下；我可能正在经历悲伤，想自己一个人悲伤一会儿；我可能坐完飞机很累了，想打盹儿或者回到房间睡觉了。我没有必要为了别人改变我的情绪。

那么，未来的自动化服务，甚至机器人酒店，可以满足像我这样的客户的需求。


## 6. 大数据

酒店行业一方面面临消费者的需求变化，另一方面面临着人工成本的上升。机器人将来可以比人做得更好，因为它有大数据支撑。它还可以识别语音和人脸，比人脑记忆靠谱，因此可以改变整个酒店业的服务品质和方式。

技术不仅可以不冰冷，还可以增加人情味。比如有了微信，我和朋友的见面频次可能因此减少，但是交流的深度提升了。酒店的未来方向与此类似。

未来我们想把"睡"这件事做得更精致。比如通过研究床、音乐、熏香、枕头、灯光、空气的含氧量／湿度／温度、虚拟现实等各种工具，让你睡好。我们的想法还是把这种最本质的事情做好。

过去销售需要销售员登门拜访，现在不需要。当我开了一家新酒店，只要有足够多的数据，我就可以向酒店附近的人发送信息，告诉你我新开了一家全季，有空过来住住，如果你是老会员，我们还有优惠。我们还可以通过数据交换——比如和写字楼的数据交换去完成更加精准的投放，完全不需要人去销售，这样可以省掉很多人工成本。

这个时候人做什么呢？做机器和数据做不了的、更加体现人的特质的事，例如手艺。当我的酒店前台不需要人帮你办理登记，我可以安排一个帅小伙儿为你冲咖啡。客人入住后会记得，我们酒店的前台有个小伙子，长得很帅，冲的咖啡特别好喝。这种体验将令人印象深刻。

2017 年 2 月 14 日

# 魔鬼在细节

—— 汉庭故事之荞麦枕、卫生间、宽带

## 1. 汉庭故事之荞麦枕

汉庭在经济型酒店行业内第一个使用有利于颈椎健康的荞麦枕。关于这个枕头的由来有一段趣事。

在携程的时候，由于北京公司总经理王胜利和天伦王朝宾馆的关系很好，我出差经常住在天伦王朝，出门方便，那个中庭也特别漂亮。除此之外，我还发现在天伦王朝睡得特别好，第二天精神也好。我想，总不是中庭的原因吧？于是仔细研究客房布置，最终发现他们的枕头很特别。

大床房标准配置一个长长的荞麦枕头，睡上去和颈椎非常贴合，而且荞麦枕头可以改变形状，高矮都能调节。我的颈椎不太好，睡了宾馆里那种软软厚厚的枕头，第二天起来脖子常常不舒服。原来，在天伦王朝睡得好的原因是枕头！

第二天起来退房，我就想把枕头带走。第一个想法是打电话给王胜利，让酒店送我一个新枕头。因为赶飞机，起得特别早，这么早打电话给胜利让他帮我讨枕头实在说不过去，就厚着脸皮扛着枕头下楼结账了。

到了前台，我主动"交代"拿了一个枕头，准备带回家。前台的人好像是第一次碰到我这样的客人，说要打电话询问多少钱，折腾了好长时间。这把我急坏了，怕赶不上飞机。好歹弄清楚了，说要收 200 元钱，挺贵的。我也顾不上，付了钱赶紧上车赶去机场。

回家睡了这个枕头，果然颈椎好很多，也很少落枕，以后就一直用上了荞麦枕头。

到了做汉庭的时候，我又一次对酒店产品进行研究，考虑到我们的许多客人都是经常用电脑的，大多颈椎不好，就想起那个荞麦枕头，叫采购部询价，价格并不高多少，便决定在汉庭推广。后来有一个供应商给我们提了一个建议：一面荞麦，另一面用普通枕芯，这样价格可以下来，客人也多了一个选择。我们都觉得这个建议很好。汉庭的特色之一——双面荞麦枕就这样诞生了。

后来也有经济型连锁酒店学习汉庭的做法，使用荞麦枕头。我觉得是件好事，美好的东西大家一起分享，就多了许多份美好。


## 2. 汉庭故事之卫生间

看一个国家、地区、城市、组织、家庭的生活质量，可以从卫生间上看出来。这个经验屡试不爽。

到一家企业，看他们管理得好不好，对品质的要求如何，可以去用一下卫生间。卫生间的装修水准，说明了这家企业的实力；卫生间的干净程度，说明了其管理能力。当然，这只是一种简单的方法，不能用作正规的企业审慎调查。

酒店的档次也和卫生间成正相关。很多高档酒店还会有专人在公共厕所"伺候"着，连那擦手的毛巾都绝对超过一般家庭日常使用的毛巾。

因此在设计汉庭产品的时候，我就立志要将汉庭的卫生间做好。

在考察了众多酒店后我发现，所有高档、现代酒店的卫生间都是通透设计，大量使用玻璃和不锈钢。似乎卫生间是个用于审美的透明玻璃盒子，功能性倒在其次了。

透明的好处是使得空间看上去大，玻璃和不锈钢的使用使得房间显得现代、有档次。经济型酒店房间面积本来就小，看来用这种通透的设计很适合我们这种在空间方面非常"小气"的经济型酒店。玻璃和不锈钢确实漂亮，但增加了成本，我就琢磨着怎么通过其他地方再省钱。

有一次入住香港时代广场边上的智选假日酒店，我发现那里卫生间一门二用的设计非常巧妙。就是将卫生间的门和淋浴房的门合用，既节约了一扇门，同时也没有破坏隐私。这样就可以节省出一扇门的成本。据说这个设计还有专利。就是受这个启发，我做出淋浴房和坐厕合用一扇门的创意设计，而且还做到了高档酒店才有的干湿分离。我们也将这种设计申请了专利。

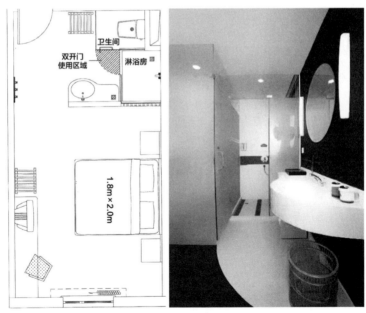

淋浴房和卫生间合用一扇门的设计

为了更进一步缩减成本，我又看了大量的设计书籍，希望能够找到答案。在翻阅一本欧洲的精品公寓设计书时，看到巴黎市中心的小型现代公寓中卫生间根本就没有墙壁分隔，洗脸台盆就在床的旁边，同样也有被"雷"的感觉，顿悟了！

因此汉庭的卫生间就取消了卫生间隔墙，和客房成为一个整体，看上去非常美观和通透。为了处理水汽和味道的问题，又对排气扇做了加强，这样使得开放式卫生间不会影响客房质量。

这种卫生间刚推出来时受到好多人质疑，最主要的问题是隐私。他们没有仔细想想，或者没有亲身体验，其实隐私根本就不是一个问题。

如果是一个人住，不会有隐私问题。如果一个人住但有访客，由于坐厕是一个有门（磨砂玻璃门）的单独空间，也不会被看到。再说，我们并不鼓励在房间会客。汉庭有专门为会客准备的会客区，而且还有免费咖啡和茶水（这是后面要写的故事）。

如果两个人住，往往是异性。即使有隐私的考虑，由于淋浴门关上的时候，用坐厕的人是看不见洗澡的人的；而洗澡的人出来时也正好将坐厕的门关上，一点儿都不会出现隐私的问题。如果一个人在洗澡，另一个人在房间看电视或上网也不用担心，我们的淋浴房靠床的那面玻璃都有不通透的帘子可以放下来，避免走光。根据我的观察，当淋浴房开始使用后，蒸汽就会让洗澡的人成为一幅朦胧的图画，没什么可以看的了。再说能够住在一起的两个人，谁还会在乎这点儿隐私？

可以自豪地说，汉庭的卫生间一定是经济型酒店行业内最有特色的（当然也被有些同行模仿），最接近高档酒店卫生间的感觉。在这方面我们还会继续下功夫改进、提高，秉持汉庭"睡好觉、洗好澡、上好网"的一贯产品方针，在这三个方面要能和高档酒店（三、四星酒店）媲美。

### 3. 汉庭故事之宽带

整个经济型酒店行业提供免费宽带服务，要追溯到我早期创办第一家经济型酒店的时候。当时我单枪匹马到北京做整合工作，撂下上海一大堆人，和他们主要通过邮件联系。我住的酒店房间里有宽带接入，但要收费，而且费用还不低。

有一次开经营会议，分析各种客房成本时碰到电话费的问题。当时这家有 120 间客房的经济型酒店，每月市内电话费是 5000 元左右，但市话对客人是免费的；互联网接入也是 5000 元左右，客人付费使用，好像是每天 20 元，但收到的费用很少，还不能覆盖成本。当时有人建议是不是将宽带砍掉，可以减少点儿亏损。

由于我是从 IT 行业转行到酒店行业，对各种新技术潮流特别敏感，尤其是 IT 技术。我不仅自己办公离不开宽带，而且还认为将来会有越来越多的人使用宽带。中国经济型酒店的客源和国外的客源不一样，主要是商务客人而不是旅游客人。

因此，当时我就给他们算了笔账：如果实行市话收费，这样可以弥补每月的 5000 元市内电话费亏损；上网免费，为此可以增加客人满意度和回头率，降低销售成本，提高收益。当时还是有很多人不理解，认为用网络的客人是极少数，打市内电话的才是绝大多数。因为我的坚持，还是在全连锁推行了免费宽带服务。

客户的反应是自然的，而且很多客人就是因为我们有免费的宽带上网才到我们酒店来住，收到的表扬更是不计其数。

没想到我们这么一用，倒变成了全行业的标准了。我还没有听说哪个品牌经济型连锁没有免费宽带的。

做汉庭之初，在考察国外酒店的时候我也专门留心了一下宽带上网的情况。有部分连锁，如万豪国际集团旗下的酒店都提供免费上网服务，但大部分都是收费的。只有一个在洛杉矶机场附近的酒店提供免费无线宽带，但信号非常不稳定。

汉庭在设计自己的宽带服务时，又更进了一步。

首先是客房内双网口，一个在书桌，一个在床头。在书桌的宽带口为了方便手提电脑接入，网线口设计在桌面以上的墙面上；同时为了外国和中国香港、中国台湾等客人的方便，我们采用了国际电源插座，而且是不间断电源，便于客人离开房间的时候给电脑充电。床边宽带口的想法也是推己及人得来的。有一天我在北京住自己的店，晚上要回邮件，脚有点儿冷，想坐在被窝里回，但网线不够长，还是跟店里要了一根长网线才搞定的。所以就想到为了方便像我一样"懒惰"的客人，应该在床边也安排一个宽带口。在整个连锁品牌里做到这样的，我们是第一家，目前也是唯一的一家。

其次是在公共区域做了无线宽带覆盖。为了方便客人在楼下会客，在咖啡厅上网，在小会议室开会，我们在这些公共区域都做了无线宽带覆盖。刚开始很少有人用，我们还特地做了无线宽带的标志张贴在醒目处，现在已经有越来越多的客人使用。当我看到大堂里有客人一边上网，一边喝咖啡，心里特别高兴。

另外，我们还在大堂里提供可以宽带上网的电脑。客人在这里可以浏览网页、收发邮件，有什么重要内容也可打印出来。这样方便了许多没有带电脑出差的人，如果你出差住在汉庭，一路上基本不需要带笨重的笔记本电脑。

汉庭的上网服务远远超过一般星级酒店。且不说收费，就是方便性和速度上也有信心和他们相比。因为我们目前都是光纤接入，在带宽上做到没有瓶颈。

我不仅在世界最豪华的品牌酒店碰到让我半夜 11 点去商务中心买上网卡的事情，也在世界顶级品牌酒店碰到在大堂无线上网让我买上网卡的笑话。对于高档、豪华酒店的宽带收费，我是觉得不太好理解，希望他们能够吸取我们经济型酒店的这些优点，为消费者的方便多考虑一点儿。非常豪华的厕所都能免费提供给外面偶尔来使用的人，何况成本并不高的宽带服务呢？

我曾经有过更加疯狂的想法：取消客房电话。道理很简单，现在大部分人都有手机，即使进城务工的人也有手机。手机的当地通话费非常便宜，何况还有更方便、便宜的短信。大部分人都是用手机和外界联络。而酒店的电话收费"臭名昭著"，客人对使用酒店电话都有心理障碍了。大家回想一下，你们住酒店时使用客房电话的频率有多高？我是基本不用的。

所以我经常讲：酒店可以没有电话，但不能没有宽带上网。

想在酒店享受最爽的上网服务，请来汉庭！

从荞麦枕、卫生间、宽带到大堂，汉庭充分考虑到核心客群的主要需求，而且坚持开放、自由、自在、免费的原则，让客人有家和书房的感觉。汉庭产品设计的原则是：每一分（钱）投入都能给客人带来价值，每一寸空间都要产生效益（或者为产生效益服务）。

2009 年 2 月 4 日

# 用最小的力气，做最好的动作

代偿是指身体一部分机能不给力，其他部位帮着完成任务的生理行为。譬如我们做俯卧撑，手臂力量不够，经常靠屁股上下起伏，或者腰背部拼命用力来帮助完成动作。我刚刚练普拉提的时候，核心力量不够，老是肩膀、脖子用力，我的教练 CK 就跟我说："你费老大劲完成动作，一定是身体其他部位在代偿。"然后他淡淡地跟我说："用最小的力气，做最好的动作。"

CK 本名叫陈晓刚，舞蹈演员出身，是最早将普拉提引入中国的人之一，因为热爱，自己开了好几家普拉提馆。他对普拉提的理解非常深刻，我换了好几任教练，从美女到帅哥，都不太默契，但跟着 CK 锻炼简直就是一种享受，是一种运动中的冥想，对我身心帮助很大。"用最小的力气，做最好的动作"这句话就是今天我要跟大家分享的。

华住门店遍布全国，这几年更加走向低线市场。中国幅员广大，许多地方我都没去过，所以我们把到一线、到下沉市场考察作为工作方法之一。我每年有六次左右的长途考察，每次历时五天左右，每天两三个地级市。一是在低线市场获得切身的体感，感受经济、人文、环境，了解行业和对手的情况，更重要的是实地了解我们自己门店的状况；二是与本地团队互动，面对面跟他们交流，包括方向、战略、战术、文化等，这对团队既是鼓励也是鞭策；三是与加盟商交流，包括接触本地的加盟商，发现问题，解决问题，了解他们的生意与生活。

在最近几次的走访中，可以从各个方面都感受到区域、省区干部的认真和敬业。但这些努力不宜用力过猛。跟我们锻炼一样，一味使蛮力，身体其他部位就会参与代偿，结果动作一定是变形的。

我先讲几个巡店时观察到的"用力过猛"的表现。

表现之一：门店员工一看领导来了，马上放下手头的事情，列队夹道欢迎，还有现场扫地、拖地的。

表现之二：当地干部特别希望给领导留下好印象，于是好店精心安排，烂店一带而过，或者干脆不带看；邀请的加盟商也是对华住讲好话的，有意见、有抱怨的一概不请。

表现之三：处处为领导着想，又是拎包，又是夹菜，又是敬酒。说得好一点儿是对领导关怀备至，说得不好听就是溜须拍马。我们的关注点不是领导，是员工，是加盟商，是其他众多要关注的东西，心思都放在领导身上，哪有精力关注其他。

表现之四：讲话发言不切要领、废话连篇，前面一堆无意义的话开场，后面一堆"八股"结束。讲事情应该直奔主题、言简意赅，所有的修辞和矫饰都是不自信的表现，语言精练才能体现出思路的明晰。

华住文化讲求简单直接，形式主义要不得！我看到这些现象，只有减分，没有任何好感。我会怀疑你们平时工作没做到位，一定要临时抱佛脚才能糊弄过去。门店员工对公司的印象也会不好，觉得公司风气不正。领导一来就作假，员工哪能真正爱门店、爱企业呢？有些同行就是被这种坏风气拖垮的，我们必须防微杜渐。

在下沉考察的时候，我建议是这样：

1. 合理设计路线，通过路线设计全面完整地了解城市的情况。

2. 要看当地头牌，不管它是连锁竞品还是本地单体。

3. 关注龙头和烂尾，要看我们最好的和最烂的店，烂店想办法改善，好店作为最佳实践案例推广。

4.吃饭要寻找当地单品美食，中午简餐，晚上可以热闹一点儿，团队交流、加盟商共建。

四不要：

1.不要提前通知门店，平时是什么样就是什么样，任何多余的动作都不要做。

2.不要溜须拍马，包括不给领导敬酒，不给领导夹菜，不给领导拎包等，因为同事间会彼此效仿，彼此竞争。

3.不要做表面文章，不要假大空，也不要把自己和团队搞得很紧张、很疲惫，考察不能变成扰民。花最小的力气，做最好的自己。

4.不拿加盟商和当地团队的一针一线，所有住宿吃喝正常买单。

华住的文化是平实、朴真、纯粹的。求真，是我们价值观的第一条。求真最基础的层次，就是呈现本真的状态，进而才能升级去追求真理，看清真相，明辨是非。同样，我们到下沉市场考察的本质是为了看到最真实的情况，然后一起改进工作、制定相应策略。团队既要展现自己的真作为，不涂脂抹粉，也不必绷得太紧，只有平平淡淡才可持续。

一个最好的动作，一定是用最小的力气来做的，用最大力气做的动作肯定是不好的，至少不能持久。因为这个动作可能是代偿的，有你没留意的损耗在。道法自然，自然界一切都是和谐的、轻松的、自然的，因此才是完美的。所以好的动作一定是不费力的；好的管理行为一定是轻松自然、合乎最简原则的；伟大的事业都是在平常的点点滴滴中积累的；改变世界的思想，总是在风轻云淡中产生的；所有的卓越看上去都是稀松平常的。

"用最小的力气，做最好的动作"，希望这能够成为大家日常工作的指导思想之一，也成为华住文化的一部分。

2024 年 1 月 15 日

# 生活即艺术

生活即艺术，我们要将自己的一生当成一件最独特、最重要、最昂贵、最优美的作品来创作。

# 简洁之美

　　小时候念书，不知是因为老师怕烦呢，还是本来就如此，我发现所有考试题目的结果都比较简洁、美观。如果你辛辛苦苦地推导出一个特别复杂的结果，基本上都是错误的。

　　数学题目做多了，我渐渐有了感觉，知道数学中存在一种"美感"。不仅逻辑上美，形式上也非常美。有一次在上解析几何课时，老师出了一道题，看谁算得快。像所有的解析几何题一样，这道题要演算好久。但我看了看题目，就直接报出了结果。老师和同学都非常惊奇，问我为何。我说，从题目本身，我感觉只有这样的形式才可能是正确结果，试着套进去一看，正好！

　　我想，这就是我们所说的形式美吧。从数学到物理，再到自然界的规律，都存在形式美。一个有意思的例子便是"引力"，大家都知道这两个公式。

　　万有引力：$F = G\dfrac{m_1 m_2}{r^2}$，$G$ 为万有引力恒量，$m$ 是质量，$r$ 是距离。

　　库仑力：$F = k\dfrac{q_1 q_2}{r^2}$，$k$ 是静电常量，$q$ 是电荷量，$r$ 是距离。

　　一个是大到天体的引力，另一个是微小粒子的引力，但在形式上非常接近。

　　再想一想人与人之间的引力，也非常相似：$F = L\dfrac{c_1 c_2}{r^2}$，$L$ 是吸引力常量，$c$（charisma）是魅力量，和容貌、知识、性格、财富、地位等个人特质相关，$r$ 是距离。

　　后来，爱因斯坦试图统一库仑力和万有引力，他想用引力场的概念来解释，但没有完成。但我坚信这个统一是存在的，一个不复杂的公式也是存在的，只是还有待于像爱因斯坦这样的高人去发现。既然微小粒子之间有作用力，那么由这些微小粒子组成的人、物体、天体也应该有相似的作用力特质。

天生万物，只会遵循极少、极简单的几条规则。我们看自然界，那些花，那些动物的斑纹、线条，都是很优美的曲线和图形。用数学的术语来说，就是"多次可导"的函数曲线。流畅、光滑、对称，你很难找到一种动植物有着不和谐、不规则的曲线和图形。

更不用说构造如此精妙的人了。从平常生病就看得出来人体是如何精妙。身体的任何一个部位稍微有一点儿不妥，人就会感到非常不舒服。

但是这么精妙的人，只需要在猴子、猪、羊的基因组合里变动很小的一部分就可以构建了。男人和女人、生与死之间的差异，需要变动的基因组合更少。

如此多彩的世界，如此精妙的创造，就是靠几个简单的规则改变来达成的。

作为宇宙的一分子，极其微小的一分子，人类的活动和价值观也应遵循这样的规则：用最少的资源，达到恰好的功能，并以简单、平实形式表达出来。这就是简洁之美的规则，所谓"大道至简"。

宇宙万物以极少的基础构件，进行不同维度的应用。因此，人类的组织、产品的设计都应该"道法自然"，以简洁为美。

2009 年 3 月 26 日

# 我的极简主义

我的办公台面、电脑和 iPad，甚至手机主屏都是干干净净的，没啥多余的东西；买衣服基本是合适的裤子、T 恤买一打，不考虑每天穿啥衣服；发型也是用电动理发器，推出个平头；当然，我使用的空间，也是极其简洁、开敞，没啥多余的装饰。这种生活态度，影响到方方面面，包括人际关系、企业管理，甚至华住的产品设计。自认为这是一种比较有意思的生活态度，将这理念形成的脉络整理一下，跟大家分享。

## 1. 包豪斯

在进入酒店业之初，我阅读了一些建筑设计的书，其中对我影响较深的是包豪斯风格。包豪斯精神的特点是高度理性化、功能化、简单化、减少主义化和几何形式化。形式追随功能，以功能为主，不花哨，去除一切不必要的装饰。

"少即是多"就是包豪斯的校长密斯·凡·德·罗（1930 年至 1933 年在任）提出来的，这里的"少"不是空白而是精简，"多"不是拥挤而是完美。他设计的建筑，从室内装饰到家具，都要精简到不能再改动的地步。正像他说的：我不想很精彩，只想更好！

我对传统酒店业的批判就是来自这里。传统酒店的产品华而不实，装饰主义泛滥，形式大于功能，生搬硬套，教条僵化，活生生一个"洛可可"。

我从一个外行的角度，重新考虑酒店应该有的功能和设施，聚焦在主要客户群的核心需求上，并将之做到极致。这样的指导原则，不仅在建造成本上省钱，而且降低了管理复杂度，员工数量减少，任职要求降低，客人方便了，而且也绿色环保。在设计师周光明先生的主刀下，全季是最早、最典型体现这个思想的产品，华住其他品牌也是一脉相承。

包豪斯另外一个重要思想是：设计是为大众服务的，而不是为少数权贵服务的。这个思想跟熊彼特的"资本主义的成就不在于为女王提供更多的丝袜，而在于使丝袜的价格低到工厂女工们都能买得起"是一样的。这是现代工业革命的成果，给最广大人民群众创造了更加美好的生活。

酒店业也是一样的。许多我们耳熟能详的酒店，比如利兹、华尔道夫、圣瑞吉、四季等，都是极尽奢华，过去主要为王公贵族服务，即使现如今也只服务于少数精英人群。

华住从经济型酒店起家，逐步成长，目前也是以经济型和中档酒店为主，每年为上亿人服务，其中大多数是普通百姓。我感到非常自豪！

工业化和信息化，让社会更加自由和平等，大量价廉物美的产品惠及了许许多多的普通人。过去只为少数人服务的产品渐渐被边缘化，取而代之的是特斯拉、苹果、Lululemon、星巴克、全季等，可以毫不夸张地说，从普通工人到大学教授，再到女皇，用这些品牌都不违和。

## 2. 奥卡姆剃刀定律

几年前我开始练普拉提，遇到一个特别棒的教练——BC普拉提的老板陈晓刚，人称"CK"。我们两个亦师亦友，他教我普拉提，我有时候跟他讲讲商业。

刚开始，我的核心力量不够强，老是用其他部位代偿做动作，他就跟我说，用最小的力气，做最好的动作。他说只有用最小的力气，才能做出最好的动作，如果你拼尽全力做动作，动作一定变形。

后来偶然间看到"奥卡姆剃刀"这个词，它说，如无必要，不要增加复杂性。奥卡姆进一步解释：切勿浪费较多东西去做事，用较少的东西，同样可以做好事情。这个定律几乎跟CK跟我讲的普拉提原则一样。

这条定律在商业上一样适用。如果听一个人介绍商业模式，花了很长时间，讲了一堆高深的术语和名词，可还是听不懂，这人不是忽悠，就是故弄玄虚。我听别人讲比特币和元宇宙就是这个感觉。

好的企业家一定是大道至简。直击人心，没啥花拳绣腿，围绕人心，围绕核心需求，用最少的资源达成目标。

企业管理上也是。管理层级少（一般是三级），人员精减（宁缺毋滥），流程简单（以常识为基础，不死磕SOP），考核清晰明了（KPI不能多，一般不能超过五条），战略简明扼要（三点最好，一看就明白、容易记的短语）。

"奥卡姆剃刀"在科学界应用很广，牛顿、爱因斯坦都是它的拥趸。牛顿这么说过：如果某一原因既真又足以解释自然事物的特性，则我们不应当接受比这更多的原因。而爱因斯坦则是这样总结的：万事万物都应该尽可能简单，但不能更简单。从万有引力到相对论都受到这个思想的影响，你看这两个自然界如此重要的公式竟是如此的简单，简单得优美。更何况是我们简单得多的商业世界呢！

在软件设计和产品设计上有一个著名的"KISS原则"（Keep It Simple and Stupid，意思是产品设计越简单、越傻瓜操作越好），跟奥卡姆剃刀定律一脉相承。

这条理论最有意思的应用是灯的开关。一般酒店房间的灯，我要花些时间去琢磨如何在睡前将所有的灯都关掉。华住的设计要求一键关灯，房间里的其他设施设备也是如此。要用户去学习、琢磨的就不是好设计，整个房间就应该是基于常识来设计，即使是高科技，也必须操作傻瓜化。


## 3. 禅意

"本来无一物，何处惹尘埃。"当我第一次看到六祖慧能的这首禅诗的时候，真如醍醐灌顶。人类的许多烦恼、纠结，在这句禅诗面前土崩瓦解！那些不必要的应酬，那些不想见的人，那些挥之不去的尘扰，被慧能简单的一句话击破！

可能我是有佛缘。很早的时候，我就不敢去弘一法师出家的虎跑寺，怕自己不小心着了道儿。

后来因缘巧合，养仁师父带我打坐，二十分钟左右的静坐，竟让我如此通透，像计算机重启，清空了内存和缓存。零负荷的CPU，又是一个全新的自我！

再后来自己慢慢练习打坐，受益良多，我变得安静、从容，可以轻松在不同心绪之间切换。我可以非常安静地慢慢泡茶注水，可以非常仔细地品味每一口茶的味道，可以专注于徒步过程中的每一步。物理的修行对精神改变很大，才有我看到慧能禅诗时的领悟。

我个人始终相信意识决定物质，实践导于观念。这是一个心的世界，而不是物质的世界，物质只是心的投影。

大学时候读过的许多西方哲学家，如尼采、叔本华、斯宾诺莎等，都一理而贯通了。读《心经》"色即是空，空即是色"，似乎也明白了许多。对"一沙一世界，一叶一如来"这句话，似乎也有所悟。是啊，部分里包含了全部，全部里穷尽了部分（一位非常优秀的针灸大师左常波，也是以这个原则作为他针灸的基本出发点），所以《华严经》说"一即是多，多即是一"。

人们总是在追寻那无法穷尽的"多"，而恰恰忽略了很容易守成的"少"，所以很难领悟到"蓦然回首，那人却在灯火阑珊处"的境界。

平常我们所说的"禅意"，是禅宗思想在生活中的应用，以"空""静""朴"为特点，不执着于物质，通过抽离现实中多余的要素，而达到所谓"禅"的状态。

应用到我们日常生活中，做减法而不是加法，守拙而不是张扬；应用在产品设计中，克制而不是炫技，精简而不是繁复。

当然，禅不是"枯禅"，不是朽木，只有安静了，放空了，才能更加精微地体会生活中的各种体验，生活才能真正鲜活起来。

从生活到设计，从产品到为人，我推崇极简主义的方式，也会一如既往地将这些理念应用到我们的产品设计、企业管理中，以及生活中的方方面面。

每个人对某段音乐、某本小说、某种文化，似乎有一种与生俱来的共鸣，当你接触到它时，你就会知道：对了，就是它！

审美和价值观也是如此，你喜欢什么风格、接受什么样的价值观念，似乎也是与生俱来的。就像我看了很多建筑设计的书，唯独喜欢包豪斯风格。通篇罗素的《西方哲学史》，唯独唯心的哲学家吸引我。

　　我对极简主义的推崇，是我自己的频道决定的，不一定适合所有人，不强求，不评判，只分享。能对各位有所启发，就很好了。

2022 年 8 月 12 日

# 生活即艺术

前几年，为了做好中档酒店，甚至向高端品牌进军，我感觉自己也必须升级，再也不能是圆领衫、牛仔裤的范儿，就开始附庸风雅。参加各类画展，见艺术界人士，自己也试着做些收藏。

刚开始是瞎买，还好我那时没放开，没花太多冤枉钱。后来，我就按一些圈内朋友的意见去买，弯路是少走了，但对那些价格不菲的作品，我看来看去就是没感觉。再后来，我终于明白，就像人们对于美女的观点大多迥异一样，我怎么能够依靠别人的审美去收藏呢？花了钱，买的是别人的喜欢。即使是专家、名人的喜欢，也是他的而不是我的。收藏好比娶媳妇回来，天天看着她，自己不喜欢，那终究是不对的。

我的艺术底子差，不易看出作品的价值，而价格差异也好大，少的几万，多的几千万，那如何是好？慢慢地，我理解到，藏家其实是艺术家的赞助人。我们在收藏作品的时候，除了满足自己以外，也是在帮助艺术家维护他们的生活方式，帮助他们专注于他们自己的理想国。

我收藏的条件也就演化成：喜欢作品，喜欢人，价格能够承担。这三个条件同时满足，我才会收藏。因此，我得深入了解艺术家的生活、思想，以及他们的价值观。

艺术家们都很有意思，他们也有许多共同点。比如，他们都极其"自恋"，不管是真的假的，他们首先是被自己感动了。他们的生活总是在理想和现实中摇摆——但很明显，他们喜欢生活在梦想里，不擅长现实生活中的柴米油盐。作品是他们内心的投射，他们通过艺术作品来完成自我的表达。

有位大师擅长大画，他的作品大都以黑色为主，且多为悲剧题材，震撼人心。有一次，我跟他一起候机，发现为保险起见，他们一家要分别乘坐两个航班。他对世界如此悲观，是不是正因如此，才激发他画出了伟大的作品？

还有一位雕塑大师任军，思想和性格都特别有力量。我买过他的小型作品，但当他的一个大型雕塑在我家院子里竖立起来后，我才真正感觉到他作品的那种气势：傲然，有力，坚定，自信中透着些卑微和虔诚，充满了对自然的尊重和敬畏。

有位著名的摇滚歌手，除了偶尔搞雕塑，还创作油画。我收了他的一幅大幅油画，回来后发现很难挂，因为他的画跟他的歌很像，特别有性格，调侃中带点儿痞性，浓艳中带着批判，那种大胆和率真跃然纸上，但很难和环境融合。不管是歌还是画，都是他的表达。

有一天，有位著名艺术评论家发了一篇福柯谈生活艺术的文章给我，里面有一句话："每一个个体的生活难道不可以是一件艺术品吗？"一语点醒梦中人。

是啊，技巧已不再重要，表达形式已不再重要，艺术作品其实是艺术家形而上的形而下表达而已。有思想的艺术家，才能够创作出有思想的作品，伟大的灵魂才会诞生出伟大的作品。

而他们的生活本身，也是他们的作品。

既然杜尚随手拿来的小便斗，签上名就可以让它成为一件艺术品，那么每一个人的生活本身更应该是一件艺术品。福柯说："从自我不是给定的这一观点出发，我想只有一种可行的结果：我们必须把自己创造成艺术品。"

这就是我在附庸风雅的探索途中得到的意外收获。在这样的思想指导下，我的生活也发生了一些变化。

我们在上海的办公室是租来的。原来是一个非常破旧的老房子，租期也很短。几年前入驻的时候，也算是认真收拾了一下，但总觉得有很多可改进之处。比如，我的书房和阳台前面有一扇门，还有一扇可以完全开合的落地窗。我觉得空间太散了，于是将门封起来。这样调整后，书房的空间就完整了，阳台的私密性增加了，还多了一面可以挂画的整墙。尽管是租期很短的房子，但为了完美，我还是要不厌其烦地调整、修改，直至自己满意为止。

对待生活的态度，不在于天长地久、千秋万代。如果把生活当成一件艺术品，就应该把握当下的每种可能，做到尽善至美。这里不存在商业的盘算，人情的练达，只要在力所能及的范围内，创造出自己满意的生活来。不是等待，不是幻想，而是生活在当下。

由于工作的关系，我经常出差。俗话说"在家千日好，出门一时难"，出差还是很累、很辛苦的。为了让差旅生活不那么枯燥、无聊，我给自己准备了一些简单易行的出行锦囊。

菲利普·斯达克（Philippe Starck）设计的无线耳机，除了可以在飞机上听音乐，还可以接听电话。有时候用 iPad Pro 看连续剧可以听伴音，即使去上洗手间，这个距离蓝牙也不会断。

精选小包装茶叶或者袋泡茶，都是平常我喜欢的茶叶，在飞机上或者到了外地，拿出来简单冲泡就可以享受到美味精致的茶水。我最喜欢的是一种叫茶祖的老树袋泡茶，茶叶品质好，冲泡容易。

除了茶，我还随身带一个小香插，一盒短枝沉香。到了住的地方，熏一支小香，旅途劳顿立马就消去了，万事美好。包括洗发水和沐浴液，我也是带上平常喜欢的牌子，纯精油调配出来的味道，能够给感官非常美好的信息，令人一下子神清气爽。

这些生活小细节，对我来说花费得起，不会带来额外的负担，却让我精神上很愉悦，更热爱生活，好好工作，好好做事，好好待人。

无须刻意而为之。我将生活看作自己的作品，坚持将生活的美学贯彻其中。

至于事业，我已经创立和共同创立了三家纳斯达克上市企业，每一家市值都超过了十亿美元，再去创业实在没有挑战啦。但假如我手里的企业，被我做成行业里的全球第一，这个才有点儿意思。

我已不再需要通过事业证明我自己，更不必通过事业积累财富。做一些我没有做过的事，不断地突破自我，以面对不确定的未来，这才是我对事业的态度。事业是我生活里不能缺失的一部分，可以让我保持一种不断学习和思考的状态，可以不断挑战我的智慧，可以将我的价值观付诸现实，可以改善相当一部分人的生活。事业增加了我人生的醇度。

当明白生活即是艺术的时候，我想做的，就是不断地去做自己没有做过的事。

已知的我已经知道，未知的才是我想知道的。再次引用福柯的话："在生活和工作中，我的主要兴趣只是在于成为一个另外的人，一个不同于原初的我的人。"

佛说，佛在你心中，众生皆具佛性。

我绕了一大圈去寻找艺术，寻找艺术家，最终却发现，原来我们每个人都是艺术家，每个人的生活都是艺术品。

生活即艺术，我们要将自己的一生当成一件最独特、最重要、最昂贵、最优美的作品来创作。

2016 年 2 月 15 日

# 人生的两个视点

　　我们的眼睛总是在观察别人，在看别的事物，除了照镜子之外也很少能看到自己。现在，请移开镜子，闭上眼睛，向内看，观察自己，看看有何收获。

　　首先，画一条 X 轴，原点就是现在的你。往左看，负轴方向是你的过去，但不是到负无穷远，而是你刚刚出生的那一刻，那个尽头是婴儿时期的你。往右看，是你的将来，同样也不是到正无穷大，而是有限的时间，那个尽头是临死前的你。可能是位羸弱老者，也可能是其他形象。

　　这就是二维图示所呈现的你的一生，简洁、明了、直接而决断。

　　经常画这么一条 X 轴在你的心里，经常往左、往右看看，你可能会感到生命宝贵而短促，或者感到无奈茫然。

　　这会让我们有敬畏之心、仁爱之心，让我们有所珍惜。这种审视自我的方法叫二维视点。

　　还有一种方法，是三维视点。

　　你坐稳，或者站直，沿着身体的中轴，从头顶往上拉一根无限远的直线。将你的身体留下，带上你的眼睛和灵魂，沿着这根直线往上，往上，再往上。

　　你会发现你的身体越来越小，越来越小。你会成为地面上的一个小点儿，然后小点儿渐渐模糊；随后，连地球也成了一个小点儿；再往上，太阳系成了一团模糊的星云。暂时到此为止。若再往无穷远去，超过了太阳系，就连想象力也无法到达。

到此为止的认识，就是我们生命的三维图示。类似于灵魂出窍，玄妙而孤寂。

经常从太空看自己，你会发现自己的渺小和无意义。宇宙中多一个你，少一个你，有什么差别吗？可能有，也可能没有。

这或许会让我们变得谦卑和宽容。

让我们从浩瀚宇宙中收回视线，再次"内观"。想象我们进入了身体，先是某一个器官，接着是器官的组织、细胞，最后到达最小的单元——量子。

通过细胞克隆，可以复制出一个一模一样的自己。量子纠缠可能带有过去与未来的信息。藏医认为，我们身体的运行规律跟天文星辰一样。佛教认为，我们每个人心中都具备一样的佛性，而这纯净真心跟宇宙万物是一体的。

所谓宇宙，是由万物组成的全体。而每一个最小的单元里面又包含了宇宙的全部信息。

每一个人，其实都是非常独特和重要的。我们是个小宇宙，我们自备佛性。这又让我们觉得完满和喜悦。

换一个视点看自己，人生便有不同。

2009 年 12 月 31 日

# 社会的统一场论

社会分工的细化，使得各个行业的区分越来越明显。通常，不同行业的人会带有不一样的职业习惯，有些甚至固化到性格里去，成了这些职业的标签。比如，财务人员、律师偏保守，政客重理性，牧师和善古板，艺术家个性强，商人灵活，科学家有点儿不食人间烟火，军人比较粗犷，等等。

但是，当你近距离地接触各个行业的佼佼者，却能发现一种明显的趋同感。他们对于事物的看法通常非常一致，心态、价值体系也趋同。

这些佼佼者有许多共同点，通过"合并同类项"，大致可以归纳如下：

一、执着，专注，心无旁骛。能在一个行业内混出点儿名堂的人，通常都有那么一点儿"二愣子"精神，不达目的，决不罢休。除了着迷和热爱，还有一份信念让他们坚持到最后。

二、不重名利，超然物外。画家在作画的时候，如果心里盘算着每一尺的价钱，估计画不出可以流传的作品。正因为这样的纯粹，他们才少了许多羁绊，才能够将自己的天分发挥到极致，取得常人难以取得的成就。

三、兼容并蓄，没有篱栅。他们不会拘泥于前人的教条，也不会局限于现存的套路，而是从不同行业、不同的人身上汲取营养，在继承人类最优秀的智慧后，进行自我创造和突破。

四、胸怀天下，普度众生。这些人总是从符合大多数人利益的角度出发考虑问题，而不是从一己之私利出发。这样资源的配置才能带来最大的效益，而资源的耗散能产生出最大效率的能量，反哺给系统，形成稳定的良性循环。

五、运气好。所有成大事的人，都有一项十分重要的因素，就是时运。很多人忽略了这个因素，总在自己身上总结经验，然后觉得自己多么能干、多么伟大。讲到运气，好多人觉得就是"唯心"，就是迷信。实际上，"时运"就是我们自己有意或无意顺应了宇宙运行的大势，和迷信没有关系。

在对这些行业和人物进行观察的时候，我想起了登山。

开天辟地时，世上只有一座原始的山，没有上山的路。混沌初开时，一些有好奇心、有天分的人可以探索出许多不同的道路来。那些道路也没有明显的区分和定义，就像达·芬奇这样的天才，可以"探索"出许多条"路"来：画家、寓言家、雕塑家、发明家、哲学家、音乐家、医学家、生物学家、地理学家、建筑工程师等。慢慢地，走的人多了，绕山一圈，就有了许多条通向山顶的道路。山顶是大家所努力追寻的目标，古人称之为"道"。不管从哪条道路上来，最终能够到达山顶的人，看到的是同一道风景。

一切学问的终点是"道"，一切文化归根结底也是"道"。

"道"是个说不清讲不明的东西。道家说"道可道，非常道"，佛家也有"顿悟"一说。不同行业的佼佼者会经历类似"悟道"的阶段。"道"虽然说不清楚，但"道法自然"，也就是说，"道"和宇宙万物的规律是一致的。牛顿、爱因斯坦、霍金这三位伟大的科学家实际上都在寻找一个适合宇宙万物的"统一场"，这个"场"不仅能够反映日常物体的规律，也能反映微小粒子和巨大天体的规律，当然至今未果。牛顿和爱因斯坦最后都转向了宗教，而霍金原则上并不相信有拟人化上帝的存在，但是在探索的道路上，我看他正滑向斯宾诺莎的"上帝"[1]。

看似如此混沌的宇宙，其运作又是如此精准与和谐。在一条看似偶然的边界上，画出了一条清爽优美的存在曲线，让古今无数英雄折腰。

人是宇宙的一部分，由人类组成的社会也是宇宙的一部分。宇宙的"统一场论"至今没有找到最后的答案，人类社会是否也存在类似宇宙的"统一场"呢？去发现更多的共性与本质，就是接近真理的道路。

2010 年 10 月 6 日

---

1　斯宾诺莎认为宇宙间只有一种实体，即作为整体的宇宙本身，而上帝和宇宙就是一回事。他的这个结论是基于一组定义和公理，通过逻辑推理得来的。斯宾诺莎的上帝，不仅包括了物质世界，还包括了精神世界。他认为人的智慧是上帝智慧的组成部分。斯宾诺莎还认为上帝是每件事的"内在因"，上帝通过自然法则来主宰世界，所以物质世界中发生的每一件事都有其必然性；世界上只有上帝是拥有完全自由的，人虽可以试图去除外在的束缚，却永远无法获得自由意志。如果我们能够将事情看作必然的，那么我们就越发容易与上帝合为一体。因此，斯宾诺莎提出我们应该"本质地"看事情。

# 乔布斯的启示

2005 年，乔布斯在斯坦福大学的毕业典礼上发表演讲。这篇演讲非常著名，我想借此谈谈我的想法。

在这篇演讲里，乔布斯讲述了他生活中的三个故事。

第一个故事，是关于如何把生命中的各个点连起来的。

乔布斯从他的出生讲起。他的生母是一个年轻、未婚的大学生，她决定让别人收养乔布斯，但前提是收养的人必须大学毕业。一天半夜，乔布斯的养父母接到一个电话，问他们是否想要一个意外出生的男婴，他们欣然接受。但乔布斯的生母发现，他的养母从来没有上过大学，而他的养父甚至没读过高中，因此拒绝签订收养合同。几个月后，养父母答应一定会让乔布斯上大学，她才勉强同意。

十七岁时，乔布斯上大学了。里德大学的学费昂贵，养父母是蓝领，他们几乎把所有的积蓄都花在了他的学费上。六个月后，乔布斯觉得这样做不值得。他说："我不知道我真正想要什么，也不知道大学能怎样帮我找到答案。但在这里，我几乎花光了我父母一辈子的全部积蓄。"他退学了。在当时，这个决定让乔布斯很担忧，回过头看，却是他一生中最棒的一个决定。这个决定并不浪漫。乔布斯没有宿舍，只能睡在朋友房间的地板上。为了填饱肚子，他去捡可以卖五美分的空可乐罐。星期天晚上，为了吃上一顿好饭，他必须走上七英里的路，穿过城市到达克利什那神庙。乔布斯跌跌撞撞往前走，全凭自己的直觉和好奇心，后来他发现这段经历是无价之宝。

里德大学当时有也许是全美最好的美术字课程，大学里的每张海报、每个抽屉的标签上面都是漂亮的美术字。因为退学，乔布斯不必上正规的课，于是有机会去选修这门课程。他学到了花体字和圣花体字的区别，学会了怎样在不同的字母组合中调整间距等。这些东西在当时看来毫无用处，但十年后，在和伙伴设计第一台苹果电脑时，乔布斯把这些知识全都用了进去。他说："如果我当时没有退学，就不会有机会去参加这个我感兴趣的美术字课程，苹果电脑就不会有这么多丰富的字体，以及赏心悦目的字体间距。"

十年后往回看，一切都非常清晰，每个点都连接起来了。乔布斯总结说："你一定要相信，这些小点也许在你生命中的某个时候会连接起来。你总得相信点儿什么：你的勇气、宿命、生命、因缘……不管什么。这个过程从没有让我失望过，只是让我的生命与众不同。"

这个故事实际上是说，是金子，在哪儿都能发光。不怨天，不怨地，关键在于我们自己。我们有时抱怨命运不好，出身不好，时代不好，或者公司不好，行业不好，领导不好。实际上，你生活中的每一件事情都说不准是未来某件事的因缘。当我们看上去碰到挫折的时候，它可能带给我们下一次崛起的力量。

我出生在农村，小时候在农村碰到的许多困苦给了我的身体和心灵足够的历练。后来在生活中碰到困难和挫折时，它们就变得容易打发了。一个在农村泥土里打滚拼搏出来的孩子，在未来的事业、工作中还是比较能够抗压和忍耐的，追求成功的欲望也比较强烈。现在许多成功的企业家、政治家、艺术家，小时候都比较不容易。困难如果没有把我们压垮，就会让我们变得更加强大。过去的困苦，成就了我们的进取和坚强。要是我生活在条件优越的家庭和环境里，我怀疑自己是否能有足够的闯劲和韧劲，支撑自己连续十多年艰苦地创业。

毕业分配的时候，我因为户口问题进不了外企宝洁，只能进了一家国企——长江计算机集团。国企几年的经历，让我真正地了解了社会和人性。也因为不适应国企的环境，我逼迫自己下海创业，才有了后来的携程网、汉庭等。如果我进了宝洁，中国可能多了一个职业经理人，但少了一个创业者、企业家。

我是 1985 年进大学的。那一年，我们学校有很多优秀的同学被保送进大学，有些去了南京大学，有些去了东南大学。因为我平常比较调皮捣蛋，大概老师们觉得我不够"又红又专"，保送的名额没有我，后来我不得已参加高考，报考了上海交通大学。在大学的时候，隔壁班有个同学叫万辉。正是因为他的介绍，我才认识了回国寻找机会的梁建章和在德意志银行干活儿的沈南鹏，后来我们三个（加上范敏）都参与创办了携程网。

如果我被保送进南京大学，可能就不会有携程网这个故事了。不管眼前的道路如何，即便有时生活让我们没有选择，只要我们心里有信念和理想，生命中的每一件事情、每一个人都有可能成为我们生命中重要的一个点。这些点连起来，就是我们每个人独特的人生。平庸还是伟大，富贵还是贫贱，成功或者失败，幸运或者倒霉……都是这些小点连起来的轨迹而已。

第二个是关于爱和塞翁失马的故事。二十岁时，乔布斯和伍兹在乔布斯父母的车库里创办了苹果公司。十年后，它发展成了有 4000 多名员工、价值超过 20 亿美元的大公司。公司在成立后第九年就发布了最好的产品麦金塔，但也就在那一年，乔布斯被自己创立的公司炒了鱿鱼。原因是，在快速成长的时候，苹果雇用了一个很有天分的家伙来一起管理公司。最初一两年合作得还不错，但后来乔布斯和这个人对未来的看法产生了分歧，最终两人争吵起来，而董事会并没有站在乔布斯这一边。

三十岁的时候，乔布斯出局了。对他而言，这是灾难性的打击。最初的几个月他不知该做什么，甚至想过离开硅谷，离开这一切。但他渐渐发现，自己仍然热爱所从事的事业。在苹果公司发生的这一切丝毫没有改变这个事实。于是，他决定从头来过。

事实证明，被苹果公司炒鱿鱼是乔布斯一生中最棒的事情：终日为功名所累，还不如做一个开创者来得轻松。他如释重负，进入了生命中最有创造力的一个阶段：创立了 NeXT 软件公司和皮克斯动画工作室，还认识了他后来的妻子。后来苹果收购了 NeXT，乔布斯又回到了苹果公司。他在 NeXT 发展的技术，在苹果后来的复兴之中发挥了关键的作用。

如果没有被苹果开除这件事，后来的这些事情一件也不会发生。乔布斯说："有些时候，生活会拿起一块砖头向你的脑袋上猛拍一下，不要因此失去信仰。我很清楚，支撑我一路走下去的，是那些我所爱的东西。你需要找到你的所爱，工作如此，爱人也是如此。你的工作将会占据生活中很大的一部分。你要相信这份工作是伟大的，你必须先热爱它；你只有坚信自己所做的是份伟大的工作，才能怡然自得。如果你现在还没有找到，那么继续寻找，不要停下。只要全心全意去寻找，找到的时候，你的心会告诉你。"

我们很多人都可能碰到类似的事情。生活中有起有伏，在低谷的时候，你会对生活失去信心，无所适从。但中国古代早有故事说明其中的玄机：塞翁失马，焉知非福。

挫折对于强者而言只会是养料，甚至是反弹的冲力。没有经历这次"被辞退"，乔布斯可能不会有后来的成就，他的人格也不会这么圆润。

人类亘古以来一直在探讨一个问题：如何度过我们的一生？有

的人不去思考这个问题，有的人会思考，但因为痴迷于一些东西（权、钱、名、利等）而看不清楚。乔布斯的回答是：找到你的所爱，将你生命中所有的时间花在你的所爱上面。不要为别人活着，要为自己活。在生命的最后时光，他也秉承这个原则，将最后时光留给了家人，只见了少数几个外面的人。世界上最幸运的事情，就是能够将工作和所爱结合在一起。

巴菲特说，他每天早上都是拎着公文包，哼着小曲，踏着舞步去上班的。这样的境界就是热爱工作的境界。当然，不一定每个人都能够像巴菲特这么幸运。你要么爱上自己的工作，要么换一个你爱的工作。哪怕只是为了谋生，也要找一个喜欢的行业和公司。

你可以用无数种方式度过自己的一生。从幼儿园开始就为了上名校折腾，毕业以后希望找到高薪的工作，工作以后追求豪宅、名车，有了孩子以后再开始新一轮追逐。如果这就是你的所爱，也未尝不可。但，我们是否还能找到一些更深远、更永恒、更精神一些的生命价值呢？

没关系，直接的、物质的所爱也可以。只要我们能找到，并且那是我们内心真正需要、真正所爱的就可以。为之奋斗一生，就是值得。


第三个故事关于死亡。在这篇演讲的一年前，乔布斯被诊断出患有癌症。那天早晨七点半，他做了一个检查，报告清晰地显示，他患有胰腺癌。医生告诉他，那可能无法治愈，他也许还能活三到六个月。医生建议他回家，整理好自己的一切。那意味着，他将要把未来十年对小孩儿说的话在几个月里面说完；要安排好后事，让家人可以尽可能轻松地生活；意味着，他要说"永别了"。但后来，乔布斯做了手术，"痊愈了"。

那是他最接近死亡的时候。也因此，他对死亡有了更深刻的理解。乔布斯说道:"死亡是我们每个人必然的终点。没有人可以逃脱。也应该如此,因为死亡是生命中最好的发明,是生命的必由之路……你们的时间很有限,不要浪费时间去过其他人的生活。不要被教条束缚,那是其他人对生活的思考。不要让其他人嘈杂的观点掩盖了你自己内心的声音。还有,最重要的是,你要有勇气去听从你的直觉和内心的指引。在某种程度上,它们知道你想要成为什么样子,其他的事情都不重要。"

在大学里学英语时,有一句话,我看了一眼,至今难忘,叫"Listen to the sound of your heart."(听从你内心的声音)。我们不知道未来是什么,也不知道哪条路可以通向成功,更不知道前方会遇到什么。与其扔骰子,不如听从内心的声音,一路向前。失败了也不会后悔,因为是你的内心要去那里。成功了,你内心的声音会更加坚定和清晰,你的人生也会更加绚丽和精彩。

乔布斯在 2004 年查出患有胰腺癌,做了手术,以为可以治好。想不到七年后,他还是走了。这七年,乔布斯给世人带来了太多的精彩,苹果的股票也从 17 块上涨到 400 块(实际上苹果的股票飞涨正是从那个时候开始的)。乔布斯好像在和生命赛跑一样,不停地创新,不停地出新产品,不停地带给大家惊喜。在诊断出癌症后,乔布斯也可以退出日常工作,安心养病,慢慢调理。说不定这样,他的病情不会反复,至少不会恶化。那他还能有十年、二十年的时光,陪他的孩子们一起成长。但乔布斯没有选择这样的道路,而是全身心地投入到自己所爱的事业里。他比以往任何时候都知道生命的可贵,因此更加拼命和努力。这样的强度,就是一个平常人也不一定吃得消,更何况一个患有癌症的人呢!我们今天能够用到这么好的苹果产品,都是乔布斯以心血和生命成就的。

生命对每一个人都是一样的,不多也不少,不偏也不倚。一个人不管多么能干,多么成功,如何聪明,甚至不管如何伟大,如何位高权重，都难以回避死亡。这是每一个人——伟大或者平凡，富有或者贫穷，高贵或者低贱——最后的同一归属。想想死亡，尽管我们是一脸的无奈和虚无，但活着时还是要"Stay hungry. Stay foolish."（求知若饥，虚心若愚）啊。

2011 年 10 月 9 日

# 日日是好日

假期里也常有诸多烦恼。

比如，恭贺信息。我没有发信息问候的习惯，但经常收到别人的短信、微信，这时候不好意思不回，但回了又要花费许多时间，很是麻烦。而自从有了发红包的功能后，就更麻烦了。别人跟你要红包，你总不能不给吧，好歹也是个老板。但是问候短信、微信，除了肥了电信公司和腾讯外，其实真没什么用。在节假日给你发问候的，多数是平常不熟悉、不联系的人，借此和你温润一下关系。熟悉的人，是不需要借节日来问候的；不熟悉的人，问候了也是白问候。在一大堆问候短信、微信里，你觉得给自己加了多少分？增加了多少的感情？

另外一个烦恼，是我平常很忙，节奏紧张，一放假神经松弛下来，反差太大，身体反而不适应，容易生病。

假期应酬也多。且不说有拜年、送红包、吃团圆饭、参加各类聚餐等重头戏的春节，就说中秋送月饼、端午寄粽子、圣诞"跑大趴"也够你忙的。太多的应酬是沉重的负担。

至于假期其他的负面事项也都是大家所熟悉的：高速公路免费带来的拥堵，每年春运造成的全国性大迁徙，烟花爆竹带来的污染和扰民，等等。

几年前我就开始尝试在海外过年，还为此取了一个名字叫"逃节"，效果还不错。然而现在，出国过年俨然成了新的时尚，应酬也随之追到了国外，简直是逃无可逃了。

所以解决问题的方法只有一个：修心。

前一阵子流行"拼命工作，拼命玩"的做法，认为理想的生活是不断在这两个极端之间来回切换。我不赞成这样的观点。且不说拼命工作容易造成身心疲惫，就说在两个极端之间不断交错，人体的交感和副交感神经也很难调节，长此以往，很容易造成植物神经紊乱。

静下来想想，几乎所有的节日都是人类自己定义的。所谓节日，本来都是普通的日子。人们为了纪念、庆祝、传承，或是宣扬某种"美德"，甚至就是为找乐子而找理由、找借口，定义了这些节日。

因此，如果我们能怀着平常心看待每一天，无论是上班还是放假，去除分别心，珍惜每一天，享受每一天；如果对人生能有美好的憧憬；如果心怀远大的理想；如果能肩负起集体的责任；如果有梦想要去实现……那我们的每一天都会非常快乐和开心，哪还有什么工作和放假的区别？

今日的我，已没有上班、放假的分别。

每天早上起来，心里都满怀让企业更好的理想，而且自觉我的工作很有意义，因为能够影响众多（每年近亿人次）中国人出行和差旅的生活。当他们远离熟悉的城市和家，我们能够提供温暖可靠的产品和服务给他们。华住的众多酒店，能够让他们安放疲惫的身心。我每天工作完毕，心里的喜悦也是满满的，为一天里完成的许多成就高兴，为想到、听到的好想法陶醉，为遇到有意思的人而开心。

在节假日里，我也不会停止对企业的关注和思考。有时在这样的时刻，你会更有高度感和优越感。许多大的战略思考和文章，我都是在飞机上或万众欢腾的假期里完成的。身在何处，反倒没有差别。

小时候看电影，总是将人分为中国人、美国人，好人、坏人。后来，我发现世上的人（也包括电影里的人）有太多不同的分类法，简单地分成两类是没法反映真实世界的。在一个高度复杂的社交体系里，为了方便和简单，我们习惯给万事万物、芸芸众生贴标签，根据出身、学历、职业等。所谓时尚、流行，所谓道德、习俗，也都是标签的一类。标签（语言、文字是最普遍的标签）限制了人们的思维，人为地设定了边界，画地为牢。当你不用二分法（比如对和错、好和坏）去看待一切，当你不给任何事物贴上标签，当所有的边界和可能都被打开，你会发现这个世界原来如此美妙！

　　行文至此，我心生喜悦，不禁想起一首禅诗："春有百花秋有月，夏有凉风冬有雪。若无闲事挂心头，便是人间好时节。"抱着这样的心情看时光、看日子，你就会发现，日日是好日。

　　日日是好日，是没有分别心。在我们这个物质化的世界里，在这个碎片化的时代中，怀一颗无分别的心非常有必要。

2016 年 2 月 14 日

# 生命的真谛

请静下心来，尽量跟我一起想象这样的情景：窗外的群山、流云、落叶、小黄花、薄雾、树、迷迭香、石头的建筑、玻璃窗里的影子、远处的灯火、壁炉的轻烟……

它们已存在不知多少个世纪。当我凝望这些事物发呆，恍惚中，不知今夕是何年。人类的一切纠结、挣扎、明争暗斗、尔虞我诈、争名夺利、丰功伟业、爱恨情仇、活色生香、杯弓蛇影、使命和酬应……都在这凝望里淡去、飘走，留下的只是眼前的虚幻……

人类这样生活了很多年。在我之前，有许多人在这样的当下里生活过；在我之后，还会有许多人这样生活着。

在这个恍惚的时刻，我不禁自问：到底有没有来生，还是只有这一辈子？我生有涯，如何将有限的时光花在值得花的事情上？

我从小接受的是唯物论的教育，成长过程中，一股野蛮鲁莽的生长力量让自己一味地向上奋斗、努力，根本不信一切唯心的东西，觉得那些都是蒙昧。但在几乎穷尽了一切可能后，在看尽了人间的许多风景，历尽了许多事业的艰辛和成就，阅过了众多的人、事、物后，我不禁问自己，我是不是同样掉在另一种蒙昧里呢？

这几年，我读王阳明的心学、佛教的觉悟方法、老子的《道德经》，又看尼采的权力意志、叔本华的生命意志、海德格尔的存在主义、福柯的生存美学……好像一以贯之，都是唯心的理路。而且，我的内心似乎跟这些唯心的观点更加合拍一些。

打开唯心这扇窗后，我发现自己越来越向着心的方向发展和演变，更多地去阅读佛教尤其是禅宗的书籍。我开始打坐，开始重读王阳明的《传习录》……

但对于来生，我还是不甚明了，不甚确定。从最初的百分之零到如今的百分之六十以上，虽苦苦寻觅、考据，还是不甚有把握。不过没关系，就像我很久前写的文章《生命中的两种假设》一样，我也可以假设生命有两种可能性：一种有来生，一种没有。

假如有来生，不管是按照佛教的因果报应，还是量子力学的量子纠缠，都应该扬善避恶，让有限的生命陪伴生命中的所爱，不能也不该为了一时的欢愉而伤害他人、他物；反之，应该尽量创造美好，造福万物。所有算计和虚荣都是虚妄，毫无价值，毫无必要。所有的纠结和挣扎毫无意义，不过是自寻烦恼。法自然，顺自然，不仁不德，不伪不妄，至简而不淫物。

假如没有来生，只有这一辈子，人更应趋善避恶，不作恶，不蹉跎，顺从内心，做自己。将仅有的时间花在值得的地方，将时间、智慧、物质跟有缘、相爱的人分享，与他们共度美好生活。

回头想想，我曾把那么多的时间浪费在那些无聊、无意义的事情上！那些没有必要的应酬，那些不相干的人，那些没有意义的局，那些原本可以陪伴我至爱的无聊时光……

我生也有涯，而美好无涯。当我离开这个世界，应不后悔，不遗憾，不感到人生虚度。值得我珍惜、令我不悔的一定不是那些名、利、虚荣、成败。最有意义的一定是顺从我的内心，活过，爱过，创造过。

年轻时思考生命的意义（意义是由客体定义，主体只有过程的意义。对于个体而言，生命无所谓意义，只有过程和当下），前几年体察"求真、至善、尽美"，如今我体悟到，不管有没有来生，人的一生都应该"真实、善良、美好"（这一点类似于王阳明的"致良知"）。

我只是这个世界的过客。不管会不会回来，我没有理由自大，也没有理由自卑。我不害怕失去，也不喜乐得到。我不必慌张地抓紧感官的欢愉，也不必自寻烦恼，纠结在思想的循环中。不回来是顺道，回来是因缘。

　　众如斯，皆如斯，恒如斯。万物由心，心随万物；一归万物，万物归一。

2017 年 1 月 17 日

# 仰望天空和脚踏实地

年轻时，尤为喜欢毛姆的《月亮和六便士》。书里的主人公"和许多年轻人一样，为天上的月亮神魂颠倒，对脚下的六便士视而不见"。月亮象征着一种美妙的精神境界，而六便士这种小面额硬币代表着世俗的蝇头小利。

那时，我也是如此，为天上的月亮神魂颠倒，对一切理想主义的东西感兴趣。草地上的诗歌朗诵、罗曼·罗兰的《约翰·克利斯朵夫》、尼采的哲学、萨特的存在主义……在物质上可以说什么也没有，也没什么物质追求，但精神的富足平衡了物质的匮乏。

后来踏入社会，下海经商，数次创业，离那些理想主义的东西越来越远，偶尔酒酣耳热之余，仰望天空，想想当初的理想，对比当下的现实，感慨万千！因为理想主义者柔软而细腻的内心，在冷峻的现实中不但毫无优势，反而容易受伤。

人到中年，内心平和安静下来，那些理想主义的东西又浮现出来。正像月亮，虽然乌云会遮住她，但她依然在那里。回顾自己的过往和实践，正是大学时代那些理想主义（形而上）在现实中的实验和表达（形而下）。没有当初的高远，我不一定能走这么远，可能会陷在物质的泥潭里，不能自拔；可能会掉进世俗的温柔乡，麻木不仁；也可能被内心的自尊蒙蔽，在虚荣和自我中耗尽一生。

这几年，我也接触了一些搞文化艺术的朋友，他们都是一些特别理想主义的人，那种理想劲跟我大学时代很像。在现实生活里，有些依然坚守纯粹的理想，有些愤世嫉俗，有些成了极端的人。当理想主义找不到出口的时候，激烈和极端就变成了某种自我伤害。我很普通，也比较幸运，我所经历的磨难反而使自己更平和。在当下，即使很多理想依然找不到出口，我也依然认为应该往美好的方向去奔，而不仅仅是讽刺、批判和否定。我们曾经凭借"破"的力量和勇气，让这个国家和民族走出了漫长的阴影和禁锢。到了今天，仍然有许多地方需要改进、需要突破，但这个时代最需要的是建设的力量，是创造的力量，是让人民生活得更加美好。

卡夫卡在《午夜的沉默》中说："人要生活，就一定要有信仰。信仰什么？相信一切事和一切时刻的合理的内在联系，相信生活作为整体将永远继续下去，相信最近的东西和最远的东西。"

我坚信，人能够信仰一点儿什么比什么也不信仰要好。

到底信仰什么，没有那么重要。所有的宗教都标榜自己是终极真理。也许它们只是终极真理的一个方面；也许在信它们的人那里，它们就是终极真理。不管怎样，宗教带给人的平静、安宁、和平、善良，确实让许多人的内心得以解脱，获得抚慰，让普通人能够从世俗的生活中瞥见灵性的光辉。

不仅宗教如此，对企业理想的信仰、对梦想的信仰，以及卡夫卡说的"相信最近的东西和最远的东西"，都是一种信仰。

理想、信仰就是毛姆所说的月亮。只有月亮而不顾及便士的生活是无法美好的。实际上，东方哲学的"中庸""执中"，跟西方的辩证法一样，说的都是万事万物要平衡，所有的极端都是偏执。我们可以在诗歌、小说中将理想主义发挥得淋漓尽致，但现实生活中两者都需要。没有理想和信仰，就没有高度，走不远，格局不大；没有现实和经济，理想的翅膀就容易折断，掉在愤世嫉俗陷阱里的可能性极大。

不管是"仰望天空，脚踏实地"，还是"月亮和六便士"，都没有这一句来得生动："可上九天揽月，可下五洋捉鳖。"鳖就是俗称的"王八"。虽然不太好听，但是话糙理不糙。

如果要想在商业上成就一番伟大的事业，就必须既能"揽月"，也能"捉鳖"。那些日常中的琐碎、精细、计算大概就是"捉鳖"这一类吧，而对理想和信仰的执着，则属于"揽月"的范畴。熊彼特说："资本主义的成就不在于为女王提供更多的丝袜，而在于使丝袜的价格低到工厂女工们都能买得起。"织丝袜就是"捉鳖"，丝袜不再是女王的专宠，而是能够让女工买得起。在这个角度上看待企业的意义，那就到达了"揽月"的境界。同样是织袜子，观念不一样，意义也就不一样。正像佛教所说，"发心"最重要。做事情的初心就是佛教所说的"发心"。有了正确的"发心"，看清了意义，前行路中就会更有力量，也会得到更多的认可和帮助，才更有可能创造出"发心"里的美好。

这也正是一个人、一个企业，既要能够"九天揽月"又要能够"五洋捉鳖"，既要"月亮"也要"六便士"的原因。

2018 年 2 月 4 日

# 人生三阶段

王国维曾将人生分为三个境界："古今之成大事业、大学问者，必经过三种之境界：'昨夜西风凋碧树。独上高楼，望尽天涯路。'此第一境也。'衣带渐宽终不悔，为伊消得人憔悴。'此第二境也。'众里寻他千百度，回头蓦见，那人却在，灯火阑珊处。'此第三境也。"

我从另一个角度，将人生也大抵分为三个阶段：知识传承，职业训练，提升智慧。

## 1. 知识传承

第一个阶段从我们上小学开始，到中学和大学结束，以继承人类最基本、最重要的知识为主要目的。

语文、数学、物理、化学、地理、历史等课程，记忆、解题、考试等各种手段，无非是为了学习、承接人类沉淀下来的各类知识的精华。由于教育资源有限，也因为未来谋生并非都需要用到大学的学问，所以通过高考进行一次筛选。对大部分人、大部分工作来说，其实高中所学就已经足够用了。

人工智能和机器学习在学习知识和逻辑推理上要远超人类，强大的算力、海量存储与海量网络信息，使得计算机的知识拥有量远超普通个人。

未来如何更好地调整教育体系，如何更加高效率地完成人类的知识传承，是我们面临的一个重要课题。个人借助计算机，能否缩短这个阶段的学习时间？我们用 12+4 年的时间来学习知识，差不多是人生的 1/5，还是蛮浪费的。能否轻易地获得更丰富更细节的知识？每个人都学富五车，才高八斗，不存在知识鸿沟，那将会是一个更加平等的世界。

## 2. 职业训练

第二个阶段是职业训练。

毕业以后，我们就进入工作阶段，经历所谓职业生涯，有做会计的，有做工程师的，有做老师的，有种地的，有做买卖的，有从政的……我们会发现，经过若干年，不同职业的人，性格和习惯迥异，同一职业的人群，性格和习惯趋同，这就是职业训练的结果。比如会计、律师倾向于保守和底线思维，生意人健谈，工程师严谨等。

最明显的是中学和大学同学聚会。原来的印象还是上学的时候，多年不见，大家因为职业不同而形成不同的习性，有时觉得好像变了一个人。

我本人就是一个例子。我上学的时候喜欢阅读，是个书呆子，不喜欢社交，不喜欢讲话；从事 IT 行业后，做了销售，话就变多了，很喜欢说服人，不修边幅，不注重生活细节；后来进入酒店行业，习性改变更大，变得注重细节，一丝不苟，桌面整洁，每件东西归置有序，有时候都像得了强迫症。这都是职业训练使然，虽说是后天的训练养成，但因为是在人生最精华的几十年里，而且跟生计攸关，对人的改变还是蛮大的。

AI 在这一部分也几乎是满分，只要将最佳实践和最完美门道教给计算机，它们能够比人类做得更精准、更一致。人类有情绪，有身体的疲倦，而机器没有。

但是有一些职业的经验不容易提炼总结给机器去学习，比如企业家、艺术家、心理治疗师、厨师等创意性、个性化的职业。

## 3. 提升智慧

人到中年，职业固定，经济稳定，这个时候会碰到一个发展的瓶颈。跟年轻人相比，信息量不够大，学习能力不够强，精力体力也不旺盛，已经熟知的门道和经验也不见有更多增长，要突破自我，知识和职业训练并不能帮太大的忙，这个时候的解决之道就是提升智慧。

孔子说："吾十有五而志于学，三十而立，四十而不惑，五十而知天命，六十而耳顺，七十而从心所欲，不逾矩。""不惑""知天命""耳顺""从心所欲"都是智慧的范畴，而且这四个阶段也是一个不断进阶的过程，从时间轴上来看，也比"学（知识传承）""立（职业训练）"要长一倍。

对智慧的追寻，以得道为最高境界。

历史上各大宗派的开山人基本都是悟道了的，比如耶稣、摩西、释迦牟尼、穆罕默德、老子、庄子、王阳明等，孔子"几于道"吧。

普通人一样可以通过各种方法提升智慧，释迦牟尼悟道后看到了众生"皆具智慧"，摩西在西奈山上领会了上帝是"遍在的、永在的"，人人可得救去天堂（信必得救）。佛说有八万四千法门，每个人追寻、通向智慧的道路不一样，有看书阅读的，有访高人的，有跑马拉松的，有登山攀岩的，有打坐冥想的，有劫后余生的，有相忘于江湖的，有孤独在人群中的，有灵光乍现而顿悟的……

AI 在智慧阶段得不了分。

假如说人类和宇宙是高等存在的模拟器，我们的世界是一场高等生物的游戏的话，我们提升智慧只是在试图理解创造物的凤毛麟角，即使无限接近，也永远无法到达。

AI 是人类的创造物，同理可证，被制造物也无法到达造物主的智慧程度。创造、亲密关系、智慧是 AI 无法到达的边界，正像光速和时间是人类的边界一样，AI 同样有它的边界。比如爱情，AI 可以模拟，甚至模拟得非常逼真，但 AI 无法产生人类才有的那种心动和回肠荡气。至少目前已知的技术水平做不到，至少目前我的理解如此。

让我们还是好好做一个人吧，到什么山唱什么曲，把握好每一个当下，把握好每一个阶段。不管是求知识，还是做工作，还是培养智慧，都是一场修行，都是一场灵魂养成之旅。

2024 年 8 月 20 日

# 终点即原点

人本来就是天的一部分，人欲太重的话，干扰太多，根本没法知道天是什么。

当去除人欲，跟天合而为一，自然就感知到『天理』。

# 追寻与安顿

　　创业以来我做的事情都和酒店有关，有人问我选择这个行业是出于偶然还是必然。其实我们做很多选择的时候，在当下可能是偶然的，但经历过之后回头看，会发现偶然背后有很多必然。

　　为什么我会选择做酒店，并且是高标准的酒店？

　　我小时候的生活很苦，住的房子不能说看得见星星吧，但也差不多。外面下雨的时候，家里也会下。冬天根本睡不暖和，薄薄的被子上要压很多衣服保暖。除此之外，爸爸妈妈整天吵架……没有什么能让我有家的感觉。因为有这么痛苦的童年，我自己做酒店后，就希望通过我的努力，让不在家里的人能有家的感觉，且这个家是安全、可靠的。我一直有这种情怀或者说理想在。

　　我想，中国大部分企业家都有自己的情怀，只是表达方式不一样。这些人的情怀，可能超越了人类本身的一些东西。我们自己本身内在有痛苦，我们想脱离它们，这个过程，是通过超越自我的局限，去实现我们的理想。

　　时间是理想的试金石。不同的人做同一件事情，当时间足够长，你就会看出不一样。比如，有段时间很多人从美国退市，搞私有化，我们那时候股票价格也非常低，而中国的股市非常好，但我没有去做这样的事，因为我创业不单单是为了财富。而且，退市、再上市会花去我很多时间，有这个时间的话，我为什么不花在产品的研发上？为什么不花在团队的建设上？我喜欢投资者而不是投机者购买我公司的股票。有没有情怀，就会在这种事情上体现。

那时候，我连一点儿犹豫都没有。我不需要退市。美国存托股份（ADS）和美国存托凭证（ADR）概念炒得很热的时候我不为所动。

但我并不是一直这么安心，安顿内心也需要漫长的思考过程。如果说现在的年轻人不睡觉了，晚上的时间都用来喝酒，那我会思考：我的酒店会不会开不下去了？我是不是要去开酒吧？又或者，同行做了个好酒店，我会关注，去了解他们的产品，看看好在哪里。潮流的改变，客户的改变，这些才是我关注的。

我们都是凡人，喜欢喝酒、喝茶，喜欢日常生活的享受，但我们还应有更高的追求。追求的高低决定了人或者企业之间的差别。但最大的差别或许是看不见的，就是内心的安顿。

2018 年 3 月 20 日

# 万物是心的映射

2018年清明，我回老家如东扫墓，满目物是人非。

我见到了很多小时候一起玩耍的同学，有些照理应该很亲切，但实际给我的感受却是陌生、遥远。过去他们身上有的淳朴和天真，那种两小无猜的感觉，现在荡然无存。回想童年，那些人是那么可爱，可是看到他们现在的样子……很难将想象和现实中的人联系起来。记忆中，我的邻居们也很慈祥、友善，现在呢？不晓得是他们变了还是我变了，他们看起来似乎很漠然，笑容也很客套。所有生动的东西都在消失。

我之所以现在很少回去，就是怕这种种现实肆意破坏留存在我童年里的那些美好的东西。

我认为，我们对人、对环境、对别人的看法，实际上是内心的反映。那么当下的我，是不是也变了太多？当我们天真烂漫、单纯无邪的时候，我们看别人也是通透的，看世界也是单纯明朗的。当我们变得老成，变得好像对这个世界更了解了，我们看这个世界的方式，也换成了一种成年人世故、经济的眼光，自然，看到的世界就变样了。

用哪种眼光看见的世界才是真实的呢？可能两种都是。当你有一天超脱的时候，可能出家、皈依了，看这世界是一个样子。当你怀着欲望，怀着成功的野心，怀着赚钱的想法，看这个世界就到处都是机会，到处都是目标，到处都是成就。

我就是这么一路走过来的。内心是什么样的，看这外面就什么样。人越丰富，就越能看到更多的不一样。

　　此刻，我在这春日的庭院里写这篇文章，风轻轻地吹拂，树轻轻地摇晃，草儿嫩绿，樱桃树马上要结出红色的小果子……这些美好的事物曾被我无视，尽管它们就在我眼前。但我现在能够看见它们，能感受到万物鲜活的喜悦。

2018 年 4 月 15 日

# 打坐的艺术

打坐是我现在生活的一部分，我开始做这件事有一个因缘。

如家私有化的时候，我在纠结要不要跟另外一家去抢。如家承载着我太多的情结：它是我创始的，也是我的竞争对手。但是首旅那些领导都在——当初如家就是跟首旅合资的，对他们来说，如家特别重要。我就此陷入情感纠结。

一般来说，我在商业问题上很少纠结，总是很简单、很直接。但在情感上，我时常感到矛盾。这个矛盾让我当时特别难受。有一天我一个朋友说："季琦，我认识一位很好的方丈，他正好到上海，你见他一下。"当时其实我不太想见，我跟他们不太会聊，但心里很烦，就胡乱答应了。见了面之后，我们也没讲什么事，他说"我们打会儿坐吧"，于是我们俩就打坐。

那是我第一次真正意义上的打坐，持续的时间不长，二十分钟左右，但脑子里一下子特别简单、特别纯粹、特别清楚，烦恼一扫而空。原先看南怀瑾的书的时候，我试着按附录上的七支坐法盘过腿，尝试呼吸，但从来没有过这种感觉。我不知道是他教我的方法得当，还是他的气场影响了我，让我到了一个非常美的境地。因为打坐，如家那个烦恼没有了。再回头想这件事，就变得很简单。我不抢如家，对我没有大的影响；但抢的话，可能会失去全部的朋友。我们两家将全面开战，因为如家管理层肯定不愿意被我们收购。脑子一旦清晰之后，做决定就很快了。

我用的打坐方法是七支坐法。一般打坐是双腿盘，但我不用双腿，那样有点儿难受，注意力会被腿的痛苦带走。打坐的姿势要让你觉得舒服，不要让身体打扰你，如果腿的感受打扰你了，那得不偿失。也因此，腿的功夫要先练好，才能心无旁骛地打坐。现在我用单腿打坐能持续一个小时左右，用双腿大概能持续一刻钟。打坐时气守丹田，先调匀呼吸，到最后不要注意到呼吸，关注点若有若无地放在丹田的位置。如果脑海里有很多想法，就让它们流过去，不去抵抗它们，也不去跟随它们。

我几乎每天都打坐，每天睡前我会在卧室里打坐四十分钟左右。这是除了锻炼身体之外，我一直在坚持的事。有时候太累了，打坐会容易睡着，那就直接睡觉，但这种情况不太多。有时候出差，和朋友出去喝酒喝到十一二点，喝完也不适合打坐，精神容易涣散。白天比较闲的时候我也会打个坐，二十分钟左右，让自己放松。

打坐的时候，在放空、安静之后，可以把平日里困扰的念头引过来：要不要跟某个人结婚？要不要收购这家公司？那时形成的第一个直觉往往是对的。打坐的时候，人的大脑可能是最接近自然的状态，是人欲最少的状态。这时把人欲放进来，一称，就称出来重量。王阳明说"去人欲，存天理"，我的理解是，人本来就是天的一部分，人欲太重的话，干扰太多，根本没法知道天是什么。当去除人欲，跟天合而为一，自然就感知到"天理"。安静了，你就能听到某个真切的存在——有人说是自然，有人说是真理。

2018 年 4 月 10 日

# 审美的最高境界是平衡

华住有国际化的战略，国际化的过程中势必会遇到东西方审美的碰撞。美学是价值观在视觉上和体验上的呈现，东西方美学各有特征，但不管东方还是西方，总有一些核心一致的价值观，所谓大道相通。

我的竹苑，不管东方人还是西方人都很喜欢，它的风格得到了东西方审美的一致认同。我在法国有套房子，中国人很喜欢，法国人也很喜欢，也是类似道理。我一直尝试着呈现东西方兼容的审美，而不是完全用东方或者西方的东西。

我们马上会在新加坡设一个总部，建筑本身是一栋黑白屋，这是在热带殖民区独有的结合英国都铎式建筑风格和当地风格的独特建筑。在那里我可能会选一件隋建国的《中山装》，再选一件英国雕塑家托尼·克拉格（Tony Cragg）的作品放里面——托尼·克拉格的东西很抽象，平衡得很美。这样东西方就会有一个对话：东方很具象，西方很抽象，于是场景就变得有趣了。室内的话，我可能会摆一幅周春芽的《绿狗》。周春芽的这个系列非常中国，那些狗要么很可爱，要么充满了欲望——中国式的欲望，不管中国的艺术家、企业家还是老百姓都有的那种欲望，那种张扬。同时，我可能还会选一些西方的画，像费舍尔的，抽象的，或者是扭曲的具象。我还想找一些新加坡当地的艺术家的作品。这样的环境是我所追求的，它既不是东方的，也不是西方的，在形式和审美上是全球化的，但在每个局部里有自己的表达，而且是并不突兀的表达。

美让我们心情愉悦，觉得很舒服，但这种舒服不是欲望。欲望是"形而下"的东西，美是"形而上"的，是很精神层面的。审美这件事纯粹是让你看到超越自身所处现实的东西。当我们看到樱花的美，会感叹："哇，真是太美了！"因为我们现实的生活里没有这样的东西，而樱花的"表达"一下子击中了你。

所有的美都是超越现实的表达，而审美是与这种表达的对接。如果你有欲望，那就不是审美，而是体验，是感官的享受。当然这二者没有对错高低之分。人正好是介于神和动物之间的一种存在，既有动物性也有神性。很多人觉得神性特别好，只往神性上跑，我倒觉得既然身为人，充分享受二者才是最好的状态。做神的时候，享受哲学、艺术、音乐这些精神、灵性的东西；做动物的时候，享受酒精、美食、性爱这些肉体的东西。这又何尝不是一种平衡呢？

2018 年 4 月 5 日

# 宋朝的优雅和奢侈

在我心中，美有百种，但优雅为上。

优雅既不像豆腐西施那样风情万种，也不像林黛玉那样娇弱风流，而应该在豆腐西施和林黛玉之间找到一种平衡。过度的东西是不优雅的。

人是如此，设计亦然。一个设计师太彰显自己的个性，设计出来的东西就不优雅。经过仔细考虑、平衡，做出来的设计才能优雅。优雅是淡淡地超越现实，是隐，是含蓄。在《红楼梦》里面，薛宝钗就很优雅，她平衡得很好。

最近我在看宋朝的相关历史、文化，我想打造一个顶级的酒店，想从宋朝的生活美学里汲取营养。我看到这样一个故事。北宋有个权宦叫童贯，家里做包子分工明确。包子里有馅儿，馅儿里有料，不同的料都有人专门做。有个女孩儿专门负责切包子馅儿里的葱丝，其他什么都不做。她后来嫁给一个男人，男人让她做个包子给他吃，她说她不会做，只会切葱丝。这种生活可以说糜烂，但我们从中可以看出宋人对生活是十分讲究的。

看北宋赵佶的《听琴图》，皇帝跟大臣听琴，旁边点了一支香，那场景很优雅。在宋朝，人与人的交往也很优雅，即使在妓院里，交往都以诗词歌赋、琴棋书画为媒介。没钱你可以写首词，像秦少游；有钱也要和诗情画意配合。宋朝虽然战争不断，但是市民阶层相对有钱，所以重生活享受，最终提炼出优雅的生活方式。

在我们传统文化几乎所有的领域里，宋朝都达到了一个高峰。

我们现在只知道明朝家具，但从画里可以看到，宋代家具的美学风格已经到了极致。明朝的家具其实是继承了宋朝的美学，只是做了更进一步的简化，而这简化没有改变宋朝的美学精神。除了家具，宋朝的书画也很厉害，比如范宽的画，米芾、蔡京的书法……

最后宋朝被一个少数民族、一个在审美上和经济上弱于宋朝的民族打败，十分可惜。中国历代的问题都是没有考虑到外部环境的挑战导致的。如果纯粹是一个封闭独立的经济体，它是没有问题的，但世界并非这样运转。国家也好，企业也好，人也好，文和武都不能缺。文很强，没有武是不行的。宋朝这么强的经济，照理说可以有很强的军队，但因为政策的原因没有发展军事，最后导致了它的灭亡。

审美有时候是种奢侈，甚至是跟死亡联系在一块儿的。宋朝这种太极致的审美，太阴柔的力量，最终让自己毁灭。这也启示我，无论做人还是做企业都要掌握好平衡。华住以汉庭、全季这样的酒店为基础，在我们皇冠的顶上可能有一两颗璀璨的钻石，这就是我要的平衡。而如若全部由金子和钻石铺路，那我们的企业就有可能会变成脆弱的宋朝。

2018 年 4 月 12 日

# 时间是人类的幻觉

　　时间的概念是人类发明的。当你还是小孩儿的时候，你有时间的概念吗？没有。你哭也好、闹也好、睡也好，一切自然而然，你对时间的感知是很弱的。当我打坐的时候，我对时间的感知也是弱的。我可能打坐四十分钟到一个小时，但感觉只过了十分钟。

　　时间和真实的关系，就像语言和思维的关系一样。语言限制了人类的思维，时间也限制了我们了解宇宙的真相。只有忽略时间，你才能知道时间外的信息，才能打开时间。

　　空间也是相对的。空间很好理解，爱因斯坦的相对论告诉我们，只要物体运动够快，接近光速，空间就会发生改变。而当我们把时间轴压缩到趋于零，令其距离无限小的时候，只要足够敏感，我们其实是可以感知所有发生的事情的。

　　我认为，打坐用物理来解释是熵减或者熵不增。我这样理解"熵"的概念：在一个封闭的系统、一个容器内有很多分子，这些分子一开始都是有序排列的，它们可能排成一条直线，但在没人管、没有任何外力干涉的时候，这条直线会变成弯的、散漫的。

　　我们小时候排队，老师安排我们排好队然后走开，我们就会开始说话、乱跑，让这队伍从有序变无序——这就是熵增。当你是个婴儿的时候，非常有序，你有限的身体孕育了无限的可能性，不管是智力、身体，还是外貌——长大了可能长你这样，长他那样，长我这样，有无限的可能性。而我们长大、衰老、死亡的过程，就是从有序到无序。死亡让我们彻底无序：火化的时候，我们可能变成水分子、二氧化碳；而土葬时，我们可能转变为其他的形态，以不同方式散落在这个宇宙中。

我觉得，是信息层面的不一样导致我们变成不同的形态，信息组成这样就变成你，信息组成那样就变成我，有的变成石头，有的变成树。佛教的轮回观，我认为不是一个人的轮回，是所有事物的轮回，遵循熵增的原理。而打坐，在我看来是一个熵减或者熵不增的过程。打坐的时候你要内观，不为外界所影响，把整个思路集中在呼吸上。这时，你不去想所有让你思维发散的东西，而将全部精力集中于一点，很纯粹地关注这一点，让身体处于归零的、不发散的状态。你只要思维发散，人就散了。人的意念对外界是有影响的，当你的意念是零，或者更准确地说，无限趋近于零、无穷小的时候，差不多就是入定的状态，这个状态是熵增最小的。

你如果打坐达到某个境界，就能感觉到时间是相对的，空间也没有了。我打坐时是不知道身处何处的，也会忘记时间。忘我还达不到，但是忘记空间、忘记时间是能达到的。当你的感觉发生了变化，时间感就会不一样。

上次在云南听罗旭分享了他打坐的故事。他是一个很率性的艺术家，有一阵子他在外面钓鱼，钓了一个月。有天下雪了，坐在水边的他一下子抵达了一个境界——外面的这个世界忽然不存在了。他知道雪飘落在自己头皮的某个角落，也能听到很远地方的一个人在说话，在用四川话说："那个傻子是不是死了？"声音隔得很远，但他听得非常清楚。

打坐会让人一下子进入另外一个世界，有了另外一种交流方式。但是这个交流跟世间是有连接的，且这个连接会变得很敏感。他在那儿坐了两个多小时，但自己感觉就一会儿工夫。那个以为他死了的人从很远的地方过来看他到底怎么了，平常大概要走二十分钟，但从那个人说话到来到他眼前，他感觉是刹那间的事情。我至今还没达到这个境界。

自然而然，无为而为，可能就是打坐与冥想的精要。

2018 年 4 月 12 日

# 上下求索

## 1. 形而上是纲

我曾把 2008 年至 2018 年这十年间，自己作为个人、作为企业家、作为朋友，不同身份、不同角度的观察和思考记录了下来，成了《创始人手记》一书。

在企业家里面，我觉得自己还是比较能写的，至少可以比较忠实地记录下来所发生的事情，但最难准确记录下来的是思想。人类的思想非常丰富，是一个全频谱的鲜活的东西，落在语言和文字上就固化了，也失真了，许多重要的信息就丢失了。文字好的人，丢失得少一点儿。

我们处在一个剧变的时代。处于这种时代的企业家会面临很多事情，矛盾、纠结、冲突、烦恼、诱惑、启发等。《创始人手记》是我个人的思想历程，是亲历、亲笔，算是这个时代一个比较精准的切片，所以还是蛮值得跟大家分享的。

在赠书签名的时候，我经常写这句话：形而上是纲，形而下是目，纲举目张。

这也是这篇文章题目的由来，"上""下"是指形而上和形而下。人的事业，人的生活，人的行为，甚至人的一生，首先都是形而上的事情，没有形而上不可能有形而下的展开。形而上最为重要，是准绳，是原则，是纲领。

所以先从我的价值观说起。

我的价值观是六个字：求真、至善、尽美。

## 2. 求真

我认为，这个世界上没有绝对的真理，人类所能获得的只是相对真理或片面真理，造物才是唯一的绝对真理。但一个人要在这个世界上安身立命，必须去寻求自己认可的真理，否则就没有办法往下走。

比如：我们从哪里来？到哪里去？生命的意义是什么？人生的目的是什么？有没有上帝？有没有轮回？科学跟宗教哪个更接近真理？真理有很多面。

我第一次触碰这些终极思考，是在大学二年级上课的路上。那天我起来晚了，上课迟到了，走在上海交通大学"饮水思源"校训碑旁边，大多数同学都在上课，周围很安静，阳光从梧桐树的枝丫里洒在空无一人的路面上。走着走着，我忽然停下来，问自己：为什么要急匆匆地去上课？上课为了什么？为什么要学习呢？我甚至想到：人为什么要吃饭、要睡觉？所有这一切的意义何在呢？

那天，我坐在树下发呆，没有去上课。

这一发呆，就带出了我对人生终极意义的思考，也就是生命的意义是什么。这个念头折磨了我一个月左右的时间，茶饭不思，对什么都没了兴趣。

最后的结论反倒简单，我觉得：作为一个本体来思考意义是个悖论。意义是本体没有办法自己来寻找和定义的。假如一只鸭能够跟人类一样思考，思考自身的意义，你觉得它可以得出结论吗？意义是由客体定义的，是由养鸭的人，由鸭子的孩子、家人、同伴们定义的，是由除鸭子以外的所有客体来定义的。

既然本体无从寻找意义，那只能是一个过程，这个过程对于一个本体来说就是全部的意义了。佛教所说的"当下"也正是这种无奈后的说辞，《金刚经》里说"过去心不可得，现在心不可得，未来心不可得"，只剩下稍纵即逝的"当下"。

　　如果建立了"当下"这个概念，对于生活会有很大的改变，比如吃饭。

　　每个人每天都会吃饭，但是大家吃饭的时候有没有静下心来专注地吃饭？早餐匆匆忙忙要赶时间，午饭、晚餐又是跟客户、同事谈事情，可能没有认认真真、非常专注地吃过一次饭。如果吃饭的时候把你所有的注意力集中在咀嚼、口腔和米粒上，你会觉得那顿饭特别甜、特别香。我们大部分人成了时间的奴隶，要么为过去惋惜，要么为未来期许，恰恰忽略了最丰富的"当下"。

　　当你关注"当下"的时候，你的所有器官、你的内心就会变得非常敏感。这时，所有的细节都呈现出来，一切都变得非常丰富，非常有意思。

　　大家可以试一试，用"当下"的概念来吃饭，来喝水，来做事情，一切会变得不太一样。

　　当无从寻找本体意义的时候，人生更像是一次旅程——由无数个"当下"组成的旅程。我们不知道哪里是终点，也不知道最后的结果是什么，但我们可以用"当下"的概念来好好走过这个旅程。也许会有风雨雷暴，也应该会有风和日丽；也许碰上崎岖山路，也会有广袤的草原；也许会有困顿气馁，应该也有欢呼雀跃。我们不抱怨，不妄想，不追悔，甚至不期许，让内心变得安静平和，准备好一切，好好感受每一个"当下"……

　　我曾经写过一首小诗《流星与尘埃》：

假如

我只是流星

也要在最后的时间里

划亮那——

单调的夜空

哪怕只留下——

一道没人注意的——

流光


即使

我只是宇宙中的尘埃

也要融入——

一件伟大里

妄想与天地——

和光同尘


　　虽然我们只是宇宙中的尘埃，还是希望能够融入一种伟大与永恒，我们工作、写作、繁衍……都是努力想留下点儿什么，希望能够和光同尘。

　　真理是一整套对宇宙、世界、人生、他人、事物的看法，这套信仰的建立，确立了人生的基础。

　　正像卡夫卡说的：人要生活，就一定要有信仰。信仰什么？相信一切事和一切时刻的合理的内在联系，相信生活作为整体将永远继续下去，相信最近的东西和最远的东西。

## 3. 至善

当发现本体不能定义自身的意义，而意义是被客体定义的时候，自然就到了我们的第二条价值观——至善。

我们的存在，对孩子来说是生他养他的爸爸，对太太来说是可以依赖和相伴的丈夫，对同事来说是一起工作的伙伴，对客人来说华住的意义在于住宿……

所谓善是个人对外界的反射，光照过来我们是发亮的还是黑暗的？是一个创造者还是一个毁灭者？是一个剥削者还是一个奉献者？在寻找到我们相信的真理，建立起自己的信仰以后，这真理和信仰就会指导我们去做事情——至善，到达善的境界。

熊彼特的一段话非常好地概括了我对商业的理解："资本主义的成就不在于为女王提供更多的丝袜，而在于使丝袜的价格低到工厂女工们都能买得起。"这就是我理解的商业的善，也成了我从事商业活动的准绳，当然也是经营华住的指导原则。

华住并不排斥盈利和上市，实际上很多投资人因为我们股票的上涨而赚了钱，许多员工也因为期权和股票买了汽车、房子，改善了生活。但影响更大的是，我们的客人原来住的要么是脏乱差的招待所，要么就是很贵的酒店，因为有了我们的酒店以后，享受到了安全、干净、实惠、方便。我们的门店，改善了这些人的旅途生活。每年我们服务将近一亿人，将来可能是两亿、三亿，实际上影响了全中国人民的出行质量。人们可能因为有华住，出行的时候更加方便、更加放心、更加踏实。"在家千日好，出门一时难。"我们也许能够改变这句古老的谚语。企业的目的不在于股价和市值，更不在于浮华与虚荣，我们的根本目的在于价值创造，从而改善大部分人的生活，进一步影响人类文明的进程。

## 4. 尽美

当我们将华住的使命确定为"成就美好生活"的时候，就是在"求真、至善"的基础上，进入第三重追求"尽美"的境界。

Jeep 有句广告词讲得特别好，"领略人生宽度"。人生不仅有长度，还可以有宽度，而宽度就是丰富与多彩，是一个审美的过程。人生既然是一个旅程，能不能让这个旅程变得有趣、变得美好、变得不一样呢？在有限的长度里可以有无限的宽度，在追求美的旅途中，可以有无尽的美好！

创立华住之前我跟伙伴们做了两个公司，第一个叫携程，现在是全球第二大的 OTA。那时候我们没有什么钱，想通过创业挣点儿钱，想法很简单、很朴素。第二个叫如家，那时候我想证明我自己，因为携程是四个人做，如家基本上是我一个人从零开始，一点儿一点儿做起来的。后来我离开了如家，创立汉庭，现在叫华住。

当时做华住是为什么呢？再搞一次上市，做一个上市公司证明一下我自己？我觉得没有必要，我已经上过市了，经历过了，我要的是一段不同的历程。再做一个公司，已不是纯粹财务上的考虑，而是跟"宽度"和"审美"相关。所以，我在创立华住的一开始，就提出了"一群志同道合的朋友，快乐地成就一番伟大的事业"这个想法，"志同道合""快乐""伟大"都是审美阶段的词语，已经不再局限于融资、上市、发财、致富那些较为物质的层面。

华住不能变成一个赚钱的工具，变成一个逐利的手段，甚至是大家投机的一个平台。我要把它变成一个价值观相同的一批人，志同道合地做事业、成就伟大的平台。

我不仅用这个要求伙伴和员工，也要求加盟商和客人。有些加盟商跟我们想法不一样，志不同不与谋，我可以不做这个生意；有些客人在门店打骂我们的员工，这样的客人就进黑名单，你连最基本的尊重都不知道，我们选择拒绝。我们理解：客人是亲朋好友，不是爷，更不是上帝。

华住已经做了十几年，已经不算小了，但离伟大还有距离，更谈不上能够影响人类的进程。但是我们有这个理想，有机会把这份事业做大。做大之后你才有机会影响人类文明的进程。

这就是我对"尽美"的理解。

我把"求真、至善、尽美"作为自己的人生价值观，也用这个作为华住的价值观。


## 5. 创业需要信仰支撑

很多人问我为什么一而再、再而三创业，而且每次都乐此不疲。实际上创业是非常非常累、非常非常辛苦的，对你的情感，对你的价值观，对你的健康，对你的很多东西，甚至对你的家庭都有非常大的影响。一个人创一次业，能够将公司成功带上市已经是非常不容易的了。当你再做第二个、第三个企业的时候，你需要某种东西的支撑，那个东西一定不是物质的，那是某些精神的东西，强大到足够支撑你往下走。

比如，我在如家的时候碰到非典，很多人的生命没有了。那时我在北京，街上没有人。我也冒着患非典的风险，去我们一个接待北京市医护人员的酒店。医护人员是最易感人群，现在想想挺后怕的，很有可能被传染。

对我来说，人生不就是这样吗？长和短不重要，我要做的事情不是说让我的生命更加长，我要做的事情是把创业公司做起来、做好。而非典时期是最能体现这是一个什么样企业的时候。我去看望员工，鼓励他们，告诉他们安心工作。甚至自己也不知道安全不安全，但至少我去了能给他们信心。

汶川大地震死了很多人，很多员工害怕，家里的亲人死了，房子也塌了。允许通航的第一天我就飞去了成都，邀请员工跟我一起吃饭。很巧，那天成都据说有大地震。我是唯一飞到成都去看望员工的酒店 CEO。有没有危险？说心里话是有的，我睡的酒店在成都西面开发区，靠近都江堰，是最危险的区域。我把矿泉水瓶倒着放，万一倒下来我就跑。那天晚上很幸运，水瓶没有倒，我睡得还挺香。地震过后，我们成都的酒店经营业绩就领先所有对手。

面对危险，面对挑战，甚至面对可能危及你生命的灾难，创始人无处可逃，只有冲在第一线，在最需要你的位置上。

所以说，创业不是一般人可以做的事，它可以成就一个人，也可以摧毁一个人。你没有顽强的意志、高远的理想、坚定的价值观，很难坚持到最后。作为一个连续创业者，支撑我的并不是大家所以为的金钱、财富、虚荣和成功故事，而是内心强大的信仰，是超出物质的精神追求，是取法乎上的形而上。

从当初梧桐树下的思考，一路走来到今天，走过了千山万水，历经了千辛万苦，也收获了众多喜悦。所有这一切，实际上只是那次形而上思考后的形而下表达。


## 6. 成大业者需要高远的形而上

今天跟大家分享自己价值观、形而上形成的过程，就是想得出这么一个结论：我们每个人都要有自己对形而上的思考，包括宇宙、世界、人、社会，以及从哪儿来、到哪儿去。如果你要建立丰功伟业，你的形而上一定要非常高远、非常坚定。只有这样，形而上的种子在一片丰沃的土地里才可能长成参天大树。

中国正是这么一片丰沃的土地。中国是全球最大的单一市场。美国三亿多的人口，真正有效消费人群大约在两亿；中国十三四亿人口，真正有效消费人口大约在六亿，是美国的三倍。面对这么一个大市场，必须有大思考、大格局来匹配，否则没有办法建立一个大的商业机构。

　　这片丰沃的土地，一定会孕育出很多世界级的企业。因为平台够大、竞争够激烈、发展够快，不管是技术能力、企业规模、利润，还是很多体系性的东西，一定会达到世界级。

　　这样的大市场，对于新加坡人来说是难得的好机会。新加坡的企业家和年轻人可以较为容易地参与到中国这个大市场中来。新加坡属于城市型国家，人口基数小，地理上也没有纵深，必须走出去，才能有所建树。

　　要把中文学好，更多地了解中国的历史和文化，有机会到中国工作、学习、生活。未来三五十年，不管中国跟美国间的贸易摩擦如何，新加坡最好的机会可能是在中国。淡马锡、凯德、雅诗阁等很多新加坡企业已经深耕中国多年，在中国的投资和份额很高，他们做得非常成功。

　　这个世界不会总风平浪静，不管是我经历过的互联网泡沫、非典、地震、金融危机，还是最近的贸易摩擦。面对这些问题，我想借用傅雷先生在《约翰·克利斯朵夫》的献词里所说的："真正的光明绝不是永没有黑暗的时间，只是永不被黑暗所掩蔽罢了！"

　　不管是中美贸易摩擦，还是过去曾经经历的困顿，未来也一定会有各种各样的困难、挫折，一定有黑暗的时期，只有建立了高远形而上架构的人，才能从容面对未来不可知的世界。

## 7. 人类的未来有待于灵性的提升

未来到底往哪里去？人类的再一次飞跃是什么？是物联网，是AI，还是基因工程？可能都不是。人类的下一次飞跃应该是在灵性层面的飞跃。

人生是一个旅程，对我们来说也是一场修行。而这场修行的目的，显然是要提升全人类，乃至所有生物界的层次，向着更高级、更美好的层级迈进。就像地藏菩萨说的："地狱未空，誓不成佛，众生度尽，方证菩提。"这个世界为什么有这么多冲突、这么多问题、这么多矛盾？人们为了面子、利益、虚荣、权力尔虞我诈，争斗不休，都是因为人类本身灵性水平不高。

互联网泡沫是因为贪婪，金融危机是因为高杠杆，使得美国信用体系崩溃……所以科技的发展，只会让欲望膨胀。只有灵性提升，人才会更加智慧，才能够平衡欲望。

满地都是六便士，有人却抬头看见了月亮。当芸芸众生都在为生计而奔波、为物质而烦恼的时候，能够仰望星空，找寻那一轮理想主义的月亮，是多么难能可贵。月亮就是形而上，今天演讲的主题就是：形而上是纲，形而下是目，纲举目张。

苏格拉底说："未经审视的人生不值得过。"你要有自己人生的总览，这个总览一定不是物质的而是精神的，不是具象的而是抽象的，不是近期的而是远期的，不是个人的而是世界的、宇宙的。对这个形而上的追求永远不能停止，如果停止，人生就很难有大的格局。

2019 年 6 月 22 日

# 因缘和合

每次爬山，到山顶都奖励一下自己，吃一颗桃子。

这天，同样的山顶，同样的桃子，吃完将桃核扔到山涧中（可降解的，不属于乱扔垃圾）。这时想起佛经里的一句话，万物都是"因缘和合而成"，似有所悟……

是啊！我每次来山顶都吃一颗桃子，每次都将桃核扔到山涧里。如果种子没问题，有合适的土壤、合适的阳光照度、合适的周边环境和地形，也许会生根发芽，长出小桃树。假如不被行人、野兽踩踏，不被周围杂草藤蔓包围而窒息枯萎，不被山洪连根冲走，不被野猪当成野草啃掉、拱掉，也许会慢慢长大、长高。再长得高一点儿，周边的树林漏下合适的阳光和雨露，桃树因此继续生长，春暖花开，春华秋实，结出桃子来……

人的生命又何尝不是如此？且不说当初爸爸妈妈如何遇到、如何恋爱结婚（抑或媒妁之言），单说上亿的精子中偏偏是这一个跟卵子结合，生下了如今的你我，这个概率就是亿分之一！生下来后，经过童年、少年、青年、中年，到如今的你我，要经历多少风风雨雨、沟沟坎坎？且不说遥远的童年，只说没有邓小平的改革开放政策和恢复高考，我应该还在如东老家种地。假如没遇到梁建章，我也不会开始旅游业的创业。假如没有非典和跟投资人的冲突，也不会有今天的华住……

就像这一颗桃核，能否长成桃树，跟太多的因缘有关。世上万物真是各种因缘和合而成！差一点儿都不行！

世上万事万物是如此难以把握！差一分一毫，就可能会是迥然不同的结果。是天命？是人为？天命与否，我未可知。人能做的其实并不多。

所以，佛说，活在当下。万物都在变化，万物都是缘起，唯一能做的就是活在当下。珍惜生命中每一分每一秒，珍惜遇到的每一个人，认真做好当下的每一件事情。用"当下"的心吃好每一口饭，喝好每一口汤，用当下的微妙心细细品味人生百味……

有一天，我们总会尘归尘、土归土。因各种因缘和合而成，也会因为因缘已了，从茫茫宇宙的微尘中来，又回到茫茫宇宙的微尘里去。

我觉得，从量子理论看，粒子是无限可分而且是可以携带信息的，著名的"量子纠缠"的超距作用也给我们许多遐想。假如我们人类是由这些量子，因为某种因缘和合而成的话，那么我们这些量子显相化的意义又何在呢？为了一步步提升，从而让整个宇宙提升到一个比较高级（如何定义"高级"）的状态？

目前比较流行的宇宙爆炸说认为，宇宙是由一个奇点开始的，这个奇点瞬间爆炸，产生了巨大的能量，于是有了时间，有了空间，进而演变成宇宙。那个奇点既不是有，也不是无，跟数学上的无穷小差不多。这个假说跟佛教的"空"类似，跟道家的"一生二，二生三，三生万物"也差不多。所罗门在《传道书》中也说："虚空的虚空，虚空的虚空，凡事都是虚空。"

宇宙来自虚空，来自无穷小。量子尽管非常小，还不是无穷小，只是无穷小的显相。我想，万事万物都可以看作是量子的振荡波，波的特性就是不确定性，所以万事万物都是因缘和合而成也就似乎讲得通了……

宇宙、万物、生命是如此的深奥和难懂，庄子亦说："吾生也有涯，而知也无涯，以有涯随无涯，殆已！已而为知者，殆而已矣！"智慧如庄子都这么说，我们常人又能怎样呢？假如能够"独善其身"最好，假如"佛系"的话，就是"活在当下"，或者像庄子一样，忘却物我的界限，达到无己、无功、无名的境界，无所依而游于无穷，"逍遥游"去了。

2019 年 7 月 17 日

# 深度重要于广度

## 1. 对深度的提倡

我们这个时代，社交媒体和移动设备让信息交流变得非常容易。我们已经远离了写封情书后忐忑地等待对方回信的时代，一切都是那么迅捷，一切都是那么直白。即时通信、微信、头条新闻、快手、抖音、弹幕……看看这些名词就知道现在大家沟通的特点。看杂志的人少了，读小说的人少了，读经典的人更少了。

我并不是逆潮流，也不是要复古，但这样的碎片化方式是不行的。通观人类发展史，真正能够影响我们的是什么？是经典，是深邃的思想，是智者的深度思考和交流。不管是中国的孔子、老子还是西方的柏拉图、苏格拉底，不管是东方的释迦牟尼还是西方的耶稣，都极大地影响了人类文明的进程。我认为，那些贵族宴会上的闲聊，那些春夜的杂谈打趣，即使有文字记录，可能也早已经被遗忘和失落，更不用说对后世的人们有任何影响。

人类第一次面对信息如此方便地传递，像小孩子的新玩具，还不知道如何合适地使用。信息的碎片化和交流的肤浅化是这个时代最大的谬误之一，不能人云亦云、随波逐流。作为要缔造伟大事业的一群人，作为一个要影响人类文明进程的人，我们应该冷静地回归常识，回归本质。

因此我提倡：深度阅读、深度思考、深度交流。

## 2. 深度阅读

我有一个癖好——不在电子设备上看东西，而是打印出来阅读。为此我还专门配备了 HP Officejet Pro（一种高配置的惠普喷墨打印机）和 120 ～ 140g 的打印纸（手感好）。这样做能保护眼睛，更重要的是值得我阅读的，必须是值得我打印出来的，否则我只看标题，不看具体内容。这样就避免了许多无聊和无价值的八卦与鸡汤。

另外，我坚持看杂志和经典，还做笔记。读书和阅读打印材料时，我会带着各种颜色的笔，看到精彩或必要处，会做标记。

小说已经基本不看，更多的是历史、哲学、政论、宗教、艺术、诗歌等。这些品类的书，除了艺术、诗歌，其他都必须带着脑子去阅读。有时会掩卷托腮，有时会若有所悟，有时会苦苦思索。

我们年轻时充满了好奇，阅读是我们了解世界的手段之一。应该将人类的经典全部阅读一遍，假如有些宗教、哲学类的暂时理解不了，可以先囫囵吞枣，大致有个知晓。

年龄慢慢大了，阅读的耐心可能会下降，眼睛也会老花，阅读的习惯可不能丢。反而应该在形而上的，诸如哲学、宗教、美学等领域深度阅读，而非匆匆浏览。

## 3. 深度思考

为了预防被社交媒体骚扰和打断，我用的是 Pad 版本的微信。几乎所有 App 的通知功能都是被我关闭的。这样就是我去操作 App，我去获取需要的信息，而不是被各种推送。我需要整段的时间，更需要能够自己支配的时间，用于思考。

华住许多品牌的名字是我取的，很多人表扬名字取得好，好像是我才思敏捷。其实不然，是深度沉浸、苦苦思索的果实。我们大部分人不是天才，都是普通人。只有比别人更勤奋、更努力、更深入地思考，才会有超越常人的思想，才能做出超越常人的成绩。

世界上许多伟大的事情大都不是随性得之，如释迦牟尼的开悟、王阳明的顿悟、牛顿的万有引力、爱因斯坦的相对论等。我们也可以想象，老子在云梦泽边钓鱼边思考他的《道德经》。世界上伟大的思想，能够影响人类的思想，无一不是深入思考的结果。只有诗歌和音乐是酒后才可能有的，但它们是美好，不是伟大。

互联网、社交媒体加剧了大家的焦虑感，人们好像都被一双无形的手推着往前赶，留不下一些时间静下来，留不下时间反观自我。苹果手表有个特别好的应用是提醒你静下来，深呼吸一分钟。建议大家试试看，特别好！

我创业好几次，侥幸成功，并非因为我是天才，而是因为我不断地迭代、排除、求证。成功是深度思考的结果。

我不是那种站在山脚，就能看到远方的人。我属于一步步爬上一座山峰，可以让我看得更远、更清晰，从而迈向下一个高峰的人。每一次的攀登，就是我迭代、进阶的过程。我的思考也随着高度的提升而深入。每一次成功的登顶，都是缜密规划的结果，不存在侥幸这件事！

品牌如何脱颖而出？会员计划如何差异化？如何让客人体验更好？早餐如何好吃又不贵？如何保证下沉后的组织力和品牌力？……许多战略和战术层面的事需要深入思考，不断深入思考。

## 4. 深度交流

还记得上一次用笔写字是什么时候吗？还记得上一次将信装入

信封，然后贴上邮票、投入邮筒是什么时候吗？

我们大部分时间用的都是所谓"即时通信"的各类软件，沟通短而快，信息长了都不行，许多 App 都有字数限制，语音也有时间限制。朋友圈都是各类摆拍、显摆，没有忧伤的时候，没有真实的感情流露。各种美图、打卡、网红，都是一些短暂而不真实的东西。

我们开会都是用 PowerPoint 或者 Keynote，提纲挈领，简明扼要，像我们小时候喜欢背诵的格言和警句。长篇大论的文章很少有人写，深刻而有见地的文字更少见。

这次疫情，让许多人习惯了视频会议，有些人认为视频会议挺好，以后可以少出差甚至不出差了。当然语音优于文字，视频优于语音，但真正丰富的交流是面对面的。当时当地的气温、味道、周边氛围等，都构成了交流的一部分。视频会议不会也不应该取代人类面对面的交流和沟通。

从人性角度讲，我们这些孤独的个体，渴望跟同类交流。技术的发展，方便了粗浅交流，但是代替不了深入交流。比如争取一个合作机会，假如没有用你的眼睛看着对方的眼睛，合作很难达成。

人类的交流方式被技术扭曲了。"新箍的马桶三日香"，我们对刚刚出现的技术，有点儿滥用了。

即时通信适合简单的沟通和交流；邮件适合比较正式、需要留档的事情；视频适合熟悉人员之间的简单沟通；文章适合成人的深度沟通；面对面，哪怕在走廊里的非正式碰面，适合深入的交流和沟通，适合发展重要的关系。

所以，我提倡面对面沟通，不管是同事还是恋人；提倡用文字描述深入思考后的重大课题，不管是企业的重大事宜还是人生思考。

2020 年 8 月 28 日

# 即插即用，用后即弃

　　"即插即用"原本是一个电脑术语，指不需要专业人士，普通人开机就能使用，是"KISS原则"的体现。现在的IT设备、民用电器都是"即插即用"的了。比如过去听Hi-Fi音乐，要买一堆功放、胆机、音箱，还有专门的播放器，比如CD播放器、唱片播放器等，不仅费钱，每一次听音乐还都得大动干戈，费老大的劲，且必须有些专业知识才行。而现在流媒体的播放品质已经非常高，一首歌曲差不多三十兆，普通人的耳朵根本听不出来跟CD音质的区别。歌曲可以下载到本地设备，也可以储存在云端，随时可以读取（需要有互联网连接），不需要像过去那样，带着装CD的包去旅行。有一款法国出的帝瓦雷（DEVIALET）音箱，本身自带功放，不需要复杂而昂贵的发烧设备，播放效果跟Hi-Fi相比一点儿也不逊色（尤其是人声），是真正的"即插即用"音响系统，配合流媒体播放是再合适不过了！永远在线，连开关机都没有。

　　云端技术使得"即插即用"变得更加方便，随时用，随时调出。几乎所有的资料都可以存在云端，不管是文稿、音乐，还是视频，都特别方便。手机、平板电脑、笔记本电脑可以随时共享同一个目标文件。换新的手机或者其他终端设备，只要从云端恢复就行，几十分钟就能搞定。"用后即弃"也可以称为"用后即分"——使用完以后随即分开、分离。乍听起来不环保，不负责任，实际上跟"即插即用"相辅相成。"用后即弃"反而是不独占、不拥有，是将资源最大效率地使用。许多使用频率不高、购置成本和维护成本较高的东西，都可以秉承这个理念。

举几个"即插即用，用后即弃"的例子。

几乎所有的公共资源，比如公共交通——飞机、高铁、地铁、公交车等都是如此。私人飞机非常昂贵，一架飞机要几千万，甚至几个亿，每年的维护保养和运营费用也要几百万到几千万不等，对于绝大多数人来说，乘坐民航比较经济有效。从北京到上海，花费几百至几千元，就能够轻松搞定；即使是从上海飞巴黎单程，头等舱也就几万元，远比私人飞机经济得多。更何况飞机燃油对空气的污染很大，几百个人合用一架飞机显然也更加环保。高速公路、公共图书馆、综合医院、歌舞剧院、博物馆等，都是如此。

在商业领域，这几年风生水起的共享经济，就是典型的"即插即用，用后即弃"，比如共享单车、共享出租车、共享办公、共享充电宝等。你不需要拥有，平常也不需要保养维护，使用的时候支付一定费用，用完就可以放在脑后了。共享通常比拥有或独享更加集约化，成本更低，使用效率更高。再如，一生使用一次的东西，包括但不限于婚礼用品、读书时的课本，甚至书架上不怎么读的图书。有些酒店专门做婚礼的生意，有时候一天有好几场婚礼同时举行。婚礼通常需要宏大高挑的空间以彰显隆重和仪式感，宴请宾客需要摆放餐桌，并有庞大的后厨支持。这些都不是平常人家所具备的，因此，专门举办婚礼的场所也就应运而生，有的是酒店，有的是大型度假设施或者餐厅。一般人一生也就结一次婚，礼堂就是一个非常典型的"即插即用，用后即弃"的场所。我现在还记得高考结束后，将所有的课本当废纸处理掉的场景。觉得终于摆脱了无穷无尽的考试和作业，是一种解脱。课本除了保留作为纪念物，几乎没有重复使用的机会，所以大学里有上一届同学将课本卖给下一届同学的传统，二手课本便宜，循环使用能节省费用。大部分人都有一个书房，里面有个书架，放很多读过或者没读过的书，既是装饰，也是方便。当线上书店出现，Kindle 出现，我发现任何一本书都可以非常方便地即时获得。而且其数量之多，是任何一个私人书房都无法覆盖的。书架对我从此不再是必需，读什么书，随时去当当购买或者用 Kindle 下载来阅读。

当然，酒店是最典型的"即插即用，用后即弃"的产品，我们每年使用酒店也就数次，而且大多时候不在同一个地方。酒店由专业的管理者维护，等客人需要的时候使用。酒店行业是一个很古老的行业，但是恰恰吻合了最现代的思维模式。

未来当再生能源逐步代替了化石能源，能源的成本将会变得越来越低。现代工业的制造能力不断增强，3D 打印、再生材料、合成食物、AI 等技术的发展，诸多方面结合起来，很有可能彻底改变我们的生活方式，新的生活方式极有可能就是往"即插即用，用后即弃"的方向发展。

比如汽车。不存在私家车，也不需要司机，需要什么车型就从云端调用，用完自动入库归位，以供下一位乘客使用。

比如衣服。可以从云端挑选当天喜欢的款式、材质和颜色，3D 打印，随时制造，随时使用，用后即丢，回收并循环使用。家具也可以用同样的逻辑来处理。

想吃牛肉可以打印出来，嫌味道不好，也可以用无人机送餐上门，只是比打印出来的要贵一些。（那时候人工很珍贵啊！）

这种情况下，家的形态也可能会发生变化。喜欢的装修风格、琳琅满目的衣橱、烹制食物的厨房变得不再被需要，而视频、音乐都是流媒体，所以我们完全可以在任何一个地方来安家。长租公寓和酒店就会代替开发商来为大家提供居住服务，我们不需要花费毕生的积蓄去购买昂贵的住房，不再做"房奴"，而是自己的主人，想住哪儿就住哪儿，想怎么住就怎么住。旅行的概念不再存在，因为我们永远在路上，永远在云端，真正实现了人生的自由！

我们的这种畅想成为现实的可能性很大，据说新新人类马斯克就是这个理念："为了自由。"他出售了自己名下几乎所有的有形财产，将不再拥有房子！通常他住简易活动房或者朋友家，当然也会住酒店。

　　信息技术的发展，加上能源获取方式的变革，人类社会将会发生巨大的转变，"即插即用，用后即弃"会是一个非常重要的思维模式。

2022 年 8 月 25 日

# 灵性之光

## 1. 知识和算力

互联网改变了知识存储、获取、传播的传统方法。

原来讲一个人懂很多，知识渊博，让人非常尊敬，觉得了不起。通常记忆力好的人在智力类竞技里占尽优势，比如我们过去经常会在电视里看到知识竞答的比赛，会问世界的人口是多少，新西兰的国土面积多大，新加坡有几个种族。

有了互联网以后，这类知识变得随手可得，记忆力的优势变得不那么明显。

对于知识，我们大多数人一般通过读书、跟其他人交流、老师的传授等渠道获得。现在互联网上的渠道显然占了绝大多数。学校教育主要是建立知识的结构性框架，而不一定以传授知识本身为第一要务，我们痛恨的死记硬背式的考试可以省去很多了。

因为信息技术，知识的传播也变得丰富多彩，不仅仅可以通过人与人、人与书的渠道进行，还能以文字、声音、图像、影像等各种方式进行。很多人在开车的时候听历史，健身的时候看纪录片，在社交媒体上学烧菜，网课、远程培训也变得非常普遍。

计算机也改变了人们计算和逻辑推理的传统套路。我们学数学，关键是计算和逻辑，但是我们心算、笔算再快，也无法跟计算机的算力相比。人工智能的阿尔法狗打败了人类最优秀的围棋选手，也说明计算机在逻辑推理上接近甚至超过人类了。

随着技术的发展，随着计算机算力的提高，随着存储技术和通信技术的进步，由计算机来承担人类大部分需要计算和逻辑推理的工作是极其自然的事情，比如开车、定价、天气预测等。

## 2. 创造和灵性

当知识和计算让人类显得没那么重要的时候，我们会再一次陷入对生命意义的迷思；人类在丧失部分优越性后，陷入迷茫和困惑也是必然的事情。那人类的真正价值在哪里呢？人类的独特性和高级性体现在哪里呢？我们自认为是最智慧的生命、最高级的动物，那么智慧在哪里？又高级在什么地方呢？

哥德尔的"不完备性定理"告诉我们：所有人造系统都是有瑕疵的。也就是说人造的计算机系统包括互联网在内都是有缺陷的，并不完备。只有比人类更高级的存在造就的人类是完备的、无瑕的，这实际上才是人类跟机器相比最根本的区别。

人类所独具的创造力和灵性是机器无法模拟和代替的。所谓计算机创作的曲子和诗歌，实际上是按照人类的算法做一系列运算，并根据计算结果进行排列组合的产物，跟真正的创作无关。真正的创作是无中生有。

老子说："道生一，一生二，二生三，三生万物。""一生二，二生三，三生万物"可以理解成知识和算力，是一种复制和迭代的过程。而"道生一"则是创造，从"0"到"1"是一个从无到有的过程，这个过程是所有人造系统都不可能完成的，只有"道"才能做到。而这个"道"和西方所谓"造物主"其实是一件事情，都是指那个人类无法描述、无法把握，甚至无法想象的终极存在。正像《道德经》说的："道可道，非常道……无名，天地之始。"

人类作为天地精华之存在，继承了"道"的创造性，也残存了些许"造物主"的灵性，我们能够创造出自然界不曾存在过的事物，比如莫扎特的《C大调第四十一交响曲》、米开朗琪罗的《大卫》、我国的《诗经》。我们也创造了文字、语言、电脑、互联网，而在轴心时期的思想大爆发，也将人类引向了对灵性的思考和探索。不管是禅宗还是基督教，其实都是叫人放下"我"，而"归一"，跟那个"道"合一。

　　因此，我一直觉得人类的进步不仅仅是在工业、技术和科技上的进步，更本质的是在灵性上的提高，所谓"回归初心"，形成人类的"统一意志"。

　　恰恰互联网、物联网、脑机接口等技术为人类达成"统一意志"提供了可能的手段和途径，但可能最本质的还是打坐冥想、修行、宗教信仰等，这些才是接近"道"的最佳通途。

　　行文至此，意识到这篇文章就是一次"无中生有"的创作，而我是在电脑上完成写作的，一会儿再使用互联网的TCP/IP协议分发给大家。我的思想闪烁着灵性之光，这是一篇典型的算力、知识和灵性的创造物。

2022年11月16日

# 云端和道场

## 1. 云端

过去和尚、道士四处行走，求仙问道，称为"云游"。

2020 年开始，大家习惯了在家办公，在世界各地通过视频会议开会、处理工作等。这让人们意识到，在某一个物理场所办公和上班并非唯一选择，人们是可以分散在世界的各个角落，可以在各种不同的场所，比如家里、咖啡厅里、机场候机楼等参与各种会议，处理公司事务的。

因此，云端工作模式开始有了端倪。

我们的照片、音乐、邮件、文件大多存放在云端，不在某一部设备上存放，而是在不同的终端，不同的地点。只要连接到云端，所有的工作和数据都会一致性地呈现出来，供人调用或者连续处理，不会因为地点的变化而有差异。

## 2. 道场

宗教场所譬如教堂、庙宇，都有宏伟的建筑，有各种塑像、标语等，气氛庄严，很有仪式感，这就是道场最原始的意思。

2023 年以来，美国许多科技公司又要求员工必须回到办公室上班，增加人与人的面对面交流，保持良好的竞技状态，提高工作效率。这些科技公司都有漂亮的总部大楼、免费的咖啡和食物，以及新潮漂亮的员工公区，是高科技版本的现代道场。

## 3. 华住实践

像华住这样的企业，遍布全球各地的连锁门店有几千家，有几十万员工、加盟伙伴，选址、营建、日常经营也是分布在几百上千个不同的城市里。平台（过去叫总部）服务于这些门店和伙伴，我们的日常工作就是围绕这数千个物理地址展开的。奔波在这些海量地址之间并不现实，但对于一线的深入了解又是必不可少的。华住主张一线管理，亲力亲为，而不是坐在所谓总部办公室发号施令、开会审批。再聪明的人，也无法体会和想象一线的问题。

调查研究当然需要运筹帷幄，也有许多事情需要通过面对面的会议来深入沟通和交流。许多岗位也需要固定的工作场所，比如程序员、财务人员等。

假如排除那些需要固定工作场所的员工，我们传统的工作方式其实可以进化成为"道场＋云端"的新型方式。不仅可以节省许多办公空间，还可以让我们靠近客户和用户，更有价值的是它改变了我们的生活方式，是一种划时代的变革。江桥总部就是我们最大、最重要的"道场"，每一个旗舰店就是我们的"品牌道场"，美好生活馆就是我们的"审美道场"。

而我们的平台，尤其是集团中高层管理者，可以随时在世界任何一个地方接入华住的"云"，彼此连接成为"华住命运共同体"。通过邮件、华通、微信、电话等，管理者可以保持跟华住每一个分子的联系。我们可以在北京，可以在深圳，可以在成都，可以在西安，可以在武汉，可以在哈尔滨，可以在新加坡，可以在法兰克福，接入"华住云",当然也可以在考察下沉市场的途中,可以在大竹县的全季酒店大堂,可以在戈壁行的路上。有了云端办公的概念,安身之处都可以成为办公空间。公司要轻资产,我们个人也要"轻资产",不被沉重的壳所拖累,而是更好地享受生命中最珍贵的东西,提高生命的质量。让我们建立起"云端办公"的理念,让办公室变轻;精心打造好"道场",让品牌和文化变重。轻重结合,阴阳交互。极致后的执中,方为大成!

2022 年 11 月 10 日

# 生命的品质

2020 年之后我被隔离了两次，虽有些无聊，倒是有时间思考了一些事。假如说生命的意义在于过程，那么生命的长度和丰富度同样重要。珍惜当下，和世界多产生互动和交互，才不枉此生啊！

先是去了一趟新加坡，其间，经历了两三周的准隔离生活。回到上海后，又经历了一次两周的隔离。隔离并不无聊，想吃什么可以点外卖，要开会可以用视频会议系统，微信和其他各种通信工具让自己跟周围的人们保持着基本联系，也不会耽误什么事情。

闲下来，一个人发呆、打坐，打发无聊。忽有所感，记录下来，跟大家分享。

正常的生活中，我们有着充分的自由度，通过高铁、汽车、飞机，可以方便地到各地走走，见不同的人，经历许多不一样的事情，是真正的三维生命。平常我们上班、回家，两点一线，差不多是一个二维的生存状态。而足不出户的时候，处于一隅之间，在空间上局限在一点，像一个一维的动物，自由度降维到一。

我们依然有着生命的形态，但是跟这个世界的连接方式退化了，因而生命的品质也完全不一样了！

生命的极端形式就是在一个物理点上生活一辈子，做一个一维人。我们可以想象得到，那将会是多么苍白和无趣。虽然我们绝大部分人并不是这样，但是两点一线或者三点一线的人不在少数。

人们总是希望万寿无疆，但可曾想过：怎么能够让有限的生命丰富、有趣、有品质？

假如说生命的意义在于过程，在于经历，那么，生命的长度和丰富度无疑同样重要，是函数和时间的积分。连接是函数，是 Y 轴；长度是时间，是 X 轴。如果我们生命的意义、本质，或者品质可以称量的话，就是函数的积分：

$$\text{Life} = \int_0^T f(t)\,\mathrm{d}t$$

就是如图所示的阴影部分：

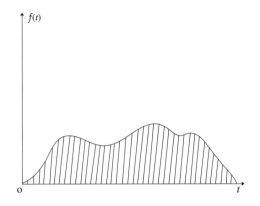

吾生之有涯，也不确定有没有来世。即使有来世，因缘和合而成的也不是同样的生命，而是另一种形式的存在。所以我们当珍惜当下，善用此生，让生命的函数波澜壮阔、龙飞凤舞。

而要让生命有品质、丰富，最重要的就是跟这个世界产生互动，多建立连接。这包括但不限于旅行、创业、上班、上学、演讲、出书、恋爱、约会、结婚、生子、看展览、见好友、探亲人……或沐浴在阳光下、徜徉在花海中、漫步在沙滩上、登山、跑马拉松、微醺、燃一炉好香、泡一碗清甜的明前龙井、打车去吃一碗喜欢的面、坐飞机去伦敦喂鸽子……生命的本质在于连接，在于跟这个世界的互动，而最精彩的人生则是创造和改变这个世界。

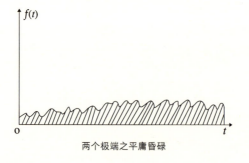

两个极端之平庸昏碌

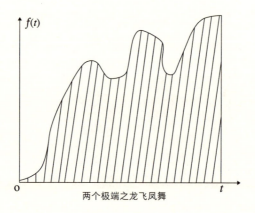

两个极端之龙飞凤舞

　　这就是我在隔离期间的感悟和心得，让我更深刻地理解了生命的本质，更确定了自己的人生之路该如何前行。看来隔离和无聊也不是什么坏事。

2021 年 4 月 24 日

# 从远方到故乡

我可以在葡萄园打工度日，可以靠流浪为生，像高更一样，和过去的生活一刀两断，开始一种崭新的生活。

# 迷失普罗旺斯

因为凡·高、高更、塞尚等印象派大师的画笔呈现，还有彼得·梅尔等作家的渲染，普罗旺斯成了许多人心中的一个梦想之地。

我也是怀着这样的梦想和希冀来到了这里。

雅高创始人杜布吕在中国的时候，就跟我相约在他普罗旺斯的家附近骑行。这一次去他家做客，杜布吕履约安排了一次自行车之旅。路线设计得很好，穿过普罗旺斯最精华的腹地，有平地也有山路，总共一百多千米。

一开始的风景确实迷人，葡萄园、起伏的山丘、富有历史感和人情味的小镇，不知不觉五十多千米就过去了。但由于山地居多，上坡的时候用力过猛，到了六十多千米处膝盖发疼，实在不能骑行上坡了。好在不远处就是野餐点，我羞愧地乘上"收容车"到达野餐的河边。

午饭后，我心有不甘，因为只有我一个中国人落下了。尽管骑车的耐力和体力比不过久经锻炼的法国人（自行车在法国跟乒乓球在中国一样，属于全民运动），毅力上总不能输给他们吧！我忍痛继续骑行，但不知不觉就离开了大部队。我身上带着地图，倒并不慌张，继续前行。

大约在八十千米处，我疼得实在没法骑车了，就找了下一个目的地等待"收容"。那是路旁一个小村庄，我便在村里休息等待。最后一辆车从村子旁边过去，把我一个异乡人撇在了普罗旺斯一个美丽而陌生的小村庄。

我身上没有一分钱（不管是欧元还是人民币），没带手机，语言也不通。虽然体力还行，但膝盖已疼得不能继续骑行。只能勉强步行，艰难地走向目的地。

下午四点左右，普罗旺斯的阳光依然很烈，晒得我直冒汗。水壶的最后一滴水也给我"舔"光了，想在路边找个水龙头灌点儿水，愣是没找到！而那些起伏的山路加重了我膝盖的疼痛，走路也变得越来越艰难。

问路吧，法国人英文不是很好。而且我能够找到的问路的人，基本是路边地里的农民，一连问了几个人，才弄明白前面的路径。

像在美国一样搭便车吧，也困难重重。我的自行车一般汽车装不下，只能搭货车或面包车。货车是一辆没碰到，面包车也很少。好不容易拦下两部：一部车上是工地施工的工人，听不懂我的话；另一部车上除了几个小孩儿，只有一个开车的妈妈，依然沟通不了，只能抱歉地摆摆手。

"沦落"到这个地步，是事先没有想到的。我除了一身汗水淋透的衣服、那辆借来的自行车，一无所有。但至少，我可以思考，可以呼吸，"我思故我在"嘛。以下就是我一路上的胡思乱想。


## 1. 关于异化

我久居城市，在完全没有现代技术支持的野外环境里，竟然变得如此无助和脆弱。缺一点儿水就感觉非常难受，没了一部手机和几张纸（钱币）就感觉极为不便，特别怀念。

现代科技的发达，使得人正在被各类设施"异化"，身体本身的机能正在慢慢退化。长此以往，若干代以后，像我这样的人类会不会变成四肢弱小、躯干庞大的"怪物"?

所以,这样经常性的体力运动还是要坚持的。欧美等发达地区的人们普遍比中国人更重视运动,我决定以后还是要坚持运动起来。

## 2. 风景之美

普罗旺斯地区阳光充足,靠近海洋,暖湿气流使得降水丰沛,因此有许多不知名的小花和植物。加上人工种植的葡萄和薰衣草等植物,整个地区植被非常好。骑行的路上,两旁丘陵起伏,远处还有房屋,可以说是赏心悦目。六点多钟,太阳开始露出柔和的一面,斜阳照在富有历史感的古镇上,煞是美丽。

但随着疲惫、疼痛和干渴等不适反应的到来,这样的审美慢慢变得麻木。美丽的风景在身体折磨的衬映下,反而显得没趣;而那遥远的古镇,预示着前路的艰难。

我想,普罗旺斯那些为生计奔波的农民,那些在烈日下摘葡萄的佣工,每日面对如此为世人诵咏的风景,也和我此刻一样毫无感觉吧?

审美是相对的,是非常个人的事情。它对于基本生活而言,是进阶,是奢侈;对于生活品质而言,是提高,是进步。这样高阶的东西,是需要好的身心状态打底的。

## 3. 关于遁世

我没带护照,突发奇想,要是我改变路线,走入更深的普罗旺斯，步入遥远的深山，浪迹在没有边境管控的欧盟会怎样？我可以在葡萄园打工度日，可以靠流浪为生，像高更一样，和过去的生活一刀两断，开始一种崭新的生活。

好像现在有了这个机会！

骑车的伙伴们也许会报失踪，会多方寻找，也许有人还会为此受到责备。而我就像鱼入大海，自由自在，毫无羁绊，在异国他乡有一个新的开始。可能，我会成为一个农民，或者一个知名作家。创业是比较难了，但成为路边小店平凡的售货员，抑或小有名气的酿酒师，似乎也不是不可能。

想着想着，就越来越离谱了。大概是身体过度疲乏，思绪开始混乱和疯狂。还好，此时我碰到了寻找我的车辆。看到他们，就像看到久违的亲人一样！少不了互道抱歉和讲述彼此的故事，而我自己却还没有完全从一路上的胡思乱想中解脱出来，还有些迷失的感觉……这就是我在普罗旺斯迷路的故事。普罗旺斯的美和我的脆弱与贫乏，让我迷失了。

2010 年 8 月 20 日

# 诗歌与成长

我们读大学的时候，流行朦胧诗。

我们常常在上海交大毛主席像边上的草地上朗诵北岛、顾城、舒婷等人的诗歌，像著名的《致橡树》：

"我如果爱你——绝不像攀援的凌霄花，借你的高枝炫耀自己；我如果爱你——绝不学痴情的鸟儿，为绿荫重复单调的歌曲；也不止像泉源，常年送来清凉的慰藉；也不止像险峰，增加你的高度，衬托你的威仪。甚至日光，甚至春雨……"

比如北岛的《回答》："卑鄙是卑鄙者的通行证，高尚是高尚者的墓志铭，看吧，在那镀金的天空中，飘满了死者弯曲的倒影……"

20 世纪 80 年代的诗歌，是我青春期的主题色，是一旦回想就无法回避的背景。

后来读宗白华散文集《美学散步》里的《我和诗》，那个青春懵懂的年代又一次浮现在我的眼前。这本散文集里好文章很多，尤其是 1950 年以前写的那些，后面的文章政治色彩较浓，独立性和个人的真情表达有所磨损。《我和诗》写于 1923 年，作者当时二十六岁，从德国留学回国一年左右，浑身洋溢着青春的浪漫和美好。这篇文章其实不是写他和诗歌，而是他对青春期成长的回顾。

当一个人喜欢写诗、朗诵诗的时候，内心往往有强烈的情感需要表达。这种情感也许是离情，也许是别恨；也许是爱情，也许是悲怆；也许是有感于自然的博大和精美，也许是对生命的无奈……

诗不是作出来的，不是写出来的，而是"迸发出来的"，是"流出来的"，那些极致的情感需要这种形式来表达和宣泄。

就像古典音乐的巅峰随着那个时代和那个时代的生活一起逝去了一样，诗歌也退回了过往的时代。我们这个时代充斥着金钱和财富、名声和虚荣、名牌和霓裳……却几乎没有诗歌，没有理想。或许在当下的时代，影像和高科技已经取代了文字，成为年轻人新的背景了。

但需要诗歌这种形式的人还是很多，像我对诗歌依然感到亲近。在我的身边，会写诗、读诗、朗诵诗的人，一直存在。

诗歌是最早的真实和烂漫，是未被磨灭的理想主义，是不肯迁就的唯美，是内心的独白和倾诉。

一个只有金钱功名而没有诗歌的时代，是种悲哀。

以此小文怀念久违的诗歌年华。

2011 年 6 月 25 日

# 南极之旅

南极是我一直想去的远方。

《中国国家地理》的李栓科社长是我国最早进入南极的科考队员之一。在他的推荐和"怂恿"下，我约了几个朋友，一起参加了《中国国家地理》组织的首航南极之旅。

路途相当遥远。我们从北京出发，花了十一个小时飞往巴黎，在巴黎机场待了九个小时，等待转机，巴黎飞布宜诺斯艾利斯又花了十三个小时。我们在布宜诺斯艾利斯住了一宿，第二天再飞三个半小时到火地岛的乌斯怀亚。乌斯怀亚是阿根廷最南端的城市，我们从这里的港口乘上法国籍邮轮 L'Austral，航行两天半，穿过德雷克海峡，才到达第一个登陆的地点。来回路程加起来，整整八天都待在飞机和海上，真正在南极旅游也就五天时间。

乌斯怀亚是一个经济特区，据说制造业发达，有许多工厂，因为这里有税收优惠。阿根廷农牧业发达，盛产牛羊。我们登船前去乌斯怀亚郊外的一个餐厅吃了颇具当地特色的烤肉，将柴火燃在中间，四边围一圈羊肉、牛肉、猪肉，烤上四五个小时，那肉是非常香酥可口的。

从乌斯怀亚出发，一路向南，穿过德雷克海峡，就到达了南极半岛。我们此次主要在最靠近大陆架的南极半岛附近来回，并没有进入真正的南极大陆，也没有进入南极圈。

在南极旅游，运气特别重要。航线取决于浮冰的情况，浮冰太多就必须绕行。可否登陆完全取决于天气，刮风下雨会增加登陆的难度，甚至没法登陆。

据说，我们这艘船运气出奇地好。船长说他航行九年，第一次碰上这么好的天气。接下去的五天，我们接连登陆了九座岛屿，做了两次海上巡游。每天阳光明媚，风平浪静，让我们感觉不像在南极旅游，因为根本没有那种探险和艰苦的感觉。来之前，为了应对南极的严寒和可能的艰辛，我们做了很多心理上和物质上的准备，到了这里却完全都没有用上。

另一件幸运的事，是我有机会下到船底的机舱里，近距离观摩了解这艘邮轮的内部机制。这是一艘非常先进的轮船，船上的所有动力、照明由汽油发电机提供。航行南极地区，使用的是最轻的汽油，排放量非常小。船上要求我们节约淡水，我们一开始还以为淡水是从港口运过来的呢，其实是由海水净化而来。节约淡水，实际上是减少发电量，节约能耗。只要有足够的汽油，淡水可以说是用之不竭。客房就像宾馆的房间，二十四小时热水、空调、卫星电视，甚至还有卫星电话和互联网接入。由于微信和微博的普及，游客们使用网络较多，使得网络速度很慢，几乎无法使用。

船员以法籍居多，餐饮却没有法国风味，几乎都是常规的西餐。可点菜，可自助，但一两天吃下来就开始倒胃口了。著名摄影师张超英带来的新疆雪莲辣椒丝成了我记忆里最美味的食物。滴水之恩，当涌泉相报，我回来后便以十五年茅台相赠致谢。我让助理找到了这个品牌的辣椒丝，吃起来味道还是不错。前几天，我去乌鲁木齐，发现这确实是新疆名优产品。现在，这款辣椒丝成了我佐煎饼的美味，让我时常回忆起这趟南极之行。

由于气温不是很低，第一天登岛，我们几个同行的兄弟就大胆地脱光了上身，在南极来了个"无上装秀"。远处的张超英老师给大家来了个抓拍，把我们拍得很帅。

我们登陆的岛屿大同小异，不同的是冰川的造型、岛屿的形状。南极半岛以冰川、企鹅、雪景为主要景点，一开始我们觉得新鲜、激动，两三天后就有些审美疲劳了。旅游的魅力在于新奇感和对未知的探索，在于寻找那种"在别处"和"在路上"的感觉。当我们厌倦了日常的无聊和烦闷，走出熟悉的生活和环境，来到不一样的地方，接触不一样的人和物，感觉到新鲜和惊奇，甚至还有一点儿探险的感觉，这就是旅游的魅力。

毕竟，人类的所有感官享受都是喜新厌旧的。正如好东西吃多了就会腻，就会想粗茶淡饭；生活在都市里久了，就会怀念乡村的野趣。

船上有许多公司里的白领，大多还是单身，请长假来南极。现代人厌倦写字楼生活，渴望着来这么一次小小的远行，算是逃避，算是调剂。我想，他们回去后应该精神倍儿爽，憧憬着下一次远行吧。


南极的年降水量只有五毫米，但积雪逐渐积累下来，几万年、几十万年持续产生的力量却是巨大的。南极气温低，雪的融化不是因为气温，而是压力。当雪越积越厚，底部受到的压力越来越大，雪粒被压融成水，又在低温的环境里瞬间冻结为冰。就这样随着岁月的流逝，雪在自身的挤压下转变成冰盖。冰盖顺地势向大陆边缘推进，部分冰体漂浮在洋面上形成冰架；有些从冰盖中断裂开掉入大洋，形成冰山。几十万年的雪积压下来是非常大的力量，密度很高，以至不能完全反射光线。部分能反射出光线的成了蓝冰，密度高得几乎不反射光线的就是黑冰。

我有幸得到一块南极运回的冰，蓝蓝的，估计有几十万年之久。配上威士忌或者白兰地，冰融化后酒杯里有许多气泡，那是在喝几十万年前的空气啊！那种感觉很是神奇！

栓科讲的企鹅故事也很有意思。

人们都以为鸳鸯是最忠贞的鸟类，实际上并非如此，企鹅才是真正的忠贞不渝。当雄企鹅出去觅食，雌企鹅会待在家里筑巢。在人类世界，男性讨好女性用钻石、首饰，企鹅则是用筑房子的小石块。谁家石头多，谁家的地位就高，谁家就有钱。

如果配偶一方走失或发生意外，它们会遵守男不续弦、女不改嫁的族规，抑郁而亡。也有专家挑战这个说法，但栓科讲的时候很是动情，所以我宁愿相信他说的。

地球变暖的说法，在栓科这儿也受到了挑战。栓科认为，人类跟自然相比太渺小了。人类的活动，根本不可能改变地球千万年的自然进程。所谓地球变暖，实际上是一部分美国人编造出来的耸人听闻的谎言。

地球大气层的热量主要来自太阳。太阳的辐射穿透大气层进入地表，被地面上的物体，尤其是南、北极巨大的冰雪镜面反射，变成长波辐射，才能被大气层吸收，太阳光线的热量就这样留在了地球。当地球的温度持续升高，就会促使南、北极的积雪和冰盖融化，白色镜面的反射面积就会减小，留下来的太阳热能减少，气温就会随之下降。可以说南、北极充当了地球"空调"的作用。

对于身处季风气候区的中国来说，地球变暖对我们是有利的。气温升高，夏季风西延，降水区域扩大，北方可耕种面积会大大增加，作物的生长期延长，单位面积上的生物产能就增加了。这在无形中极大提高了中国的土地质量，全中国普遍的越冬成本也降低了。粮食产量提高，动植物繁殖加快，可供养人口增加。因此，全球变暖不论是猜想还是事实，就中国的自然环境而言，利大于弊。趋利避害是人类的天性，瘦子不能盲目地跟着胖子喊减肥。

栓科是科学家出身，思维严谨，知识渊博。我觉得他讲得有理。人们太容易人云亦云，不假思索地接受流行的说法和观念。

我们每天上班活动的半径也就几十千米的范围，即使出差，活动的范围大致也在几千千米之内。所有的爱恨情仇、喜怒哀乐、功名利禄、富贵贫贱，也就在这个地理范围里发生。跟一望无际的大海、茫茫无边的南极相比，实在渺小。人短短几十年的生命，跟南极几百万年的积雪相比，同样微乎其微。人类太自以为是，觉得自己如何了不起。面对一望无际的海洋和千百万年的冰山，我们应该谦逊。在地球历史长河中，我们太微不足道。

望着大海，看着冰山，回味着栓科给我们讲的南极故事，再想想抛在脑后的尘世，那些功名利禄、那些聒噪喧嚣，忽然觉得没有了意思。也许这才是旅游的真正乐趣：换一个时空，换一种活法，换一套思想。我们是做了一回不同的自我，还是做回了真正的我？不得而知。

回到乌斯怀亚，晚上就着小酒，我们在一家门口有雕塑的小饭馆吃了美味的深海大螃蟹。微醺回到船上，我梦见自己变成了一只寻找小石块（企鹅的"钻石"）的企鹅，"俄然觉，则蘧蘧然'季'也"。是季琦在梦中变成了企鹅，还是季琦一直是企鹅梦中的形象？同样不得而知。

2013 年 1 月 30 日

# 远行

2014 年秋天，我和几个同龄的朋友相约从成都出发，沿着川藏线去西藏拉萨。川藏之旅还是会让人有些紧张的，塌方、流石、悬崖、交通事故、高原反应、道路桥梁坍塌……让人感觉是一场拿生命去博弈的赌局。

那一年是我的本命年，我碰到很多事情，有一种要逃出去放逐一下自己的冲动。这个时候沿着 318 国道去西藏，无疑是一个非常好的时机。

正是怀着这样的心情，我在书房整理行装的时候，一股冲动从心里涌出。我想写点儿什么，遂坐下，在电脑前将心里的涌动敲到键盘，写了《远行》这首诗：

> 每一次远行，都是一场离别
> 也许，只是一次短暂的别离
> 也许，从此天涯，甚或阴阳两界，永不复返
> 我们不知道，这一次是生离还是死别
>
> 每一次远行，都是一场救赎
> 也许，远行是为了拯救
> 也许，出发是为了赎罪
> 但是，往往，既拯救不了别人也赎不了自己的罪孽

每一次远行，都是一场重生

也许，我们会脱胎换骨，洗心革面

更多的时候，除了鞋子上的泥巴，我们依然故我

但是，至少远行，给了我们更多生的理由


每一次远行，都是一场未知

也许，在前面拐弯处，会遭遇到梦里的凌霄

但是，多数时候，只是无聊的路人和单调的风景

对于远方，就像对于未来，对于我们自己

憧憬，但一无所知


当时的心情，诗歌表达得很充分了。

阅读文艺作品时，读者会有一个移情重置的过程，也就是将自己的经历、心情、想象的情景放在作者所描述的氛围里，重新创作属于自己的作品。我想别人读这首诗，跟我当时的感受肯定不一样。

这首诗从旅行到人生，从前途的迷茫到人性的察觉，从沉闷的黑暗到重生的力量，基本上把那个阶段我的内心表达出来了。诗歌是特别私人的。我写过不少诗歌，都不太愿意发表或示人，因为早就过了寻求理解的年龄。

还记得我们大学的时候，朦胧诗很流行。我们在上海交大广场的草地上，朗诵着北岛、顾城、舒婷等人的诗歌，慷慨激昂、豪情万丈。那种青春的味道，我依稀还记得。那时候不经意的一些人文因子，在我们的人生里发酵，就像红酒，历经岁月，越发香醇。在知天命的年纪，许多矫饰都已褪去，朱砂痣般的爱恨情仇也已淡化成模糊的蚊子血，诗歌反而从深处探出头来。它自然、真实，甚至

连最重要的形式都不看重，只是内心的讴歌、抒唱。

随着社交媒体的发达，诗歌似乎又成了当代的一种时尚和流行。这说明，这个时代确实需要诗歌，需要人文。大家在物欲过强的氛围里，在信息爆炸的冲击下，更需要滋养心灵的养料，而包括诗歌在内的人文产品，遂成了一部分社会精英的选择。

我们的全季正是在这样的背景下诞生、壮大，"全季人文"也是为了满足广大的"季粉"而推出的。如果说能够跟大家内心深处的那些诗意产生一些共鸣，能够推动这个社会向着美好、理想的方向发展，我是非常愿意献丑，跟大家分享自己的诗歌的。我的诗歌虽然不一定好，但拳拳的心是真诚的。

就像人生下来并没有善恶一样，人生其实不苦也不甜，关键在内心。带着诗、唱着歌、跳着舞的人生一定是快乐美好的。我们要写诗、读诗、朗诵诗，不是要成为诗人，而是要过诗一样的生活。

2016 年 11 月 2 日

# 了不起的勃艮第

应朋友之邀，去勃艮第拜访酒庄。去之前，朋友预约了罗曼尼·康帝（Romanee Conti）家族。然而去的当天，据说那哥哥心情不好，周六不愿出来接待。哎，法国人真是任性、会享受啊。但那人是罗曼尼·康帝，确实也可以任性。好在朋友在勃艮第"根深叶茂"，我们一行驱车直接到了罗曼尼·康帝家隔壁的一处酒庄。

进了院子，看到一个不起眼的家伙，个儿不高，留个八字胡，穿条牛仔裤，拿着水管在清扫地面。他看上去像是这里的帮工，在这儿打杂的。他跟我们打招呼，要带我们去酒窖参观。我心里在嘀咕：法国的人工是贵，但我们一群人来参观，居然让一个勤杂工带我们，也太将就了吧。

在地窖门口我问朋友老板在哪，他说，这就是老板。好吧，看这老板的模样，酒庄也不会怎样。带着悉听尊便的心情，我下到了酒窖。

地下的空间很大，最初是教会僧侣开凿的，里面堆满了橡木桶。他给我们介绍橡木桶的讲究之处。比如：要事先选好一片树林，专门用这片林子里的橡树来做桶；他只用新桶，两三年后更新一次；为了体现法国情怀，将法国国旗的三色箍在了桶上；他儿子在美国看到一个漂亮的塞子，特地买回来塞橡木桶，用的时候才发现是中国造的；他有一面特殊的玻璃，装在橡木桶上，可以看到白葡萄酒逐渐沉淀的过程……他带我们看了落满灰尘的装着老酒的橡木桶，和装着一百年以内的年份酒的桶。他指着那间装年份酒的仓库说，隔壁就是罗曼尼·康帝家的酒窖。我看到一瓶1966年的酒，试着问能不能买下，这哥哥居然爽快地说会寄到我家里！

此刻，他在酒窖里侃侃而谈，不愧为一位地道的葡萄酒酿造专家。他知道所有的细节，非常享受跟我们介绍和葡萄酒有关的种种有意思的事情。

最后我们到了品酒室。虽在地下，但是灯光布置得非常恰当，还有一架钢琴放在中间。他为我们详细介绍了勃艮第葡萄酒的四个等级：勃艮第、村庄、酒庄、地块。总而言之，越小的命名（比如到地块）越高级，越大的命名（比如勃艮第酒）越差。

我们一共品了他们家六款红酒，后面四款都非常好。他说他不喜欢酸的味道，所以会尽量将酸味去除。他还欣慰地告诉我们，他儿子也喜欢葡萄酒行业，已经参与进来，这个庄园后继有人了。

他还跟我们说明为什么他们顶级的酒出产于一个狭长地带，原因是那些地块在一个地质断裂带上，含钙高，水分足。他的品酒室还保留了部分原始的底层剖面。他认真地说，不是他的水平高，而是上天给了一块好地，才能出产这么美妙的葡萄酒。

因为先前的印象，我故意问了他一个问题："你的酒好，还是那些名气更响的酒好呢？"他似乎不太开心，反问："严培明的画好呢，还是毕加索的画好呢？"画家严培明的工作室和家就在第戎，他在这里似乎是家喻户晓。

不管是艺术、爱情，还是红酒，每个人喜欢的都不一样。理所当然的，他认为他的酒一点儿也不输给其他酒庄。从2016年开始，他的酒里就不再有二氧化硫了（绝大多数葡萄酒都含有二氧化硫，主要用于制作过程中的消毒等），而它是你喝酒头疼的原因。

我觉得有点儿冒犯他，不太好意思，就提议品尝那瓶一直没动过的白葡萄酒。当我们喝到那瓶白葡萄酒的时候，一个个都惊呆了，太好喝了！这也是我这辈子喝过的最好的白葡萄酒！而这瓶酒售价只有几十欧元！

老板让我们很嗨，大概他也被感染了，坐到钢琴前即兴弹奏起来。他弹得轻松愉快（估计是当地的音乐），弹得不错。

我觉得这老板陪了我们大半天，临走我们总是要买点儿酒吧，以示感谢。我还大胆地说，买他两个橡木桶的酒，一箱白的，一箱红的。这哥哥居然说不卖！他说酒的产量太少了，不够分。我又一次被打击到了。

这家伙从最初的勤杂工，到专家，到企业家，再到眼前的艺术家，让我大开眼界。勃艮第这个地方真是藏龙卧虎：看上去不起眼的房子，居然是罗曼尼·康帝的；看上去不起眼的葡萄园，都是闻名世界的大庄葡萄田；看上去不起眼的人，居然是这么一个有趣、有才、有情怀的酒庄老板。

更有意思的是，当时我一直认为这是一个普通的酒庄、普通的品牌，回来做了一点儿功课，又是大吃一惊！这家酒庄非常有名！葛罗兄妹酒庄，是可以跟罗曼尼·康帝相提并论的酒庄！真是"狗眼看人低"，这次勃艮第之行确实狠狠教育了我一下：不能以貌取人，不能以外表来看待事物。

我还是设法托朋友买了些他们家的酒，这不是出于感谢他陪我们，而是我真的想喝他们家美妙的酒啦！

从葛罗兄妹酒庄出来，晚上去参加了勃艮第酒商晚会。晚会上，我还被授予了勃艮第的红酒骑士勋章。看来，我跟勃艮第还真是结下了不解之缘，满满的都是收获，悄悄的都是惊喜。

2016 年 11 月 30 日

# 选酒心得

　　好酒每个人都喜欢，但每个人对好酒的定义不同。生理上的事情其实非常个人化，你觉得这个葡萄酒好，就是好。著名的五大酒庄，除了拉图，没有一款我特别喜欢的。玛歌、拉菲，对我来说都很一般，所以贵对我来说没有用。这种个性最终将形成每个人对食物、酒、茶、烟等消费品的选择体系，你可以根据自己的财力对它们进行配置。

　　我招待客人的时候会精心挑选适合对方、场合、食物的酒。对法国人来说，他们未必看得上你给他喝的所谓"好酒"，即那些知名的、昂贵的"土豪酒"。

　　如果请客人吃我们老家的海鲜，我可能会选勃艮第蒙哈榭地区产的白葡萄酒来配。白葡萄酒的差异非常大，有的很酸，有的带点儿甜味，有的很饱满，有的却不是。蒙哈榭地区的白葡萄酒带果味，不那么涩，深得我心，但一般不便宜。后来我找到一款类似口味但价格便宜的，是大金杯他们家的，非常好喝，一瓶只要几十欧元。

　　如果配肉，像红烧肉这些，我会选波尔多右岸伯米侯地区的红酒。它顺、柔、醇厚，不涩不酸，很多中国人喜欢这个地区的酒。口感醇厚的酒跟红烧的东西很搭。红烧的东西有甜味，需要很成熟的味道去配，这样其味道才不会受酒的影响。意大利和西班牙的很多酒配红烧肉也很好。

　　通过这种方式，客人会知道，老季是真的用心。法国人会知道，老季这个人是真的懂法国，不是个不懂法国的土豪。有些人可能掏个几十万买瓶很贵的酒就完了，但我不是这样的，我很用心地去选。这样的用心可以收获友谊。

有一次，我和一个法国朋友说我有个梦想，想看到月亮从埃菲尔铁塔那个框子里升起来。他还真找到了这样一个地方。埃菲尔铁塔对岸有一个博物馆，博物馆的咖啡馆正好能看到月亮从框子里升起来，他就带我去那儿吃饭。席间，他打开了一瓶科西嘉岛的红酒——特地从他度假的地方带来跟我们一起品尝的，味道也是特别的好，好像就是为当晚的月亮和菜肴选配的！

其实，好酒不在贵，在于环境和心境；最重要的还是一起喝的人，人才是选酒、品酒最重要的因素！

2018 年 4 月 7 日

# 故乡的味道

对很多人来说，小时候养成的口味，一辈子都很难改过来。一直到现在，我还是很少吃西餐，念兹在兹、经常在吃的还是老家如东的家常菜。很有趣的是，因为小时候基本处于半饥饿状态，唯一能尝到的就是米饭或者馒头的味道，所以那种味道至今依然能给我带来非常美好的感觉。当时整天是饿的，能吃到馒头和米饭就是特别开心的事。

农家在腊月的时候会蒸很多馒头，我很爱看大人做馒头和蒸馒头的过程，因为蒸的馒头特别多，偷吃一两个是不要紧的。中秋、春节的时候会起油锅，炸肉圆子、烧鱼，能闻到醋啊，油啊，酱油啊在锅里散发的味道。闻到这种味道，就知道要过节过年了。它们是奢侈的味道。

我们那时候没钱买肉吃，但会去抓鱼，抓一些河鲜吃。我的外公是一个远近有名的厨师，做菜很好吃。放假的时候，我会去外公外婆家，每天早上我的外公会提个小篮子去农贸市场买海鲜。我很早就在路边等着他。他有时候会给我带个糖，有时候没带，但篮子里总有一堆菜。看到这堆菜，我就知道有好吃的了。跟外公外婆在一起的时候，留下了很多美好的回忆。

我们厨师做的很多菜，小时候外公都做过。例如文蛤饼，可以算是如东名菜了。还有梅子鱼，因为小时候家里买不起黄鱼，所以用梅子鱼代替。外公会把梅子鱼的头掐下来，放在一起烧汤。鱼头是没肉的，但放在一起烧有鲜味，烧出来的汤很鲜。这是穷人的智慧，用简单的食材做出很美味的东西。那味道让我记到现在，也形成了我根深蒂固的饮食偏好。

2018 年 4 月 21 日

# 普拉提

一个偶然的机会，我被介绍给 CK，跟着他学普拉提。这项运动不像瑜伽这么流行，很多人不知道，但是普拉提带给我许多非常好的帮助。

第一，可以给大肚腩"消肿"。

很多中年人运动量不够，吃得多，都有大肚子，普拉提集中对核心肌肉进行锻炼，会非常明显地削减肚皮上的脂肪。现在许多人见到我，几乎都会说一声："哇，你怎么这么瘦啊！"其实我的体重没有改变，只是肌肉代替了脂肪，身体的代谢功能加强和顺畅了。

第二，可以平衡身体。

我一直以为人不可能绝对平衡，两只脚有轻微的大小差异，两个肩膀也会有高有低。其实，人体的许多不平衡、不对称是因为长期的不良习惯造成的。比如我小时候骑自行车经常性地右脚往外拐，就造成了右侧的膝盖不在垂直的轴线上，跑步时间长就会膝盖疼。普拉提就会帮助你纠正这些身体的不平衡，在日常生活和运动中减少损伤。所以，CK 先生的工作室就叫"Body Concept"。

第三，对我理念上的启发。

比如 CK 对我讲：用最小的力气，做最好的动作。自然界一切是那么和谐、完美，所以，好的动作一定是花最小力气的。用力过猛，动作就会变形，身体其他部分就会参与进来代偿。在企业管理中，在日常生活中，又何尝不是如此？这是极简主义的哲学根源：

用最少的东西，达到完美的功能。这也是指导我审美和工作的重要原则。

所以，推荐大家练习普拉提。普拉提训练也许是你第二春的开始，精干身体，抖擞精神，开始一个更加成熟和美好的人生！

2019 年 4 月 3 日

# 从出离到进入

什么样的物品才能称得上奢侈品？我觉得应该是用钱很难买来的东西。什么东西用钱买不来？精神的东西、用心的东西、爱，这些才是世间一等之物。

# 奢侈品

　　说起奢侈品，似乎亚洲人格外难以抵御其诱惑。

　　一直以来，上流社会和富人群体通过符号性强的昂贵物品和品牌显示自己的身份，和普通大众区分——不仅仅是器物本身的区分，也是心理、文化层面的区分。日本、韩国，以及中国香港和中国台湾在经济腾飞后，迅速成了欧美奢侈品的拥趸。这些年，中国经济日渐繁荣，随着富裕阶层和高级白领阶层的兴起，一大批奢侈品品牌，比如爱马仕、香奈儿、古驰、LV、劳斯莱斯、奔驰、法拉利等，也令国人趋之若鹜。

　　如今，香港大佬用爱马仕包来撩妹，广场大妈也会挎一只LV包（真假不论）去买菜。我们在上海石门路的一家汉庭，经常有开着法拉利、保时捷跑车的小年轻来住店，这样的情形在杭州、南京也经常看到。

　　奢侈品狂潮在日本早就消停了，在东京、大阪的二手寄卖店里能看到许多奢侈品，那都是狂热过后的"去库存"。随着石油价格的下跌，中东的豪买也渐渐"退烧"。在未来，大部分曾经的奢华品牌都会沦为中产品牌——最后的贵族终将消失，新的中产会取而代之。只有部分理解了奢侈的真正含义、有远见的公司会坚持下来，它们推出的产品也将成为新时代的奢侈品。

　　有一次，我看到很多俄罗斯富豪在法国南部炫富，但旁边的法国人往往不是用欣赏和羡慕的眼光来回应。这个场景让我不禁思考，为什么发达国家的人们对奢侈品的心态更为淡定。

一切精良、美好的物品都是好的，然而物品只是拿来用的，可以带来快乐，却未必决定幸福。我想这才是关键。

那么，什么才是我们这个时代的奢侈品呢？美国《华盛顿邮报》评选出的世界最新十大奢侈品如下：1.生命的觉醒和开悟；2.一颗自由、喜悦、充满爱的心；3.走遍天下的气魄；4.回归自然；5.安稳平和的睡眠；6.享受属于自己的空间和时间；7.彼此深爱的灵魂伴侣；8.任何时候都真正懂你的人；9.身体健康和内心富足；10.感染并点燃他人的希望。

没有一样是物质的，都是精神性的。

什么样的物品才能称得上奢侈品？我觉得应该是用钱很难买来的东西。什么东西用钱买不来？精神的东西、用心的东西、爱，这些才是世间一等之物。

佛教说，发心很重要，也就是做一件事情的出发点很重要。

如果一个手工艺师傅在制作一只皮箱的时候，想的是要把最好的作品、最传统的手艺融汇在这只皮箱里，心里是愉悦的、快乐的、开心的、带着爱的，那么这只皮箱不管是哪一个品牌，都是一件奢侈品。

我们的员工在打扫客房的时候，带着快乐的心情，想着这个月的工资可以给孩子支付学费，多下来的钱能给公婆买过年的礼物，然后非常用心、认真地整理房间、铺床、铺被子、放枕头。那么这间客房就是一件奢侈品，超越了品牌定位。

据说，古巴老派卷雪茄的工厂，会有人在大厂房里通过喇叭听古典小说，比如《巴黎圣母院》《基督山伯爵》这样的世界名著。这些工厂做出来的雪茄，似乎更让人神往。

从商品角度来讲，带来幸福的奢侈品必须同时具备以下几个特征：创造性的设计；带着爱心的制作或参与；用料品质高，对环境没有破坏。创造、爱心、环保，都不是可以用金钱买来的，但这些才是我们这个物质发达时代特别珍贵的东西。

全季酒店、妈妈做的菜、相爱的两个人的孩子，这些都是我珍爱的奢侈品。

2017 年 6 月 25 日

# 朋友圈

"邓巴定律"认为，人的大脑皮层大小有限，提供的认知能力只能使一个人维持与大约一百五十个人的稳定人际关系。这一数字是人们拥有的、与自己有私人关系的朋友数量的上限。

英国人类学家罗宾·邓巴（Robin Dunbar）从猿猴社群研究开始，发现狒狒通过相互抓虱子来增强感情，而人类几万年前发明的语言，增加了交往的能力，使得大脑皮层的处理能力提高。这个一百五十的上限，是根据人脑大脑皮层的复杂度计算出来的。

在一个有五位成员的群体中，成员间共有十组双边关系；在一个有二十位成员的团体中，双边关系的数量上升到一百九十组；五十个成员的团体则升至一千二百二十五组。这样的社交生活需要强大的大脑。大脑皮层越大，人们能应对的群体规模也就越大。因为生理限制，人类不具备应对一个无限大的群体的充分处理能力。

大多数人最多只能与一百五十人建立起实质关系，不可能比这个数字多出太多。从认知角度来讲，我们的大脑天生就不具备这样的功能。一旦一个群体的人数超过一百五十，成员之间的关系就开始淡化。

虽然现在文明程度越来越高，但人类的社交能力与石器时代没什么两样。邓巴写道："一百五十人似乎是我们能够建立社交关系的人数上限，在这种关系中，我们了解他们是谁，也了解他们与我们自己的关系。"

邓巴发现，一百五十人组成的团体随处可见。

纵观西方军事史,最小作战单位"连"通常约有一百五十人。Gore-Tex 材料生产企业的分支机构将员工人数控制在一百五十人之内,超过的话,就会将他们一分为二,再建一个新的办公室。有人对伦敦寄出圣诞卡的数量进行统计,以一个人寄出的全部卡片为例,收到贺卡的人数平均为一百五十三点五人。其中约四分之一的卡片寄给了亲人,近三分之二给朋友,百分之八给同事。

一般而言,我们最核心的朋友圈有五人,包括家人和闺密,他们是最亲密的朋友。然后是十五人,这是真正的朋友圈,在这个小圈子里你可以自由吐露心曲,寻求安慰,这些人去世的噩耗会给你带来重创。然后是五十人,五十人通常是大洋洲和非洲土著等狩猎采集型社会中,集体在外过夜的人数规模。能保持社交关系的上限是一百五十人,超过这个数字,往往因为太复杂而无法驾驭。这些数字大约以三的倍数增长。

邓巴还有一些有趣的发现。比如,普通友谊在缺乏面对面沟通时可以持续六到十二个月,女性可以拥有两个最好的朋友(包括她的爱侣),但男性只能有一个。

有人问邓巴:"数字技术能否让人们在维系老朋友的同时结交新朋友,从而扩大整个社交圈子?"他斩钉截铁地回答:"不!"后面还补充了一句:"至少现在看来是这样。"

美国的社交网络最著名的是 Facebook,还有早些时候的 YouTube、推特,以及职场社交网站领英等。中国的社交网络有新浪博客、新浪微博、微信、QQ 等,其中微信是最流行的。大家见面的时候,尤其是年轻人,以交换微信为主,名片倒给得少了。我们公司内部也有若干微信群,平常大家用微信来交流、分享,相比之下邮件沟通比以往少很多。

于是,我观察到很多人已经被社交媒体绑架了。

比如朋友圈。微信本来是一个即时通信工具，非常好用，国外的同类应用是 WhatsApp。可以传图像、声音、文字，而且算法很好，传输速度快。朋友圈功能就是社交网络的范畴了，可以及时知道朋友们的最新动向，也可以转发有意思的东西。

有人喜欢晒自己的小孩儿，有人喜欢晒吃到的美食，有人喜欢将自己旅行中的风景一路拍下来分享……当朋友圈有十五个人的时候，你是喜欢看的，因为你关心身边这些亲密朋友，他们的琐事也可以让你快乐。当有五十、一百五十，甚至几百数千人，并且充斥了大同小异的生活琐事，你还会觉得愉悦吗？更何况其中还包含无聊的鸡汤、不真实的美颜、耸人听闻的标题党、烦人的广告、良莠不齐的自媒体文章……

还有那种要命的昵称，你很快就不知道谁是谁了。又或者是泛滥的微信群，你会因为为难而不好意思退群……

由于手机是随身带的，有微信等即时信息进来就会收到通知，我们的时间就常常被打断，这就是"碎片化"的来源。我们很难有思考的时间、发呆的时间、安静的时间。最麻烦的是逢年过节，微信问候逐步代替了短信，如同信息轰炸一样让人难以躲避。

正因如此，很多人被工具绑架了。活在手机里，消耗了时间，忽视了真实的世界和情感，也导致了更薄弱的知识结构。手机或社交媒体，正在让人迷失。

针对这个问题，我的应对方式是：

1. 设立私人微信号。我估计 iPad Pro 这样的两栖产品（台式应用和移动应用）会逐步取代原来的笔记本电脑，就将原先的微信号绑定在这个平板电脑上了，让它跟邮件、浏览器一起，成了平常办公的一个应用而已，没事不去看它。因为 Pad 足够大，不太好随身带，这样也就不会打扰到我。有时候，我半天、一天不看微信也没有什么大事。特别要紧的事情还是可以电话沟通或见面沟通，不会误事。特别严肃和正规的事情还是用邮件，安全性和归档都好。私人微信目前只有三十一人，按照"邓巴定律"，未来我不会让它超过五十人。

2.退群和拆群。非常聒噪的群就退出。我们有个大学同学群，某个晚上，有上百条信息。虽然设了免打扰功能，这么多信息怎么可能去看？即便有些有价值的信息，也混迹其中，芳踪难觅。我毅然退了群，但同学情谊并没改变，至少我心里是这样想的。

我是个有洁癖的人，不管是办公室还是书房，没有一样多余的东西，桌面始终是干干净净的。虽然微信群可以设置免打扰，但我还是觉得被打扰了。所有微信看完和处理完我都删除，所以我的微信主屏很干净，要么是没有阅读的微信，要么是待处理事宜，不相干的一律被删除了。重要的文章和信息就收藏起来。

这个原则同样在邮件上应用，只是重要邮件我会归档。

我曾经也建了不少群，现在就有意识地拆群，除了工作交流群，私人交流的群只保留了一个——"美好生活"群。里面都是一些比较近的好朋友，都是很有意思的人，平常分享一下有趣的事情，比如好吃、好玩的去处等。其中有许多艺术家，还不时带来一些美的分享。

3.关闭朋友圈。我渐渐地关闭了大部分朋友圈，避免自己被不相关的信息打扰，只保留了一些亲近的朋友、分享质量高的朋友、工作专业相关的朋友等的朋友圈。我依然看朋友圈，但都是快速浏览，有意思的再点进去阅读详情。好的文章我会放在收藏里，以备将来查阅。对于重要的长文章，我会用180g的厚纸，用印刷级的喷墨机打印出来，虽然不至于洗手、焚香，也是比较认真、严肃地去阅读。

4.订阅自己感兴趣的公众号。有许多公众号做得不错，比如为你读诗、新世相，内容人文味道很浓。当然，华住和全季的公众号也是必须关注的，因为自己经常会用到。

5. 重新订阅杂志，保持阅读书籍的习惯。我又重新订阅了自己喜欢的杂志，比如《中国国家地理》《三联生活周刊》《生活》等。杂志的内容由有一定水平的编辑主持，记者有一定功底，也不是每天骚扰，一周或一月，内容有一定深度，还是值得去看的。

书籍更是如此，作为人类历史上经得起时代和众多智者检验的人类智慧的精华，值得我们花时间仔细研读。我基本不读最新潮的流行内容，也不读管理宝典之类的鸡汤，而是以宗教、哲学、诗歌、名著为主。

平常自己也写点儿东西，整理思想、记录见闻、论说观点等。

这样的坚持和安排，至少可以使得自己不太碎片化，远离流行、媚俗和庸俗。


在这个碎片化的时代，尤其要对值得花时间的事物倾注最大关注——精选值得花时间的事情和人，将这些事情做到极致，对我们爱的人付出最真的情感，给予这些人和事最多的时间和资源。

交流工具的便利带来了信息的泛滥，容易使我们的生活碎片化，而这极有可能是平庸化的开端。而在这个裂变的时代，培育内心力量、坚守自我、爱惜最在意的人和物，是最珍贵的。

人必须安静下来，才能倾听到内心的声音。

2016 年 5 月 22 日

# 独处

　　我们平常独处的时候并不多，都是处于各种人群中：同事、家人、朋友、同学……有意无意，人类总是处于某种社会化的氛围中，并因此发展出了语言、文字等交流手段，进而有了氏族、种族、国家、党派等人类组织。

　　有人说这是人类超越其他动物的根本原因。可能吧！人们痴迷于社交性和群体性活动是一个显而易见的现象。

　　我们孤零零呱呱坠地来到这个世界，陌生、茫然，甚至还有一些痛苦，都以哭声开始最初的表达。

　　我们深深的孤独感有可能就来自这里。我们因此期望被接纳，希望找到同伴，渴望朋友，融入社会，加入各种群体，参与各种社交活动：饭局、酒吧、茶席、郊游、卡拉 OK、舞厅等。

　　这样的冲动在年轻人中特别强烈。因为他们刚刚从孩童长大成人，离开妈妈的怀抱和家庭温暖的襁褓，自我意识第一次真正觉醒，那种凉透脊梁骨的孤独感在潜意识里苏醒，迫不及待地寻求融入，寻找同伴，逃避孤单，远离孤独。

　　甚至未来的英雄人物也是如此，傅雷在《约翰·克利斯朵夫》译本献词里这么说："战士啊，当你知道世界上受苦的不止你一个时，你定会减少痛楚，而你的希望也将永远在绝望中再生了罢！"

　　这种与生俱来的孤独感深深埋藏在潜意识里，跟随你一生。从小时候害怕一个人睡觉，到成年了害怕独处，都是这种潜意识在作祟。我们对独处的害怕远远超越其他伤害身心的事，平常我们太容易避免出现这样的局面，尤其是长时间的独处，我们能够想到各种方式方法来逃避。

极端的例子就是，在监狱里最让囚犯害怕的不是殴打、饥饿和劳作，而是单独关押。不让你跟任何人讲话，完全彻底地单独待在一个封闭空间里。尽管可以正常地吃饭、睡觉，囚犯还是觉得自己要疯掉，往往受不了这样的惩罚，乖乖听话。

有的人因为一些原因，长时间不能社交，需要待在家里。虽然能够跟家里人在一起，但自己独处的机会大大增多，使我们更多品尝到独处的滋味。许多人一下子不容易适应，因此而松垮、郁闷、烦躁、忧郁，甚至患上精神疾病或轻生。

实际上，一个人能够独处，尤其是长时间独处，是一种能力和力量。一般人做不到，甚至绝大部分人都做不到。只有内心力量特别强大的人才能做到。体格再强壮、性格再倔强都没用，这些因素抵御不了孤独感的侵入，最后都避免不了被那无边的孤独吞噬。

独处完全是一种精神力量，跟人拥有多少权力和金钱也没关系。有真实而强大信仰的人是可以独处的；通过哲学、科学等认知手段，领悟到永恒和意义的人是可以独处的；通过冥想、马拉松、极限运动，或者其他方式进入过心流，体味到时间相对性的人是可以独处的。只有精神极其强大的人才能安享独处，不用逃避孤独。

叔本华就是一个精神力量非常强大的哲学家。他享受独处，而且认为"只有当一个人独处的时候，他才可以完全成为自己"。

要验证自己是否真正强大，是否成为超越大多数人的少数，独处，长时间的独处，是一种测试的方法。

当然，有些人觉得独处很容易啊！每天看看爱奇艺、刷刷抖音、看看朋友圈，时间过得很快，并不孤单，觉得独处并不难。

当我们独处时，往往会选择那些容易获得但空洞浅薄的消遣来刺激自己的神经，填补自己内心的空虚。但是，每一次的感官满足后，往往都是更深的落寞和孤寂！

我们孤零零地来到这个世上，也会一个人走完人生的最后旅程，孤零零地离开这个世界。学会如何独处，是我们生命里必备的修行。

当然，大多数人都会失败，臣服于人性的懒惰而随波逐流。叔本华说得更绝对："在这世上，除了极稀少的例外，我们其实只有两种选择：要么孤独，要么庸俗"，"谁要是不热爱独处，那么他也就是不热爱自由"。

生逢这个多变的世界，生逢人类社会巨大的转折点，生逢这个百年未有之大变局的时代，独处的修炼可能是最有用的功课之一。可以让我们于无声与心安处，静静观察这个世界，和谐融入各种可能的变化，让我们的周遭焕发出勃勃生机！

2022 年 7 月 17 日

# 安静的力量

看过《鲁滨孙漂流记》的人，恐怕都记得一个人沦落荒岛，或者在大海上漂流，最难熬的是没有人可以交流，看不到同类。在这样的情况下，有些意志薄弱的人可能会发疯，或者做出许多匪夷所思的事情来。

年轻人也是一样，不能无聊，好像必须做点儿什么事情，否则就受不了。一个人待久了，就要找朋友聚会、吃饭啥的。

假如一个人能够忍受孤独和无聊，能够长时间地一个人独处，能够安静地面对自我，是一件特别厉害的事情。

我有一个观点，认为一个人越不需要外物，这个人越完美。你需要的外物与你的差异化越大，也就越低级。

比如喜欢美酒佳肴，喜欢奢侈品、豪车，那些物质的东西能够让你开心、幸福，是一种比较低的状态。当你的幸福感不是来自外在，而是你自身，那是一种比较完美的境界。

不仅能够游刃于人世间，也可以安静地独处。能动能静，动静皆宜。

就像一潭湖水：下雨了，起涟漪；风来了，起波浪；扔一块石子，水面慢慢波纹展开……但慢慢地，又都平复到如镜的状态。

能够到达这种内心绝对的宁静（也有人称为心流），有几种不同的途径。

马拉松是一种。登山、长途骑行等剧烈运动也是。超强度的运动，让所有尘世间的羁绊都随风而去，只有非常单调而毫无意义的每一步，走下去，走下去……最后有可能到达一个时间和空间都消失的境界，那就是心流状态了。这是动态的平静。

另一种是打坐。禅宗、道教的打坐，瑜伽的冥想，基督教和伊斯兰教的祷告，大抵属于这一类。通过呼吸或者重复咒语，也可以是非常虔诚的祷告，达到忘我的境界，时间概念会减弱，通常会感觉时间变短了。一个小时的静坐，感觉也许只有十五分钟，有时候甚至感觉空间也会消失。这是一种比较容易进入心流的方法。

也有其他一些途径和方法，但有的不可取，有的不稳定，不值得推介。

一个成熟的人，一个想让自己灵魂进阶的人，应该找到适合自己的法门，试着找到内心的那种绝对平静的感觉，你的人生将会不一样。

技术的进步，物质的丰富，更多的发明创造，甚至科学进步的重要性，都抵不上人类能够找回内心平静。下一次人类的飞跃，不在于技术和科技，更不在于财富与权力，而在于人类灵性的提高。

而有一颗平静的心，一种随时能够安静下来的状态，是提高灵性的开始。其中蕴含的力量将会是让你惊奇的。

一个真正的英雄是那种能静能动、能开能合、拿得起放得下的人，所谓：开如大将，金戈铁马；合如绣娘，心细如发。

能做到开合有度，动静有序，方能庖丁解牛，"謋然已解"！我们方可心平气和地"提刀而立，为之四顾，为之踌躇满志"，并且"善刀而藏之"。

2020 年 8 月 28 日

# 商业和友谊

　　我是很重感情的人，这十分影响我做商业的方式。我有两个原则：一个是做熟不做生，另一个是和价值观一致的人合作。

　　做熟不做生的意思不是只和信任的熟人朋友做生意，而是要和共事的人建立友谊，通过工作、共同理想，彼此成为朋友。虽然和这样的朋友私交可能不多，但这种朋友其实比私交要可靠。为了共同的理想、共同的目标、共同的利益去做一件事情，由此建立起来的友谊是很坚固的。我和帮我做这本书的出版公司的朋友是有友谊的，不是我写书，他们出版就完了。做这本书的过程中，我请编辑团队一起吃饭、喝酒、品茶、赏花，在这个过程中了解彼此，交换想法。我希望在合作关系里找到更多的人文和友情。我们的时间很有限，没有那么多时间去参加聚会、去酒吧、去交际，所以我希望和共事的人成为朋友。

　　为什么很多人喜欢边吃饭边谈事情？吃饭实际上是通过生理上的满足令人愉悦，而愉悦的心情有利于谈判。商业上如果大家双赢，也能带来愉悦，促进友谊的产生。

　　我原来以为外国人都是很商业的，后来发现不是这样，尤其跟法国人打交道以后。美国人、法国人，还有其他西方人，他们跟你做生意，不会仅仅因为生意大跟你做，而会因为友谊和信任跟你做。因为友谊，他了解你、喜欢你，所以愿意跟你做生意。

　　交朋友的基础是价值观一致。有的企业，利益再吸引人，你也不能合作，因为价值观不太一样。我们做企业，目的是做大，创造更多价值，让这个世界更美好，但有的企业可能没有这么纯粹。

如何了解合作伙伴的价值观呢？可以一起喝酒、吹牛、爬山。我会把我喜欢的活动分享给他们。我最喜欢爬山，雅高的朋友到我家来，我带他去爬山。他有恐高症，居然也爬上去了，因为他想要拥抱我喜欢的东西。他也会分享自己喜欢的东西，比如说他喜欢某一位摄影师，就邀请我去看这位摄影师的展览，然后送其作品给我。我可能没看出来有多好，但我会试图去了解，慢慢理解、喜欢，从陌生到熟悉。两个人通过这些分享，实际上有了更多了解。

了解之后，我就不再带他去爬很高的山，我会去照顾他的恐高症。为了回报他的礼物，我回赠了一幅我喜欢的作品，告诉他我喜欢什么东西。这种相互的赠送就是友谊。我们并不会因为这两件小礼物影响任何商业的东西，但通过这些交流，大家了解原来对方是这样子的。差距当然是很清晰、很实在的，但可以求同存异。

慢慢地，生活里沉淀了许多有意思的老朋友，有些朋友的价值观对我影响很深。原本，大学读完了之后我一直有种优越感，觉得自己参透了人世间所有最复杂的事情。那时候，从罗素的西方哲学史，到康德、尼采、叔本华的哲学，到弗洛伊德的心理学，我都看过。我觉得没有什么东西是自己不能理解的，而且我是学理工科的，所以感觉自己打通了文理。我们那一代的大学生是这样的，有一种世界在我脚下的骄傲感。这种精英主义对我的成功是有帮助的，那股骄傲，那种野蛮的力量，傲视群雄的气魄和自信，推动着自己创造商业的成功。

怀抱着这样的想法，我原来是看不起小学或初中毕业的低学历人群的，甚至如果你说你不是上海交大毕业的，只是一个排名差一点儿的学校，我都觉得不行。我觉得自己是尼采嘛，精英哲学。

但后来有两个人改变了我，一个是海底捞的张勇，一个是掌上明珠的王建斌。张勇只是初中毕业，但他对生意和人的理解，堪称人骨。他从小在街头混大，对人性的理解特别深刻。王建斌也是我的好朋友，我们聊得非常深。他的灵性远远在我之上，天生有菩萨心。小时候，他爸爸妈妈没法照顾家庭，他一个人带一个弟弟一个妹妹，村里人欺负他，有个邻居还把大粪泼在他床上。冬天很冷，他们没有多余的被子，只能兄弟姐妹抱在一块儿取暖，拿衣服盖着。若干年后，那个泼粪的邻居得了癌症，建斌想都没有想，给他捐了几万块钱。这件事给我的震动很大。他们都是四川企业家，学历都很低，但都很成功。他们让我认识到，智慧跟知识未必有很大的关系。来自街头的智慧，对人的理解和慈悲更重要。

对所有的商业、所有的合作来说，人与人的交往最重要。所谓江湖，就是这个社会。大社会是社会，小社会是江湖。人类社会所有的根本点在于价值观的一致性。我现在寻找合作伙伴，会找那些价值观一致的。如果不是，我可以不做这个生意。今天，我们也有资格去挑选我们的合作伙伴，包括供应商。我们不会选择行贿、拉拢、腐蚀。我们的客人如果不尊重我的员工，比如说骂员工，我们会把这样的客人列入黑名单，不再接待。这样的事我们对外不大宣传，但实际上是这么做的。过去说客人是上帝，我不认为他们是上帝，客人应该是亲朋好友。亲朋好友的话，大家应该是平等的关系。上帝是什么？你是爷，你比爷还牛，你打我骂我，我都不能还手，我得忍着，说"对不起，我错了"。我觉得这是不对的。

这种价值观，是一个企业必须建立的。

2018 年 4 月 1 日

# 出离和进入

　　我觉得，当超越人性，从灵性这个角度去看人类，人类的所有行为都是可笑的，包括爱情、宗教。追逐的意义是什么呢？不同教派争来争去，这个建了庙、那个建了教堂，又是为了什么呢？当你从很高的角度俯瞰人世，会发现我们的语言、文字、行为、信仰，一切都那么渺小，那么没有差别。一切纷争、名利、自恋和自以为是，都犹如过眼烟云。

　　我很喜欢宋朝，觉得那个时代的审美真是不得了，但那么高的一个"形而上"的文明，被一个那么低的"形而下"的文明、被马和刀给打败了，下场是何等凄凉。我原来觉得很惋惜，但当我往上走，拉到宇宙的角度看这个问题，心态就不一样了，觉得这没什么。道法自然，自然就是这样。

　　我看过一部短片，是陈漫分享给我的。一个小孩儿在草地上踢球，旁边他的父母照看着他，在纽约中央公园还是什么地方。然后镜头开始向上拉，从中央公园到纽约，到美国，再到地球，最后拉到宇宙中间，从这个角度看，哪里看得出什么差别？小孩儿和两个大人有什么差别？纽约跟中央公园有什么差别？后面镜头从宇宙又回到小孩儿身上，小孩儿是很可爱的，阳光是很灿烂的，中央公园里面有鸟儿飞过，还有两只松鼠在树上爬，小孩儿摔倒了，爸爸妈妈特别紧张地把他抱起来……一切依然可爱。拉远了再回来看世界，这种做法挺好的。

　　禅宗就是这种境界，脱离出去然后再回来，就是所谓出离心。

一个人不容易出离，出离完了也不容易回来。

曾经有一段时间，我特别害怕去杭州的一个寺庙，那个寺庙是李叔同出家的地方。那段时间我状态不好，觉得人生没什么意义，很担心自己会出家。后来过了这个阶段，我开始入世，开始重新做企业，结婚生子。很多年之后，我重新看李叔同，看佛教，我就明白了。人类的宗教是给人提供庇护的地方。所有的出离都是一场逃避。

现在我觉得，最好的状态是把人间当作天堂，也当作地狱，更视为道场。我来一趟，无非就是在人间修行一场。我的修行是把身心灵都做好，做到极致。身，我喜欢美酒、美食，那就尽情享用。人伦，我有可爱的孩子、贤淑的媳妇。我把企业做好，承担社会责任。灵性，我可以偶尔有一瞬间，用菩萨的眼光看这个人世间。

这样的状态我觉得是最好的。

2018 年 4 月 7 日

# 信息和能量

　　很多人不信中医。我认为原因是真正的好中医太少。中医是门艺术，是跟西医不一样的一门精妙艺术。中医的困境是庸医和骗子太多，让它的名声不好。

　　中医，以及藏医、印度医、西医都是某个特定区域的人，对自然信息的概括和总结。这些概括和总结都有一定道理，没有谁是绝对的真理，也没有谁是绝对的谬误，一棍子打死的态度不可取。日本人把汉方药经营得很好，也说明了应该采纳什么样的科学态度和科学方法去取舍。

　　我觉得西医和中医的关系，跟西洋画重写实和中国画重写意的关系是非常相似的。做中医，糊弄人是完全可以的。但要做得好，实际上非常不容易。它是一门艺术，是对过去传统的传承，包括工具的使用，为每个病人提供不同的方案。

　　这个世界是由信息和能量组成的，构成每个人的信息不一样，能量分布也不一样。人们彼此之间的交流是信息的传递，我所说的话对你的生活是有影响的，这个影响只要够大，就有可能改变你的生活。中医的一些治疗方法，我认为能够造成这种影响。比如针灸。针灸是干什么的呢？改变你我的信息，那种认为哪里不舒服了就往哪里扎一下的想法是有误解的。

　　我有一段时间很焦虑，总是做一些神经紧张的梦，例如考试快迟到了，可是找不到自行车，眼前有好多自行车，可是不知道哪辆是我的，非常着急，只能一辆辆去找。这种焦虑我是靠针灸慢慢缓解的。以前压力大的时候，这样的梦一个月会做三四次，现在基本不做了。以前打坐的时候，常感觉自己思绪混乱，脑子像失眠后的状态一样，非常乱，也是针灸让我的心安静下来。科学的确在目前还无法解释清楚中医的诸多神秘信息和能量，但科学研究迟早会解开更多秘密。

作为理科生，我以前是不太容易理解这些的，这两年才开始理解。科学的观点是什么样的呢？一样东西如果无法被测量，那它就是不存在的。实际上我们的知识和经验是不足的，不足以理解这些非理性的东西。我的做法是把那个窗户打开，用一种开放的心态去接受、去了解。你不一定相信它，但是你可以打开你的心灵。我不是神秘主义的信徒，但我的态度是开放的。至少，我认为完全没有神秘感的世界是无趣的。

2018 年 4 月 22 日

# 形而上和形而下

很多人问我，季琦，你是天生就选择了做酒店吗？我并不确定自己天生要做什么，并没有那么强烈的感觉。在出生的那一刻，宇宙里忽然有了这么一个生命，由信息、能量聚合而成的生命。按佛教的说法，是因缘和合而成。而这小小的生命决定了你一生的东西。婴儿是一个熵极低的状态，精子和卵子结合的那一刻熵更低，是那一刻的无穷小决定了以后的无穷大。

我从大学开始思考形而上的问题，而后来的所有，都是我形而下的表达。我记得那一天，我在上海交大外的华山路，在"饮水思源"纪念碑前看着梧桐树，思考生命究竟有什么意义。就在那一刻，当我在寻找某种形而上的时候，我得到了某种形而下的领悟——生命只是一个过程，本体没有意义，意义只由客体定义，对本体来说，生命就是经历和体验。我后来的人生，就是我的形而下的体现——我的商业、我的爱情、我的家庭、我所有的事情都是我形而上的形而下的体现。

形而上跟个体的选择有关系。当宇宙在某一个初始瞬间决定了某个本体的形而上的时候，那个本体是有选择的可能性和权利的，那一刻充满了无穷多的可能性。而在本体做出选择之后，就形成了其形而下的表达，而且是唯一的表达。

信息和能量来自宇宙，我不知道是什么力量，但我非常肯定，我们每个本体是有选择权的。如果没有选择权的话，生命就没有意义了。如果你的命是天定的话，你的人生就没有任何意义，只是一场闹剧。实际上，你可以通过你的阅读、你的思考、你的体验、你的交流、你喝的酒和茶、你的朋友、你的学识、你的工资、你的老板、你的同事……来决定你的人生。

在无限多的模型里，你做出了独一无二的选择，这种选择具有确定性，而这既快乐也悲哀。快乐，是因为它让你成了你；悲哀，是因为你从此错失了其他无穷的可能性。

**2018 年 4 月 26 日**

# 我们的大时代

　　常有人说，焦虑是这个时代的流行情绪或流行病，现在的年轻人相比以前要更加焦虑。我倒觉得，每个时代的人实际上都焦虑，因为每个人都身处"自己的大时代"。

　　所以，你别自恋，别觉得"我们不一样，我们很特别"，不是这样的。我们这代人年轻时也觉得自己很特别，我大学刚毕业的时候非常自我，认为世界在我脚下。我那时爱读尼采，觉得自己是太阳，旁人都是星星。年轻时人会有那种自傲的想法，这是人性。

　　现在是一个好时代还是一个坏时代？我觉得所谓好坏，其实取决于我们的内心。内心觉得这是个好时代，就会发现一切都很好；内心觉得这时代太坏了，那看到的都是荒凉的景象。内心的想法是很重要的，即便这非常唯心，但却是真的。

　　大时代意味着会有更多的动荡和未知。现在很多年轻人确实被许多欲望弄得很焦虑，这个年代的诱惑和张力也的确更大，但是我觉得他们最终会找到自己的节奏和脉络，找到自己的安放之处。有些人可能很安静地在一个小镇上过平凡日子，有些人可能更想投入前沿的奋斗。但不管如何，他们都将实现各自人生的精彩。我们终将老去，无法把财富、声名和机会带到棺材里去，而我们这一代人曾经的辉煌都将让位给他们。所以这将是"他们的时代"。

　　在这本书的最后，我想对读者，尤其是年轻的读者说的是，一定不要躁，要心安。

　　心安才能够专注，才能处身立命，否则容易随波逐流。我过去就是太急躁了，如果我能够很早地把我的心安定好，不要因为我的童年不好就变得很焦虑，我现在能够做得更好、更成功。

心安了，你做事的节奏会不一样，你对人、对你的伙伴也会不一样。我原来脾气暴躁，公司里所有的人都被我骂哭过，后来我觉得没必要那样，觉得可以多放点儿情感在里面，多点儿包容。

心安的力量是很强大的，最终将指引你去到想去的地方。

2018 年 4 月 29 日

# 心生之境

### 作者 _ 季琦

编辑 _ 谭修远　　装帧设计 _ 赖虹宇　　特约编辑 _ 王怡

主管 _ 木木　　技术编辑 _ 顾逸飞　　责任印制 _ 梁拥军

创意顾问 _ 周光明　　策划人 _ 周艳　王誉

营销团队 _ 毛婷　魏洋　张艺千　王立　孙碧浓

## 鸣谢

廖淑芳

果麦
www.goldmye.com

以 微 小 的 力 量 推 动 文 明

**图书在版编目（CIP）数据**

心生之境 / 季琦著． -- 沈阳：万卷出版有限责任
公司，2025.8（2025.10 重印）． -- ISBN 978-7-5470-6603-4

Ⅰ．Ⅰ267.1

中国国家版本馆 CIP 数据核字第 2024MR4107 号

出 品 人：王维良
出版发行：万卷出版有限责任公司
　　　　　（地址：沈阳市和平区十一纬路 29 号　邮编：110003）
印 刷 者：河北鹏润印刷有限公司
经 销 者：果麦文化传媒股份有限公司
幅面尺寸：150 mm×213 mm
字　　数：320 千字
印　　张：12
出版时间：2025 年 8 月第 1 版
印刷时间：2025 年 10 月第 2 次印刷
责任编辑：姜佶睿
责任校对：刘　璠
装帧设计：赖虹宇
ISBN 978-7-5470-6603-4
定　　价：79.80 元
联系电话：024-23284090
传　　真：024-23284448